조선변호사
왕실소송사건

* 이 도서의 국립중앙도서관 출판예정도서목록(CIP)은 서지정보유통지원시스템 홈페이지(http://seoji.nl.go.kr)와 국가자료공동목록시스템(http://www.nl.go.kr/korisnet)에서 이용하실 수 있습니다.
(CIP제어번호: CIP2015028409)

조선변호사
왕실소송사건

정명섭

장편소설

은행나무

차례

무릇 옥송이 지체되는 것은 오로지 교활한 무리들이 부추기고 있기 때문이옵니다. 외지부라고 부르는 자들은 항상 관문에 서서 소송인들을 몰래 사주하거나 또는 스스로 송사를 대신하여 시시비비를 따집니다. 때문에 관리들이 이들의 농간에 빠져 제대로 판결을 내릴 수 없사옵니다. 외지부라고 자칭하는 자들을 모두 체포해서 엄벌에 처하소서.

—《조선왕조실록》 성종 95권, 9년 다섯 번째 기사

1
바다 너머에서 온 사람들

영조 6년(1730년) 5월.

바짝 마르고 검게 탄 섬사람들이 어깨에 쌀가마니를 진 채 널판을 밟고 배에 올랐다. 몇몇 사람들이 포구에 자리를 깔고 앉아서 술을 마시면서 그들을 지켜보는 중이었다. 맨상투 차림의 젊은 섬사람 한 명이 쌀가마니를 내려놓고는 뱃사람과 눈짓을 주고받았다. 뒷짐을 지고 있던 뱃사람이 옆으로 물러나면서 뱃머리를 가리켰다. 젊은 섬사람은 허리를 숙인 채 호롱통* 옆에 있는 작은 구멍으로 들어가면서 가지고 있던 거적으로 구멍을 덮었다. 워낙 순식간에 일어난 일이라 포구에 나와 있던 사람들 중 누구도 눈치채지 못했다. 젊은 섬사람이 들어간 공간에는 두 사람이 먼저 들어와 있었다. 그들 중 한 명이 낮은 목소리로 물었다.

"마름 놈들은?"

* 닻을 감고 풀 때 돌리는 물레 형태의 구조물.

"술 마시느라 정신이 없어요."

"다행이네. 혹시 모르니까 숨소리도 크게 내지 마."

"알았어요."

짤막하게 대답한 젊은 섬사람은 빈자리를 찾아서 엉덩이를 붙였다. 머리 위로 사람들의 발소리와 말소리가 어지럽게 들려왔다. 조마조마 가만히 앉아 있던 그의 귓가에 호롱통이 돌아가는 소리가 들렸다. 마른침을 삼킨 그가 말했다.

"이제 출발하나봐요."

다른 두 사람은 말없이 고개를 끄덕거렸다. 닻이 다 올라오자 뱃사람들이 바쁘게 뛰어다니는 발소리가 들려오는 가운데 삐걱거리면서 배가 움직였다. 이제 마름 놈들의 손길을 벗어난 것이다. 얼굴을 맞댄 세 명이 한숨을 쉬면서 손을 맞잡았다. 그러자 젊은 섬사람이 감격에 찬 목소리로 말했다.

"섬을 빠져나왔어요. 이제 한양으로 올라가기만 하면 됩니다."

그 말에 어둠 속의 동료가 물었다.

"그다음이 문제지. 과연 우리를 도와줄 사람이 있을까?"

잠시 주저하던 그가 대답했다.

"반드시 있을 겁니다."

그 얘기를 끝으로 세 사람은 다시 침묵에 빠졌다. 목적지인 영산포(榮山浦)*에 도착하려면 꼬박 하루가 걸리기 때문에 그때까지는 이곳에

* 전라남도 영산강에 있는 포구.

서 지내야만 했다.

맨상투 차림의 주찬학은 바쁘게 뛰어다녔다. 빙어선(氷魚船)*이 들어오면서 그가 일하는 마포나루의 선술집은 하루 종일 북적거렸다. 빙어선에서 일하던 뱃사람들 한 무리가 떠들썩하게 먹고 마시다 떠나자 주찬학은 겨우 숨을 돌렸다. 여름 초입에 들어선 날씨 때문에 조금만 움직여도 제법 땀이 났다. 서른 초반인 그는 축 처진 눈꼬리에 볼록한 주먹코를 가지고 있었다. 선술집 주인인 퇴기 난월은 대청마루 한쪽에 만든 아궁이에 쟁개비**를 걸어놓고 물을 끓이는 중이었다. 그러다 마포나루에서 중도아(中都兒)*** 노릇을 하는 오씨가 들어서자 반색을 했다.

"아이고, 어서 오십시오. 나리."

그녀가 간드러지게 웃자 오씨는 히죽 웃었다.

"지나가다가 난월이 생각이 나서 들렀지."

"감사합니다요. 요즘 신수가 훤하신 걸 보니 장사가 잘되시는 모양입니다."

난월이 간드러진 목소리로 물었다. 그러자 오씨가 대나무 젓가락으로 대청의 목판에 놓인 멧돼지 고기를 집어서 접시에 놓으면서 대꾸했다.

"암. 다음 달에 임금님이 선농단에서 직접 밭을 가는 친경을 하시잖아. 그때 구경꾼들이 구름처럼 몰려든다고 다들 물건 쌓아놓기 바빠."

* 조선 후기에 등장한 일종의 냉장선으로 얼음을 싣고 물고기를 싱싱한 상태로 운반했다.

** 무쇠나 양은 따위로 만든 작은 냄비.

*** 물건을 떼어다 파는 중간도매상으로 조선 후기에 나타났다.

오씨의 얘기를 들은 난월이 눈웃음을 치면서 대답했다.

"다행이네요."

"말도 마. 재작년에 이인좌라는 놈이 반란을 일으키는 바람에 청주에 쌓아뒀던 곡식들을 죄다 잃었잖아. 작년이랑 올해 열심히 일해서 손해를 겨우 메웠어."

"그런 와중에도 잊지 않으셔서 고맙습니다요."

난월이 말을 나누는 사이 주찬학은 냉큼 달려가서 접시를 챙겨서 대청 구석에 있는 석쇠로 가져갔다. 그사이 난월은 커다란 국자로 항아리의 술을 펐다. 그리고 아가리가 쩍 벌어진 푼주에 담은 다음 물이 끓고 있는 쟁개비 안에 넣어서 빙빙 돌려서 데웠다. 석쇠 앞에 쭈그리고 앉은 주찬학은 멧돼지 고기를 구웠다. 난월은 술이 다 데워지면 국자로 쟁개비 모서리를 툭툭 쳤다. 그러자 주찬학이 데워진 술과 구워진 안주를 접시에 담아서 오씨 앞에 놓으면서 말했다.

"한 잔 안주요."

술과 안주를 받은 오씨는 난월에게 농지거리를 던지면서 술을 마셨다.

"국자로 쟁개비를 치는 게 꼭 세마치장단 같네그려."

그러자 대청마루에 앉아 있던 난월은 풍성한 남색 치마를 살짝 틀면서 눈웃음을 쳤다.

"제가 소싯적에 궁궐에 불려갔을 때 들었던 가락이 좀 있지요."

"정말 임금님이 사시는 궁궐에 들어갔단 말이냐?"

오씨의 눈이 휘둥그레지자 난월의 입에서는 대궐의 전각이 어떻고, 다리가 어떻다는 얘기들이 흘러나왔다. 하지만 그녀는 대궐에 들어가

본 적이 없었다. 기생 노릇 하면서 별감들에게 들었던 얘기들을 적당히 꾸며낸 것이었다. 그러는 사이 주찬학이 빈 푼주와 그릇들을 걷어서 부엌에 가져다놨다. 그의 뒷모습을 본 오씨가 푼주에 입을 가져가면서 난월에게 물었다.

"그나저나 이 집 중노미는 나이도 많은데 일이나 제대로 하겠어?"

그러자 난월이 장단을 맞춰줬다.

"그러기만 하면 다행이게요. 매일 술에 취하는 건 기본이고 돈만 생겼다 하면 투전판으로 달려가지 뭡니까요."

옷고름으로 눈가를 찍으면서 우는 시늉을 한 난월에게 오씨가 껄껄거리면서 말했다.

"그런데도 데리고 있는 걸 보면 기둥서방이라도 되는 모양이구나."

"아이고, 망측하게 밤일이라니요. 소녀는 평생 조신하게 살아왔습니다."

난월이 새초롬한 표정으로 얘기하자 오씨가 누런 이빨을 드러내며 웃었다.

"퇴기가 조신하다니? 우리 집 개가 다 웃겠네. 실없는 소리 그만하고 술이나 더 내오게."

"안주는 뭘로 올릴깝쇼?"

"너비아니 있으면 그걸로 줘."

손님의 말이 떨어지기가 무섭게 찬학은 젓가락으로 너비아니를 집어서 석쇠로 가지고 갔다. 그리고 저쪽에서 안 보이도록 등을 돌리고 너비아니에 가래침을 뱉은 다음 석쇠에 구웠다.

난월이 쟁개비에 데운 푼주를 꺼내는 걸 곁눈질로 지켜본 찬학은 태연한 표정으로 가래침과 함께 익은 너비아니를 접시에 담아서 가져다주었다. 그러면서 우렁찬 목소리로 외쳤다.

"두 잔 안주요!"

아무것도 모르는 오씨는 너비아니를 한입 베어 물고는 난월과 음탕한 농담을 주고받았다.

적당히 눈치를 살핀 주찬학은 슬금슬금 선술집 뒤쪽으로 돌아갔다. 그리고 쪽마루에 걸터앉았다. 그곳에는 손님들이 조금씩 남긴 술을 모아놓은 대접이 있었다. 대접에 든 술을 벌컥벌컥 마신 주찬학은 뒤춤에 찔러 넣었던 곰방대를 꺼냈다. 그러고는 미리 가져다놓은 석쇠의 숯불에 불을 붙인 곰방대를 입에 물고 짚신을 벗어서 퉁퉁 부은 다리를 주물렀다.

"손님 왔어!"

잠깐 동안의 휴식은 난월의 앙칼진 목소리로 깨져버렸다. 이제 막 빨기 시작한 곰방대를 쪽마루에 살짝 올려놓은 주찬학은 앞마당으로 나갔다. 오씨와 얘기를 주고받던 난월이 눈짓으로 싸리문 쪽을 가리켰다. 고개를 돌린 그의 눈에 쭈뼛거리며 들어서는 세 촌놈들이 보였다. 한 명은 키가 껑충한데 턱 밑에 너슬너슬 턱수염이 돋았고, 눈꺼풀이 두꺼웠다. 다른 한 명은 땅딸막하지만 어깨가 제법 넓어서 다부져 보였고, 광대뼈가 툭 튀어나왔다. 제일 뒤에 들어온 한 명은 깡마른 얼굴이었지만 눈이 제법 초롱초롱했다. 앞서 들어온 두 명은 대략 스물다섯에서 서른쯤으로 주찬학과 비슷한 나이였고, 마지막에 들어온 한 명은 열일고여덟쯤으로 보였다. 하지만 주찬학의 눈에는 나이 든 두 명이 어린 일행을 어려워하는 것 같았다. 어쨌든 세 사람 모두 까무잡잡한 얼굴에 꾀죄죄한 저고리와 바지 차림인 걸로 보아 한양은 둘째치고 경강(京江)*에 의지해서 사는 강대 사람도 아닌 것 같았다. 가끔 시골에서 한양으로 올라가던 거렁뱅이들이 잠을 잘 수 있는 주막집인 줄 알고 들어오는 경우가 있었다. 주머니가 두둑한 뜨내기손님들이야 반갑지만 돈 한 푼 없는 거렁뱅이들은 골치가 아팠다. 난월이 적당히 둘러대고 쫓아내라는 눈짓을 주고는 오씨에게 주섬주섬 대궐 얘기를 계속했다. 헛기침을 한 주찬학은 어쩔 줄 몰라 하는 세 촌놈에게 다가갔다.

"아이고, 보아하니 멀리서 오셨나봅니다."

그러자 세 촌놈들 중에 제일 어린 녀석이 당돌하게 고개를 들었다.

"네. 하의도라는 섬에서 왔어요."

하의도라는 얘기를 들은 순간 주찬학은 가슴이 철렁 내려앉았다. 애써 태연한 표정을 지은 그가 웃으면서 대답했다.

"하의도라? 여의도는 들어봤어도 하의도라는 이름은 처음 듣습니다 그려."

이번에도 어린 녀석이 대답했다.

"전라도 목포 앞바다에 있는 섬이에요. 영산포에서 배로 하루를 꼬박 가야지 도착할 수 있는 곳이죠."

"그러시군요. 여기 마포에는 처음 오셔서 잘 모르는 것 같은데 여기

* 한강의 조선시대 명칭.

는 술과 안줏거리를 파는 선술집입니다. 잠을 자려면 여기 말고 조금 더 위쪽으로 올라가서……"

"우린 주막집을 찾아온 게 아닙니다."

열 살 넘게 어려 보이는 녀석이 말을 딱 잘라버리자 주찬학은 쌍심지를 켰다.

"아니, 보자보자 하니까 내가 선술집 중노미라고 무시하는 거냐!"

"저흰 주찬학이라는 사람을 찾으러 왔습니다. 수소문을 해보니까 여기 선술집으로 가보라고 해서요."

"뭐라고? 나를 왜?"

말문이 막힌 주찬학이 세 촌놈을 떨떠름한 눈길로 바라보았다. 그러자 제일 어린 녀석이 입을 열었다.

"빼앗긴 땅을 되찾기 위해서요."

주찬학은 난월의 눈치를 뒤로한 채 자신의 방으로 세 사람을 불러들였다. 네 사람이 들어서자 좁은 방은 금세 꽉 차버렸다. 군데군데 흙이 떨어져나간 벽에서는 수숫대가 앙상하게 모습을 드러냈다. 방 안의 세간이라고는 찌그러진 요강과 이불이 올려져 있는 농 하나가 전부였다. 나이 든 두 촌놈이 연신 방 안을 둘러보는 사이에 제일 어린 녀석이 입을 열었다.

"인사가 늦었습니다. 저는 윤민수라고 하고 여기 키가 큰 분은 임성찬, 그리고 다부지게 생기신 분은 이차돌이라고 합니다. 우리 셋 모두 하의도에서 왔습니다. 하의도는 보통 옆에 붙어 있는 상태도와 하태도까지 붙여서 하의삼도라고 불러요."

비장한 표정의 세 사람을 본 주찬학은 손사래를 치면서 말했다.

"그건 아까 말했고, 빼앗긴 땅은 무슨 얘기고 그걸 찾는데 왜 여기까지 온 거야?"

주찬학의 물음에 이차돌이 더듬거리면서 입을 열었다.

"우리 땅을 빼앗은 정명공주의 후손들을 상대로 정소를 하려고 왔습니다."

이차돌의 말을 들은 주찬학이 어이가 없다는 표정으로 말했다.

"정명공주의 후손이면 종친일 것이고, 왕실이라는 얘기잖소?"

그의 물음에 세 사람 모두 고개를 끄덕거렸다. 세 사람을 대표해서 윤민수가 또박또박 설명했다.

"백여 년 전, 반정이 일어나면서 광해군이 폐위되고 인조대왕께서 즉위하셨습니다. 그때 서궁에 유폐되었던 인목대비와 정명공주가 풀려났답니다. 그런데 정명공주께서 심한 병을 앓고 있어서 외모가 흉측해졌다고 하더이다. 거기다 이미 혼기가 차서 부마를 맞이해야 하는 상황이었답니다. 그래서 고민하던 인조대왕께서 전국에 정명공주의 병을 낫게 하는 사람을 부마로 맞이하겠다는 방을 붙였답니다."

부마를 맞이하기 위해 방을 붙이다니, 주찬학은 속으로 말도 안 된다고 생각했지만 윤민수가 워낙 진지했기 때문에 잠자코 얘기를 들었다.

"그러던 어느 날, 멀리 남쪽에 있는 하의도에 사는 홍씨 성을 가진 영이라는 노인이 궁궐로 찾아와서 정명공주의 병을 고칠 수 있다 장담하였답니다. 인조대왕께서는 믿기지 않았지만 일단 치료를 맡겼다고 합니다. 그런데 무슨 수를 썼는지 공주의 병이 감쪽같이 낫고 말았답니다. 그렇다고 명색이 일국의 공주를 나이 든 노인에게 시집을 보낼 수는 없는 노릇 아니겠습니까?"

주찬학이 가볍게 고개를 끄덕거리자 윤민수가 말을 이어갔다.

"그래서 재물을 넉넉하게 내려서 돌려보내려고 했는데 홍영 노인은 자기 아들인 홍주원이 번듯하게 생기고 똑똑하니 정명공주와 혼인을 시켜달라고 애원했습니다. 자기가 옆에서 돌보지 않으면 병이 언제 다시 재발할지 모른다고 협박 아닌 협박을 하면서 말이죠. 결국 인조대왕은 정명공주를 홍영 노인의 아들에게 하가(下嫁)*시키고 말았답니다. 그렇게 왕실과 인연을 맺게 된 홍영이 상소를 올려서 자기 고향의 땅을 하사해달라고 요구하자 인조대왕은 하의도와 옆에 붙어 있는 두 섬인 상태도와 하태도를 주고 말았습니다. 섬에 있는 스무 결의 땅이 하루아침에 홍씨 집안의 것이 되어버렸죠. 그리고 지난 백 년 동안 홍씨 집안에서는 우리 섬에 눌러앉아서 가혹한 수탈과 행패를 부리고 있습니다."

사연을 털어놓는 윤민수나 묵묵히 옆에 앉아 있던 두 사람 모두 짙은 피로감이 얼굴에 그늘처럼 드리워졌다. 관아의 힘이 미치지 못하는 바다 한복판의 섬에 세도가들이 자리를 잡고 행패를 부리는 것은 어제오늘 일이 아니었다. 하지만 왕실과 끈이 닿아 있는 집안이 백 년 동안이나 행패를 부렸다는 것은 당사자가 아니고서는 그 고통을 헤아리기 힘들 것이었다. 이미 알고 있는 얘기였지만 또 다시 듣는 것은 역시 괴

* 신분이 높은 집안에서 낮은 집안으로 딸을 시집보내는 것.

로운 일이었다. 지푸라기라도 잡는 심정으로 바다를 건너왔을 이들의 절박한 눈빛이 그의 가슴을 짓눌렀다. 윤민수의 애기가 끝나자 옆에 앉아 있던 키 큰 임성찬이 침을 튀기면서 말했다.

"다른 애기로는 인조대왕이 정명공주의 병을 고치는 자에게 삼도를 준다고 방을 붙였답니다. 병을 고친 홍영이 삼도, 즉 전라도와 경상도, 충청도를 달라고 요구하자 인조대왕께서 삼도 대신 우리 하의삼도를 넘겨줬다는 애기도 있습니다."

그러자 주찬학이 고개를 절레절레 저으며 대답했다.

"촌에서 와서 뭘 모르는 모양인데 왕실은 정소를 할 수 있는 대상이 아니외다. 오늘은 늦었으니 여기 있다가 내일 아침 일찍 떠나시구려."

"그냥 행패를 부리는 정도였다면 어떻게든 참고 넘어갔을 겁니다. 나주목사나 전광도(全光道)* 관찰사에게 여러 번 정소를 했지만 왕실의 땅이라는 이유만으로 번번이 묵살당했으니까요. 하지만 홍씨 집안에서 내려보낸 마름들이 위세를 부리는 데다가 몰락한 홍씨 집안 사람들이 섬으로 내려와서 자리를 잡으면서 짊어져야 할 부담도 늘었습니다. 결국 섬사람들이 모여서 어떤 결정을 내렸지요."

"어떤 결정을 말이냐?"

주찬학의 물음에 윤민수는 품속에서 종이 한 장을 꺼내 바닥에 펼쳤다. 붓으로 그린 섬의 지도였다. 하의도라고 적힌 섬의 한쪽 구석에 점선으로 붙여진 땅이 보였다. 그걸 본 주찬학이 입을 뗐다.

* 1728년(영조 4년)에 일어난 이인좌의 난으로 인해 전라도는 전광도로 이름이 바뀐 상태였다.

"바다를 메워서 땅을 만들었군."

"맞습니다. 제 할아버지가 뭍에 갔다가 그곳 사람들이 갯벌을 돌로 메워서 농토로 만드는 걸 보신 거죠. 육지 사람들은 그걸 갯땅쇠라고 불렀답니다. 어차피 섬의 땅은 홍씨 집안 것이니 아무리 열심히 농사를 지어봤자 빼앗기기만 할 따름이었죠. 결국 모든 섬사람들이 힘을 합해서 하의도에 있는 갯벌을 돌로 막아서 땅을 만들기로 했습니다. 그렇게 새로 만든 농토는 홍씨 집안에서도 욕심을 내지 못할 거라고 믿은 것이죠. 그래서 이제 막 걸음마를 뗀 아이부터 걷기 힘든 여든 살이 넘은 노인까지 모든 섬주민들이 해가 뜨기 전부터 모여서 해가 질 때까지 흙과 돌을 나르며 바다를 메웠습니다. 그러다가 물에 빠져죽거나 병들어 죽은 사람도 한둘이 아니었지요. 제 할아버지도 그때 돌아가셨다고 합니다. 그렇게 섬사람들이 피와 땀으로 만든 갯땅쇠는 백육십 결에 달했습니다."

얘기를 듣던 주찬학은 저도 모르게 얼굴이 굳어졌다.

"이십 년 넘게 섬사람들이 죽을 고생을 하면서 오 년 전에 갯땅쇠가 완성되었습니다. 오죽하면 섬에 왔던 나주목사가 조정에 도움을 요청하는 상소를 올릴 지경이었죠. 그런데 우리가 일할 때는 가만히 손을 놓고 있거나 훼방을 놓던 홍씨 집안에서 그 땅도 자기네들 것이라고 나섰습니다. 하의삼도 전체를 사패 받은 것이니까 새로 만든 갯땅쇠 역시 자기들 소유라고 우기면서 도조(賭租)*를 강제로 걷어갔습니

* 남의 땅을 경작하고 그 대가로 바치는 벼.

다. 하지만 그 땅은 관아에 이미 민전(民田)으로 등록이 되어서 전세와 대동미까지 내야만 했습니다. 우리가 힘들게 만든 땅인데, 손가락 하나 까딱하지 않은 홍씨 집안에 빼앗긴 것도 억울한데 두 군데에 세금을 내야만 하는 억울한 일이 벌어진 것이죠. 그래서 섬사람들은 일토양세(一土兩稅)*를 바로잡기 위해 전광도 관찰사나 나주목사에게 연명으로 상소를 올리고 청원을 했지만 아무 소용이 없었습니다. 오히려 홍씨 집안에게 보복만 당했죠. 그래서 한양에 직접 올라가서 홍씨 집안을 정소해서 잘못된 것을 바로잡기로 한 겁니다."

윤민수의 얘기를 듣고 답답해진 주찬학이 얘기했다.

"답답한 심정은 이해하겠는데 손쓸 방법이 없어. 왕패(王牌)**가 내려진 사패지(賜牌地)는 정소를 할 수 있는 대상이 아니거든."

주찬학의 말에 윤민수는 단호하게 고개를 저었다.

"인조대왕께서 정명공주와 혼인한 홍유한에게 내려준 하의삼도의 땅은 무토사패지, 즉 4대가 지나가면 소유권이 없어지는 것으로 알고 있습니다. 하지만 섬에 있는 홍씨 집안 사람들이나 마름들은 그런 것은 싹 무시해버리고 오히려 무엄하다면서 횡포를 부리기 일쑤입니다. 벌레보다 못한 취급을 받으면서 산 세월이 백 년이 넘습니다. 거기다 목숨을 바쳐서 일군 땅까지 빼앗기니 어찌 그대로 참을 수 있겠습니까? 비록 죽더라도 억울함을 밝히고 싶어서 천릿길을 걸어서 온 겁니다."

윤민수의 말 속에는 그동안 섬사람들이 받아온 수모와 멸시가 고스

* 하나의 농토에 대해 두 군데에 세금을 바쳐야 하는 불합리한 일.

** 왕실에서 공이 많은 신하나 종친에게 땅을 하사할 때 내려주는 문기.

란히 담겨 있는 것 같았다. 주찬학은 이들이 쉽게 포기하지 않을 것이라는 사실을 깨닫고는 다른 방법으로 설득했다.

"설사 정소를 한다고 해도 왕실을 상대로 어떤 외지부(外知部)*가 나서겠어?"

그러자 윤민수가 고개를 번쩍 들고 말했다.

"칠 년 전에 제 아버지께서 다른 분과 함께 이 일을 바로잡기 위해서 한양에 올라왔었습니다."

얘기를 많이 하느라 말라버린 입술을 혀끝으로 적신 윤민수가 계속 이야기를 이어갔다.

"이제나저제나 소식만 기다리고 있는데 중간에 송사가 유리하다는 내용의 짧은 서찰만 오고는 더 이상 연락이 없었습니다."

아버지 얘기가 나오자 윤민수는 더 이상 눈물을 참지 못했다. 주찬학도 무너진 마음을 감추기 위해 안간힘을 썼다. 울고 있는 윤민수를 대신해서 이차돌이 갈라진 목소리로 말했다.

"섬사람들이 한양으로 올라가서 소송을 제기했다는 사실이 알려지면서 홍씨 집안 마름들의 행패는 더욱더 심해졌소이다. 그래서 그자들 몰래 우리들이 한양으로 올라온 것입니다."

"몰래 배를 탔단 말이오?"

* 외지부는 오늘날의 변호인과 비슷한 존재였다. 조선시대에는 우리 예상과는 달리 노비와 토지를 둘러싼 소송이 빈번하게 발생했으며, 이를 대행해주는 존재가 필요했다. 그에 따라 외지부가 등장했는데 성종 때 소송을 부추긴다는 명목으로 북방으로 추방되기도 했다. 하지만 이후에도 소송이 계속되었기 때문에 외지부들은 비공식적으로 소송 당사자의 친척이라는 명목으로 활동했다.

주찬학의 반문에 이차돌이 고개를 끄덕거렸다.

"그 일 이후 마름들의 감시가 심해졌소. 결국 깊은 밤을 틈타 겨우 빠져나올 수 있었다오. 그렇게 천릿길을 걸어서 겨우 한양에 도착했소이다. 하지만 소송을 하기 위해서는 소지(所志)*를 쓰고 접수를 해야 하는데, 복잡한 절차를 대신해줄 수 있는 대송인, 즉 외지부가 없어서 일이 진행이 되지 않았소이다. 그래서 대송인을 물색했지만 하나같이 승소 가능성이 낮고 왕실을 상대로 한다는 것 때문인지 손사래를 치더이다. 그러다 당신 얘기를 듣고 찾아온 것이외다."

이차돌의 얘기를 들은 주찬학이 반문했다.

"내가 외지부 노릇을 안 한 지 몇 년 되었다는 얘긴 못 들었소?"

이차돌이 고개를 끄덕거렸다.

"지금은 쉬고 있지만 한때 한양 최고의 외지부라고 들었소이다. 산송이면 산송, 노비 소송이면 노비 소송, 상대를 가리지 않고 이겼다고 말이오. 떠들썩한 장예원(掌隷院)**도 대모갑(玳瑁甲)***으로 만든 안경을 쓴 당신이 나타나면 조용해졌다고 하면서 말이오."

이차돌의 대답에 주찬학은 나지막하게 한숨을 내쉬었다.

"그럼 지금쯤이면 홍씨 집안에 당신들 얘기가 들어갔을 거요. 살고 싶으면 당장 돌아가시오."

주찬학의 얘기에 그때까지 울고 있던 윤민수가 고개를 번쩍 들고 대

* 백성이 관청에 올렸던 청원서나 진정서.

** 노비 소송을 다루던 관청.

*** 거북 등껍질을 가리키는 말로 안경테나 담뱃갑의 재료가 되었다.

답했다.

"빈손으로 돌아가느니 서해바다에 빠져서 물고기 밥이 되고 말겠습니다. 풍족한 만큼은 아니지만 사례는 꼭 할 테니 부디 우리를 도와주십시오."

그러자 주찬학이 버럭 소리를 질렀다.

"내 얘기가 농담 같아? 풍천 홍씨 집안은 지금 대제학 홍유한을 비롯해서 조정에 출사한 관리가 열 명이 넘어. 그런 상황에서 소지를 들이민다고 눈 하나 깜짝할 것 같은가? 거기다 지난번 정소했던 문제도 있으니까 이번에는 아예 싹을 잘라버리려고 할 거란 말이다."

"살아도 사는 것 같지 않다는 게 어떤 건지 모르시죠? 지금 하의삼도 사람들이 딱 그 꼴이에요. 매일 마름들의 행패에 시달리고, 바쳐야 할 세금은 날로 늘어나요. 거기다 사람 취급도 못 받고 개돼지 취급을 받으면서 글자 그대로 죽지 못해 살고 있어요. 우리들은 땅을 되찾을 때까지는 절대 고향으로 내려가지 않을 겁니다. 절대로요."

단호하기 그지없는 윤민수의 대답에 주찬학은 할 말을 잊었다. 입맛을 다신 주찬학에게 윤민수가 말했다.

"이곳은 우리가 머물 만한 곳이 아닌 듯싶습니다. 근처에 적당한 주막집이 있습니까?"

"시간을 두고 날 설득한다고 해도 소용없어. 난 외지부 일에서 손뗐거든."

냉담한 주찬학의 말에 윤민수가 대꾸했다.

"그러면 우리끼리 소지를 만들어서 소송을 할 겁니다."

"어림없는 짓이야. 억울한 사정은 알겠지만 그 섬사람들만 그렇게 사는 건 아니야. 한양까지 오는 동안 뭘 봤니? 뭍사람들은 행복해 보였느냐? 여기도 마찬가지야."

그러자 윤민수가 고개를 저었다.

"아뇨, 가난하고 굶주린 것은 맞지만 개돼지 취급을 받지는 않더군요. 설사 노비라 해도 말입니다."

이렇게 얘기하다가는 밤을 샐 것 같았다.

"내가 해줄 수 있는 얘기는 그게 다야. 일단 쉴 만한 곳을 알아볼 테니까 그사이 생각을 해봐."

주찬학이 안내한 곳은 그가 일하는 선술집 근처에 있는 언년이네 주막집이었다. 그가 앞장서서 들어서자 언년이가 개숫물을 버리러 밖으로 나왔다. 주찬학은 몇 발자국 떨어진 곳에 서 있던 세 사람에게 따라오라는 손짓을 했다. 성큼성큼 걸어간 언년이는 문짝이 하나밖에 남지 않은 외짝문을 활짝 열었다. 어리둥절해하는 세 사람에게 주찬학이 들어가라는 눈짓을 했다.

"오늘은 배가 곯겠을 테니까 하루 묵고 내일 아침 일찍 내려가게."

그의 말을 들은 윤민수가 강경한 어조로 대답했다.

"땅을 되찾을 때까지는 절대 돌아가지 않을 겁니다."

그러자 주찬학이 혀를 차며 대꾸했다.

"절대라는 말은 함부로 하는 게 아니다. 얼른 들어가서 눈이나 붙여."

세 명이 방으로 들어가는 걸 본 주찬학은 그 앞을 머뭇거리는 언년이를 보고는 피식 웃었다.

"빈털터리들이야. 다리 벌려봤자 돈 나올 구멍 없다."

그러자 언년이가 남은 물을 뿌리는 시늉을 했다.

난월의 선술집으로 돌아온 주찬학은 툇마루에 걸터앉아 한숨을 쉬었다.

"왜? 옛날 생각 나?"

난월이 이죽거렸다. 그러자 가뜩이나 섬사람들 때문에 심란해하던 주찬학이 버럭 소리를 질렀다.

"쓸데없는 소리 하지 말라고 했지."

치맛자락을 슬며시 움켜잡은 난월이 콧방귀를 뀌면서 국자로 항아리의 술을 푹 퍼서는 쭉 들이켰다. 머리가 복잡해진 주찬학은 방으로 들어가서 이불 속에 넣어둔 엽전과 곰방대를 챙겼다. 그가 짚신을 신고 싸리문 밖으로 나가는 걸 본 난월이 한소리 했다.

"거, 따지도 못하면서 투전판은 제집 안방 드나들듯 하네."

난월의 잔소리를 뒤로하고 그가 향한 곳은 마포나루 앞에 있는 허름한 무시객주(無時客主)*였다. 해 질 무렵이 되자 마포나루의 객주와 주막집들은 불야성을 이뤘다. 무시객주 역시 경강으로 들어온 뱃사람과 거간꾼들의 노름판으로 시끌벅적했다. 당분간 노름은 안 하기로 했지만 뒤숭숭한 마음을 달랠 길이 없었다. 마구간에 딸린 골방으로 들어서자 매캐한 담배 연기가 눈앞을 가렸다. 손으로 휘휘 저어서 연기를 쫓는 그에게 아랫목에 앉은 노름꾼 마씨가 말을 건넸다.

* 솥과 빗 같은 일상용품을 취급하는 객주.

"어이구, 난월이가 치마폭에서 푼돈 좀 챙겨줬나?"

그 얘기를 들은 다른 노름꾼들이 왁자하게 웃었다. 하지만 주찬학은 들은 척도 하지 않고 노름판으로 비집고 들어갔다. 지저분한 이불보 위에 기름을 먹인 두꺼운 종이로 만든 투전들이 어지럽게 널려 있었다. 손때 묻은 투전에는 용이나 쥐 같은 동물이 그려져 있었고, 그 아래에는 숫자가 새겨져 있었다. 맨 처음 말을 건넨 노름꾼 마씨가 엉덩이를 붙인 주찬학에게 말했다.

"돌려대기야."

그러자 주찬학은 엽전 하나를 던지면서 물었다.

"사십 장짜리야? 육십 장짜리야?"

"사십 장, 우린 간단한 거 좋아하잖아."

누런 이를 드러낸 마씨의 말에 주찬학이 심드렁하게 대꾸했다.

"잔소리 말고 패나 돌려."

그가 자리를 잡고 앉자 마씨가 콧노래를 흥얼거리면서 패를 섞었다. 주찬학은 물끄러미 패가 섞이는 걸 보는 척하면서 주변의 노름꾼들을 살폈다. 아랫목에 앉은 마씨의 오른쪽에는 쥐처럼 아랫입술이 튀어나온 노름꾼이 게슴츠레한 눈으로 담배를 뻐끔뻐끔 피워대고 있었다. 맨상투에 소매에 흙이 묻은 걸로 보아 품삯을 받고 일을 하는 강대 사람 같았다. 그의 왼쪽에는 껑충한 키에 텁수염이 무성하게 자라난 또 다른 노름꾼은 객주에서 물건을 떼어다가 파는 중도아로 보였다. 오른쪽에 있는 구멍이 숭숭 뚫린 탕건을 쓰고 목덜미에 곰방대를 꽂은 늙수그레한 노름꾼은 손가락이 가늘고 몸도 구부정한 걸로 봐서는 근처 서

당에서 아이들을 가르치는 훈장 같았다. 마씨를 제외하고는 다들 끗발이 별로인 것처럼 보였다. 그사이 투전을 다 섞은 마씨가 능숙한 솜씨로 패를 돌렸다. 처음 받은 세 개의 패에 적힌 숫자로 10이나 20, 아니면 30을 맞춰야 했다. 다행히 주찬학은 12와 8을 받아서 20을 맞출 수 있었다. 반면, 숫자를 맞추지 못한 서당 훈장은 혀를 차면서 투전패를 내려놨다.

"에이! 오늘 패가 왜 이러나?"

그러고는 목덜미에 꽂은 곰방대로 구석에 놓인 타구를 끌어당겨서 가래침을 뱉었다. 마씨는 나머지 노름꾼들에게 패를 두 장씩 더 돌렸다. 같은 숫자가 나오거나 두 패의 숫자 합이 9는 되어야 높은 수로 쳤다. 조심스럽게 패를 보자 두 장 다 7이라는 숫자가 적혀 있는 게 보였다. 어쩐 일로 운이 좋나 싶었던 주찬학은 침을 꿀꺽 삼키고는 패를 보였다.

"칠 땡!"

그러자 마씨를 포함한 다른 노름꾼들이 패를 내던졌다. 마씨가 한마디 했다.

"오늘 패가 좀 당기시는군."

노름돈을 챙긴 주찬학은 얼른 대답했다.

"잔소리 말고 얼른 패나 섞어."

"그럽시다."

그렇게 패가 몇 번 더 돌면서 주찬학은 연거푸 판돈을 땄다. 딴 사람은 딴 사람대로 기뻐서 담배를 피웠고, 잃은 사람은 잃은 대로 담배를 피우면서 방 안은 뿌연 담배 연기로 가득해졌다. 주찬학은 투전에 몰두하면서 오늘 찾아온 세 사람을 잊고 싶었다.

한참 패를 보고 있는데 문이 벌컥 열렸다. 새로운 노름꾼인가 싶어서 돌아봤던 그의 눈에 보인 것은 마포 무뢰배들의 두목 애꾸였다. 훈련도감의 포수나 포도청의 포교 출신이라는 소문이 자자한 그는 마포 일대의 노름판과 객주를 지배하고 있었다. 마씨는 발아래 모아둔 엽전을 주머니에 담아서 건넸다.

"여기 있수다."

그러자 주머니를 낚아챈 애꾸가 마씨에게 물었다.

"알아봤어?"

"언년이네 주막집에 있답니다."

그러자 애꾸가 재차 물었다.

"확실한 거지?"

"그렇고말고요."

그러자 애꾸가 자릿값이 든 주머니를 들고 밖으로 나갔다. 그걸 지켜보던 마씨가 마뜩잖은 표정으로 곰방대를 집어들었다.

"저런 개망나니는 급살도 안 당하나?"

두 사람 사이의 얘기를 듣던 주찬학이 호기심에 못 이겨 물었다.

"무슨 일이야?"

"하의도인가 상의도인가에서 올라온 촌놈들을 찾으라지 뭐야."

마씨의 얘기를 들은 주찬학은 가슴이 철렁했지만 애써 태연함을 유지했다.

"뭐 돈이라도 떼였나?"

"낸들 아나? 요새 한양의 양반 댁이랑 연줄이 닿았다고 아주 기세가 등등해."

마씨가 퉁명스럽게 대답하고는 투전패를 돌렸다.

"언년이네에 있다."

무시객주의 마당 한구석에 모여 있던 부하들 앞에 선 애꾸가 지시했다. 그러자 부하들이 거적을 들추고 철퇴와 소의 고환을 말린 쇠좆매를 집어 들었다. 애꾸가 부하에게 넘겨받은 쇠좆매를 어깨에 걸치면서 말했다.

"죽지 않을 만큼 두들겨 패서 쫓아버린다. 반항하면 본보기 삼아서 한 놈 정도는 죽여도 된다."

큰 목소리로 대답한 부하들이 밖으로 우르르 몰려나갔다. 길가의 행인들이 애꾸 패거리를 보고는 길옆으로 물러났다. 한껏 거드름을 피우며 팔자걸음으로 걷던 애꾸는 언년이네 주막집이 보이자 부하들에게 소리쳤다.

"가서 끌고 나와. 낯짝 좀 보자."

그러자 부하들이 우르르 싸리문을 박차고 안으로 밀려들어갔다. 부하들이 문을 하나씩 열고 확인하는 가운데 방 안에서 비명소리가 들렸다. 부하 한 명이 웃통을 벗은 사내의 머리를 움켜잡고 의기양양하게 소리쳤다.

"여기 있습니다. 두목."

질질 끌려 나와서 마당에 내팽개쳐진 사내는 다가오는 애꾸를 보고는 파랗게 질렸다.

"오, 오입질이 무슨 죄라고 이러슈."

눈살을 찌푸린 애꾸는 사내가 소매에서 세 사람의 용모파기가 그려진 종이를 꺼내서 펼쳤다. 그러고는 부하들에게 소리쳤다.

"이놈이 아니잖아."

"주막집 안에는 이놈밖에 없는뎁쇼."

부하의 얘기를 들은 애꾸가 버럭 화를 냈다.

"뒷간이랑 근처 샅샅이 뒤져봐!"

사내가 끌려나온 방에서 땀에 젖은 얼굴을 한 언년이가 고개를 내밀고 바깥의 소동을 물끄러미 내다보았다.

주찬학은 윤민수 일행과 함께 언년이네 주막이 내려다보이는 갈대밭 언덕에 숨어서 애꾸 패거리들이 들쑤시는 광경을 지켜보고 있었다. 주찬학은 뒷간에 가는 척하고 노름판을 빠져나온 다음 한걸음에 달려왔다. 다행히 지름길로 와서 부하들을 이끌고 온 애꾸보다 한발 빠를 수 있었다. 깊은 한숨을 쉰 주찬학이 윤민수 일행에게 말했다.

"봤지? 저놈들 손에 걸렸으면 뼈도 못 추렸을 거야. 내일 해가 뜨자마자 배를 타고 고향으로 돌아가."

다른 두 명은 겁에 질린 표정을 지었지만 제일 어린 윤민수는 담담한 얼굴로 말했다.

"이 정도는 각오하고 왔어요."

"물론 그렇겠지. 그리고 저쪽도 처음에야 경고 차원에서 팔다리 하나 부러뜨리겠지만 그래도 말을 안 들으면 피를 보게 될 거야. 심정은 이해하는데……"

"이해한다는 얘기 함부로 하지 마세요!"

잠자코 듣던 윤민수가 버럭 화를 냈다. 언년이네 주막집을 뒤지고 있는 애꾸 패거리에게 들킬까봐 황급히 윤민수의 입을 막은 주찬학이 눈을 부라렸다.

"얼른 따라와."

이대로 있다가는 휩쓸릴 것 같다는 생각에 주찬학은 서둘러 윤민수 일행을 난월의 선술집으로 데려왔다. 다행히 일을 마친 난월이 자기 방에 들어가버려서 별다른 잔소리를 듣지 않고 방으로 들어오게 할 수 있었다. 문을 닫은 주찬학은 한숨부터 쉬었다.

"더 이상은 나도 도와줄 수 없으니까 여기서 쥐 죽은 듯 숨어 있다가 내일 고향으로 내려가."

이번에도 윤민수가 목소리를 높였다.

"빈손으로 돌아가느니 차라리 혀를 깨물고 죽고 말 겁니다."

열이 받은 주찬학은 핏대를 올리며 소리를 쳤다.

"이마에 피도 안 마른 녀석이 말끝마다 죽는다고 난리야! 섬에 살고 있어서 세상물정을 모르는 모양인데 너희들만 당하는 게 아니야."

주찬학이 신경질을 내자 윤민수가 잠자코 입을 다물었다. 드디어 설득했다고 좋아하려는 찰나, 갑자기 윤민수가 저고리를 벗고 돌아앉았다. 이게 무슨 짓이냐고 소리치려던 주찬학은 그의 등에 난 상처들을 보고 어안이 벙벙해졌다.

"맙소사."

그걸 본 주찬학은 마음속 깊은 곳에서 무언가가 울컥 치밀어오르는 걸 느꼈다. 윤민수가 저고리를 다시 입으면서 말했다.

"오른쪽 어깨 쪽에 난 건 달군 쇠막대기로 지진 상처입니다. 그 아래는 작두칼로 맞아서 난 상처고요. 왼쪽 옆구리부터 등 가운데까지 난 상처는 몽둥이로 맞은 건데, 하마터면 뼈가 부러져서 앉은뱅이가 될 뻔했죠. 이 상처들은 모두 제가 아홉 살 때 입은 겁니다."

영문을 모른 채 눈만 껌뻑거리던 그에게 임성찬이 한숨과 함께 얘기를 했다.

"칠 년 전 저 아이의 아버지가 한양에 올라갔을 때, 뒤늦게 그 사실을 안 홍씨 집안의 마름들이 몰려와서는 발칵 뒤집어놨다오. 어미는 그 와중에 혼절을 해서 다시는 깨어나지 못했고, 언니는 악독한 마름 손가에게 겁탈을 당하는 바람에 억지로 혼례를 치러야만 했지요."

"아버지가 한양에 올라갔다는 이유만으로 말이요?"

믿기지 않는다는 듯한 표정으로 주찬학이 묻자 임성찬이 고개를 끄덕거렸다.

"본보기 삼으려 했던 거지요. 그날 밤 저 아이는 어미와 누이를 지키려고 안간힘을 쓰면서 대들었지만 역부족이었지요. 우리들은 겁이 나서 지켜보고만 있었습니다."

섬사람들의 사연을 들은 주찬학은 입을 다물지 못했다.

"엄연히 국법이 있거늘 어찌 그런 짓을…… 그런데 그런 꼴을 겪고서도 또 올라왔단 말이오?"

윤민수가 벗었던 저고리를 추스르며 대답했다.

"남아서 고초를 겪을 마을 사람들을 생각하면 빈손으로는 내려가지 못합니다. 아까 제가 이해한다는 말 함부로 하지 말라고 그랬죠? 마을 사람들이 견디다 못해서 전광도 관찰사나 나주목사에게 찾아가서 고개를 조아리고 읍소를 하면 항상 하는 얘기가 그거였습니다. 너희들 처지는 이해한다. 하지만 방법이 없으니 돌아가서 참고 기다려라. 벌써 백 년입니다. 백 년이 이백 년이 되고, 삼백 년이 될지 어찌 알겠습니까?"

"심정은 이해하지만 방법이 없다고 했잖아."

"백성들은 누구나 억울함을 풀 수 있도록 정소를 할 수 있다고 들었습니다."

"대체 누가 그런 얘기를 해줬는데?"

"섬에 귀양 온 양반이 말해주었어요. 빼앗긴 땅을 되찾으려면 그 방법밖에는 없다고 말이죠."

눈물을 닦은 윤민수가 주찬학을 바라보고 덧붙였다.

"내일 날이 밝는 대로 한성부로 가서 하의삼도에서 횡포를 부리는 홍씨 가문을 정소할 겁니다. 그러니 제발 도와주십시오."

주찬학이 정색하며 대꾸했다.

"홍씨 가문이 왕실의 종친이란 걸 잊었는가. 계란으로 바위치기란 말도 사치야."

"도와주지 않겠다면 우리끼리 할 겁니다. 어차피 각오했던 일이었으니까요."

눈물을 머금은 윤민수의 말에 주찬학은 입을 다물었다.

다음 날 새벽, 주찬학은 세 사람이 조용히 방을 나가는 것을 느꼈지만 도저히 눈을 뜰 수 없었다. 그들이 떠나고 한참 후에야 난월의 기척을 듣고 눈을 떴다. 서둘러 밖으로 나간 주찬학은 길게 하품을 하는 난월의 잔소리를 들었다.

"요즘 중노미는 주인보다 늦게 일어나는 게 당연한가봐. 얼른 물 길어오고 불 지피지 않고 뭐해!"

주찬학은 카랑카랑한 난월의 목소리를 뒤로한 채 물통을 들고 우물가로 뛰어갔다.

마포를 떠나 한양으로 들어온 윤민수와 일행은 끝없이 펼쳐진 집과 사람들을 보고 넋을 잃었다. 하의도로 유배를 와서 글을 가르쳐준 스승님이 풀려나서 한양으로 올라갈 때 나주까지 따라갔던 윤민수를 제외하고는 임성찬과 이차돌 모두 뭍으로 나와본 적이 없었다. 눈이 휘둥그레진 두 사람에게 윤민수가 말했다.

"저기 황토마루를 넘어가면 육조거리가 나올 겁니다."

그러자 주변을 돌아보던 이차돌이 물었다.

"거기에 한성부가 있다는 거냐?"

"네."

윤민수가 짧게 대답하고 앞장섰다. 잠시 후 사람들의 발길에 반들반들해진 수십 척 높이의 언덕 꼭대기에 도달한 세 사람은 눈앞에 펼쳐진 풍경에 입을 다물지 못했다. 육조거리였다. 임성찬이 중얼거렸다.

"우리 섬보다 더 커 보인다."

좌우로 수십 척은 될 법한 육조거리는 사람들로 가득했다. 하인들을 거느린 양반부터, 지게를 짊어진 백성, 등짐을 멘 보부상들이 어깨를 부딪혀가면서 거리를 바쁘게 오가고 있었다. 육조거리에 들어선 세 사람은 좌우를 두리번거렸다. 그러다가 윤민수가 돌연 걸음을 멈췄다.

"바로 저기예요."

윤민수는 '한성부(漢城府)'라는 현판이 걸린 대문을 지그시 올려다보았다. '아버지, 드디어 도착했어요.' 꿈에도 그리던 순간이면서 동시에 맞닥뜨리고 싶지 않았던 상황이었다.

마른침을 삼킨 임성찬이 말했다.

"들어가자. 그런데 문이나 통과시켜줄지 모르겠다."

그의 말대로 한성부의 솟을대문 앞에는 전립에 더그레 차림의 문졸들이 지키고 있었다. 표독스러운 문졸들의 눈빛을 본 이차돌이 윤민수의 팔을 잡았다.

"그 외지부한테 가서 다시 부탁하는 건 어때?"

윤민수는 이차돌의 손을 뿌리치고 문졸들이 지키고 있는 한성부의 대문으로 향했다.

당장이라도 도망치고 싶은 심정이었지만 좋은 소식이 들려오기만을 학수고대하는 고향 사람들과 누나를 떠올린 윤민수는 아랫입술을 질끈 깨물고 걸음을 멈추지 않았다. 떨리는 발걸음으로 돌계단에 발을 디디자 쥐새끼 수염을 하고 있던 깡마른 문졸이 버럭 소리를 질렀다.

"여기가 어딘지 알고 잡인이 얼쩡거리느냐! 치도곤을 당하고 싶지 않으면 썩 물러가라!"

호통을 듣자 계단을 밟은 다리가 그대로 얼어붙었다. 하지만 용기를 낸 윤민수는 차분하게 말했다.

"정소를 하러 왔습니다. 들여보내주십시오."

"정소?"

"그렇습니다. 억울하게 땅을 빼앗긴 일을 해결하려고 합니다. 그러니 들어가게 해주십시오."

윤민수는 하의도에 유배를 왔던 스승님에게 들어 알고 있었다. 사실 관청의 대문을 지키는 문졸 같은 사령들은 미천한 자들로 실권은 없는 자들이라는 것을. 아무것도 모르는 백성들은 공연히 굽실거리는데 그럴 필요가 없으니 당당하게 나가면 알아서 꼬리를 내릴 거라고 스승님은 말했었다. 지나가던 행인들도 발걸음을 멈추고 흥미로운 눈길로 지켜보았다. 당장이라도 잡아먹을 것 같은 눈길을 보내던 문졸이 가래가 섞인 헛기침을 하더니 옆으로 비켜섰다.

"안에 들어가서 오른쪽에 있는 긴 행랑채가 작청(作廳)*이다. 떠들지 말고 조용하게 들어가거라."

속으로 안도의 한숨을 내쉰 윤민수는 문졸에게 고맙다는 눈빛을 던지면서 안으로 들어섰다. 몇 걸음 뒤에서 조마조마한 눈길로 바라보던 임성찬과 이차돌도 서둘러 따라붙었다.

* 군아(郡衙)에서 구실아치가 일을 보던 곳.

한성부 안은 녹색의 도포에 붉은색 두건을 쓴 하급관리인 서리들이 옆구리에 두루마리를 끼고 바쁘게 오가고 있었다. 들어서자마자 썩 나가라는 불호령이 떨어질 줄 알았지만 다들 자기 갈 길을 가느라 바빴다. 문졸이 일러준 대로 오른쪽에 긴 행랑채 같은 게 보이자 윤민수는 그쪽으로 발걸음을 돌렸다. 군뢰청(軍牢廳)이라는 현판 옆에 작청이라는 현판을 본 윤민수는 한숨을 돌렸다. 그리고 품속에서 소중하게 간직하고 있던 소지(所志)를 꺼냈다.

백성들이 관청에 올리는 청원서인 소지는 소송의 시작을 알리는 문기이기 때문에 반드시 피고가 거주하는 곳의 관청에 제출해야 한다고 소지를 써준 스승님이 얘기했었다. 머나먼 한양까지 고달픈 여행을 하게 된 이유였다. 이것이 끝인지 시작인지 알 수 없다는 생각도 잠시, 작청 안으로 들어서자 낯설고 싸늘한 기운이 그를 감쌌다.

지붕을 떠받드는 두 개의 기둥 사이에 길게 이어진 작청 안에는 나무로 만든 책상들이 벽에 붙어 있었고, 그 위에는 둘둘 말린 두루마리들과 종이들이 수북하게 쌓여 있었다. 서리들 몇 명이 띄엄띄엄 떨어져서 일을 하고 있는 게 보였다. 누구에게 얘기할지 둘러보고 있는데 인기척을 느꼈는지 종이더미에 코를 박고 있던 서리 한 명이 고개를 들었다. 술을 어지간히 좋아하는지 코끝이 빨갛게 달아오르고 살집이 두툼하고 볼이 축 늘어져서 심술궂은 인상을 주는 사람이었다. 눈살을 찌푸린 서리가 윤민수에게 말했다.

"뭐하러 온 놈이냐!"

"정소를 하러 왔습니다."

"정소? 발괄을 가져왔느냐?"

윤민수는 대답 대신 손에 쥐고 있던 소지를 딸기코 서리가 앉아 있던 책상 위에 올려놨다. 종이봉투에 所志라는 한문이 쓰여 있는 걸 본 서리가 고개를 갸우뚱거렸다. 보통 글을 못 배운 백성들은 격식을 차린 소지 대신 간략하게 쓴 발괄을 가져오는 경우가 많았기 때문이다. 봉투를 열고 안에 든 소지를 펼쳐든 딸기코 서리는 천천히 읽어내려가다가 눈이 휘둥그레졌다.

"풍천 홍씨를 고소하러 온 것이냐?"

딸기코 서리의 물음에 윤민수는 고개를 끄덕거렸다.

"그렇습니다. 일토양세를 걷는 것도 모자라 마름들의 횡포가 하늘을 찌르고 있습니다. 이를 바로잡기 위해……"

윤민수의 말은 딸기코 서리가 책상을 내리치면서 하는 말에 끊겨버렸다.

"풍천 홍씨 집안이면 정명공주방 아니냐? 그 집안이 종친, 아니 왕실이라는 걸 모르느냐?"

"잘 알고 있습니다. 그래서 나주목에 거듭 정소를 했지만 피고가 사는 곳에 있는 관청인 척재관(隻在官)에 소지를 제출해야 한다고 해서 한양까지 직접 올라온 것입니다."

"어허, 이런 무지한 촌놈들을 봤나. 내가 왕실이라고 말한 걸 못 들었느냐?"

"왕실은 정소하지 말라는 법이 있습니까?"

윤민수의 거침없는 말에 딸기코 서리는 물론 작청 안에 있던 다른 서리들이 일제히 하던 일을 멈추고 돌아보았다. 딸기코 서리가 책상 위의 소지를 내던지면서 말했다.

"말이 안 통하는군. 물볼기 맞고 쫓겨나기 전에 얼른 못 갈까."

윤민수는 허리를 굽혀서 바닥에 떨어진 소지를 도로 올려놨다. 그러고는 이글거리는 눈빛으로 딸기코 서리를 노려보았다.

"소지를 접수하든지 아니면 정당한 이유를 알려주십시오. 그러지 않으면 돌아가지 않겠습니다."

서슬에 눌린 딸기코 서리가 인상을 쓰더니 다시 소지를 들여다보았다. 그러다 회심의 미소를 지었다.

"소지에 관사(官斜)*가 없지 않느냐? 관사가 없는 백문기(白文記)는 접수할 수 없으니 가지고 돌아가거라."

"관사라니요?"

"지금처럼 척재관에 소지를 제출하려면 원래 관청에서 접수했다는 확인이 필요한데, 그 수결을 한 것이 바로 관사니라."

딸기코 서리의 설명을 들은 윤민수가 대답했다.

"나주목에서는 그런 얘기를 듣지 못했습니다."

"그건 내가 알 바 아니고. 암튼 이 소지는 절차상의 문제가 있어서 접수하지 못하는 것이니 그리 알고 돌아가거라."

의기양양한 표정을 지은 딸기코 서리가 여봐란 듯 소지를 바닥에 내팽개쳤다. 말문이 막힌 윤민수는 떨리는 손으로 구겨진 소지를 집어들

* 소정의 절차를 밟아 고증을 받는 것.

었다. 눈물이 앞을 가렸다. 어떻게 여기까지 왔는데 이렇게 허무하게 돌아서야 한다는 게 믿겨지지 않았다. 충격을 받은 윤민수가 꼼짝도 않자 딸기코 서리가 목청을 높였다.

"군뢰는 어디 있느냐? 당장 와서 이놈들을 끌어내라."

그러자 까치등거리 차림의 우락부락한 군뢰들이 들어와서는 윤민수와 그 일행을 작청 밖으로 끌어내려 했다. 울분에 찬 윤민수는 문고리를 잡고 버텨봤지만 소용이 없었다. 군뢰들에게 질질 끌려가려는 찰나 우렁찬 목소리가 막아섰다.

"당장 그 손을 멈추시게!"

군뢰는 물론 끌려나오던 윤민수와 일행은 대모갑으로 만든 안경을 코끝에 걸친 채 당당하게 걸어오는 주찬학을 똑똑히 보았다.

2
법정의 문턱을 넘어

하늘색 중치막(中致莫)*에 붉은색 끈을 느슨하게 맸고, 흑립을 쓴 모습은 흡사 과거 시험을 보러 가는 선비 같았다. 갑작스러운 그의 등장에 윤민수와 일행은 물론 군뢰들까지 얼떨떨해했다. 어리둥절해하는 군뢰들 앞에 선 주찬학이 혀를 찼다.

"이런 무식한 자들 같으니. 백성이 억울함을 호소하기 위해 어려운 발걸음을 했는데 이리 홀대해서야 쓰겠는가?"

주찬학의 말에 군뢰들이 어리둥절한 표정을 지으며 윤민수 일행을 붙잡은 손을 놨다. 그러자 아까 그 딸기코 서리가 작청 밖으로 고개를 내밀었다.

"네놈은 또 누구냐?"

* 선비들이 입었던 도포의 한 종류로 활동성이 좋았다.

그러자 주찬학이 느긋한 팔자걸음으로 다가가서는 코끝에 걸친 안경을 살짝 추켜올렸다.

"저 녀석의 외삼촌이외다. 제가 올 때까지 기다리라고 했는데 성미가 급해서 바로 들이닥친 모양이구려."

주찬학의 능글맞은 말투와 점잖은 차림새를 본 딸기코 서리가 중얼거리듯 말했다.

"뭐, 세상물정을 모르면 그럴 수도 있겠지요. 어서 데리고 가시구려."

그러자 주찬학이 손으로 흑립을 살짝 잡은 채 고개를 숙였다.

"고맙소이다."

돌아선 그가 땅바닥에 넘어져 있던 윤민수를 일으켰다.

"거봐라. 내가 올 때까지 기다리라고 그렇게 얘기했는데 누굴 닮아서 그리 성미가 급하누."

어리둥절해하는 윤민수에게 씩 웃어 보인 주찬학은 그가 쥐고 있던 소지를 보더니 놀란 척을 했다.

"아니, 소지도 접수하지 않고 뭐하고 있던 게냐?"

자기 자리로 돌아가려던 딸기코 서리는 그 얘기를 듣고는 돌아서서 짜증을 냈다.

"나주목의 관사가 없어서 접수하지 않았소이다."

그러자 소지를 움켜쥔 주찬학이 냉큼 그에게 다가갔다.

"이보시오. 관사라니요? 내가 일이 있어서 장예원부터 형조까지 제법 돌아다녀봤지만 소지에 관사를 받아오라는 말은 금시초문이외다. 노비 소송이라면 모르겠지만 이 건은 분명 전답 때문에 벌어진 일인데 말이오?"

주찬학의 말에 딸기코 서리의 얼굴이 붉게 달아올랐다.

"금시초문이고 나발이고 나랏법이 그런 걸 낸들 어쩌겠소?"

"그러니까 척재관에 제출하는 소지에는 무조건 관사가 있어야 한다 이 말씀이지요?"

손을 휘휘 저은 딸기코 서리가 말했다.

"그렇소이다. 그러니 그만 떠들고 조카애나 데리고 돌아가시구려."

주찬학은 돌아서는 딸기코 서리의 소매를 움켜잡았다.

"아이고, 다행히 나랏법을 잘 아는 분을 만났구려."

윤민수는 뭐가 어떻게 돌아가는지 영문을 알 수 없었다. 딸기코 서리가 짜증을 넘어서 화를 내려고 하자 주찬학이 능글맞게 웃었다.

"내 사촌이 지금 장예원에서 노비를 두고 처가와 소송 중인데 그쪽에서 척재관에 소지를 제출하면서 관사도 없이 내놓지 뭐요. 그래서 관사를 받아오지 않으면 접수를 해서는 안 된다고 했는데 도통 말귀를 못 알아듣지 뭡니까? 내가 사례는 톡톡히 할 테니 가서 제발 방금 한 말 좀 해주시구려."

주찬학이 소매를 잡아끌자 딸기코 서리는 당황한 표정을 지었다.

"아니, 그러니까……"

"내가 사례는 두둑하게 하겠소이다. 그러니 좀 도와주시구려."

어찌할 바를 모르던 서리는 소매를 빼기 위해 안간힘을 썼다.

"이러지 말고……"

그러다가 결국 소매를 확 잡아 빼면서 소리쳤다.

"우리 담배나 피우면서 얘기합시다."

딸기코 서리의 얘기에 주찬학은 소매를 놓으면서 대답했다.

"그럽시다."

소매에서 곰방대를 꺼낸 주찬학은 흙을 털고 일어난 윤민수에게 말했다.

"밖에서 기다리고 있거라."

작청 뒤쪽으로 온 딸기코 서리는 잠자코 담배쌈지를 건넸다. 가죽으로 만든 담배쌈지의 주둥이를 열고 꺼낸 담뱃가루를 곰방대의 대통에 조심스럽게 쑤셔 넣었다. 그러자 딸기코 서리가 부싯돌을 켜서 불을 붙여주었다. 물부리로 담배 연기를 깊게 빨아들인 주찬학이 연기를 뿜어냈다. 담배를 채우고 불을 붙인 곰방대를 입에 문 딸기코 서리가 조심스럽게 물었다.

"뭐하시는 분이요?"

"그게 중요한 게 아니라 소지를 접수하느냐 마느냐가 우선일 것 같소."

처마 끝에 걸친 해를 바라본 주찬학의 대답에 딸기코 서리가 울상이 되었다.

"보통 집안도 아니고 정명공주방이면 왕실이나 진배없는데 그 집안을 고소하는 소지를 받았다가 뒷감당을 어찌하란 말이오?"

혀를 찬 주찬학이 한 손에 곰방대를 쥐고는 낮은 목소리로 말했다.

"아이고, 하나는 알고 둘은 모르는 분이구려."

"하나는 알고 둘은 모르다니? 그게 대체 무슨 얘기요?"

“저 천둥벌거숭이 같은 시골 촌놈들이 앞뒤 안 재고 임금이 행차하시는 거둥 앞이라도 가로막아보시구려. 그리고 한성부의 서리가 소지를 안 받아줬다고 입이라도 뻥긋하는 순간……”

주찬학은 손으로 목을 긋는 시늉을 하자 곰방대를 든 딸기코 서리의 손이 부들부들 떨렸다.

“그야말로 진퇴양난이외다.”

“거, 복잡하게 생각하지 말고 그냥 소지에 뎨김을 써주시구려.”

주찬학의 말에 딸기코 서리가 펄쩍 뛰었다.

“큰일 날 소리! 그러다 진짜 내 목이 떨어지는 걸 보고 싶소?”

“그럼 전전긍긍하고 있으시던가.”

주찬학이 특유의 능글맞은 웃음을 지으며 돌아서자 딸기코 서리가 황급히 소매를 잡았다.

“이렇게 죽으나 저렇게 죽으나 마찬가지인데 나보고 어쩌란 말이오?”

“뎨김을 써주고 모른 척을 하면 그만 아니오? 뒤에 터질 일들이야 어차피 딴 놈들이 뒤집어쓸 테니 조용히 뒤로 빠질 수도 있고 말이외다. 거기다……”

잠깐 말을 멈춘 주찬학이 주변을 쓱 살펴보고는 딸기코 서리의 귓가에 대고 뭔가를 속삭였다.

한성부 밖으로 나온 윤민수 일행은 솟을대문 밖에서 하염없이 기다렸다. 잘할 수 있으리라는 자신만만함을 잃어버린 윤민수는 애꿎은 길가의 돌멩이만 발끝으로 걷어찼다. 옆에서 곰방대를 들고 담배를 피우던 이차돌이 솟을대문을 바라보더니 눈이 휘둥그레졌다.

"저기, 나온다."

윤민수가 고개를 들자 한성부를 나오는 주찬학의 모습이 보였다. 윤민수는 한걸음에 달려갔지만 뭐라고 해야 할지 몰라서 머뭇거렸다. 그런 윤민수에게 주찬학이 구겨진 소지를 건넸다. 소지를 건네받은 윤민수가 실망감 가득한 목소리로 물었다.

"역시 거절당한 겁니까?"

그러자 주찬학이 소지 아래쪽을 손가락으로 가리켰다.

"피고를 데려오라는 뎨김을 써줬잖아."

윤민수가 소지를 고쳐 잡고 살펴보자 과연 소지의 아래쪽에 피고를 데려오라는 붓글씨가 보였다. 윤민수가 떨리는 목소리로 물었다.

"그럼 이제 소송을 시작하는 겁니까?"

"넘어야 할 산이 더 있으니까 좋아하긴 이르다고."

"무슨 산 말입니까?"

윤민수의 물음에 주찬학이 대답했다.

"일단 어디 가서 배라도 채우면서 얘기하지."

주찬학이 윤민수 일행을 데려간 곳은 운종가 옆에 나 있는 샛길이었다. 두 사람이 겨우 지나갈 만한 좁은 길을 가득 메운 행인들을 보면서 이차돌이 물었다.

"바로 옆에 큰길을 놔두고 다들 왜 이런 좁은 길로 다닌답니까?"

그러자 주찬학이 심드렁하게 대답했다.

"큰길로 갔다가 대감마님 행차를 알리는 벽제소리라도 들으면 꼼짝없이 다 지나갈 때까지 길옆에 엎드려 있어야 하오. 그래서 이 길을 말을 피한다는 뜻으로 피마길이라고 부르지요."

이런저런 얘기를 하던 주찬학은 어느 허름한 초가집 앞에서 걸음을 멈추었다. 처마 아래 걸쳐놓은 나무판에 면옥이라는 글씨가 희미하게 남아 있었고, 문 옆에 세워둔 장대에는 종이 다발이 바람에 흩날렸다. 지저분한 천으로 만든 가림막을 밀치고 들어서자 넓은 마당이 나타났다. 곳곳에 놓인 평상에는 사람들로 가득했고, 그 사이로 일꾼들이 바쁘게 오고갔다. 뜻밖의 광경에 놀란 윤민수 일행에게 주찬학이 설명했다.

"냉면을 파는 면옥일세. 얘기를 나누면서 배를 채우기 적당한 곳이지."

때마침 빈 평상을 발견한 주찬학이 냉큼 가서 엉덩이를 붙였다. 그러자 머리에 두건을 질끈 동여맨 일꾼이 다가왔다. 주찬학이 손가락을 펴서 네 개라고 한 다음에 엽전을 건넸다. 자리에 앉은 그들은 맞은편에 활짝 열린 문 사이로 들여다보이는 부엌의 풍경을 보고 입을 다물지 못했다.

물이 펄펄 끓는 큰 솥 위에는 물레방아같이 생긴 국수틀이 걸쳐져 있었다. 그 위로 천장의 밧줄을 잡은 대머리 사내가 걸터앉자 솥 위로 국수다발 같은 것이 줄줄이 쏟아졌다. 그러자 옆에서 지켜보던 또 다른 사내가 긴 젓가락으로 국수다발을 가마솥 안에서 휘휘 젓다가 끄집어내서 옆에 있는 항아리에 넣었다. 그런 식으로 몇 사람 손을 거친 다음 사기그릇에 담겨져서 주찬학과 윤민수 일행 앞에 놓였다. 임성찬은 냉면 그릇 안에 든 작은 얼음조각을 보고는 신기해하면서 주찬학에게 물었다.

"이런 계절에 어떻게 얼음을 구한답니까?"

"마포부터 양화진까지 얼음을 저장하는 사빙고(私氷庫)가 수십이오. 돈만 있으면 얼음 구하는 거야 그리 어려운 일은 아니지. 먹으면서 얘기합시다."

주찬학이 대나무통에 든 젓가락을 꺼내자 다들 말없이 그를 따라했다. 단숨에 면을 먹어치운 주찬학이 얼음이 든 국물을 한 모금 마신 다음에 입을 열었다.

"아까 소지 아래 써준 것은 뎨김이라는 거야."

그러자 구겨진 소지를 펼친 윤민수가 물었다.

"뎨김이요?"

"제사라고도 부르지. 보통 관청에서 소지를 접수한 다음에 하는 일이야. 그러니까 소지를 접수한 원고에게 직접 척(隻), 그러니까 피고를 데리고 오라고 하는 거지."

"그러니까 우리보고 홍씨 집안 대표를 데리고 오라 이 얘기군요."

윤민수의 대답에 주찬학이 고개를 끄덕거렸다.

"맞아. 그렇게 관청에 끌고 오면 양쪽이 공정하게 소송에 임할 것이고, 결과에 승복하겠다는 시송다짐[始訟侤音]*을 제출하면 소송이 시작되는 것이지. 문제는 말이야……"

이맛살을 찌푸린 주찬학이 한숨을 쉬면서 말을 이어갔다.

* 양쪽 당사자 간의 소송 개시 합의를 적은 문서.

"풍천 홍씨 집안에서 이 뎨김을 간단하게 무시할 거란 애기지. 서리놈이 못 이기는 척 뎨김을 써준 것도 바로 그 때문이야."

"뎨김을 무시한다는 게 무슨 뜻입니까?"

젓가락을 내려놓은 윤민수의 물음에 주찬학이 대답했다.

"보통 정소를 당하는 피고는 버틸수록 유리한 경우가 많거든. 그래서 뎨김을 받으면 농사일이 바쁘다거나 아버지가 아프다는 핑계로 무시하곤 하지. 그러다가 관청에서 형리를 보내서 잡아와야지만 송정에 모습을 드러내는 게 대부분이야. 백성들도 그 모양인데 힘 있는 관리들이야 오죽하겠냐. 거기다 풍천 홍씨 집안의 수장인 홍유한은 지금 대제학이야. 이번 소송을 판결할 한성판윤보다 품계가 몇 단계나 높다 이 말이야."

주찬학의 애기를 들은 윤민수가 한숨을 쉬면서 애기했다.

"그러면 오늘 받아낸 뎨김이라는 건 아무짝에도 쓸모없단 건가요?"

"무시당할 가능성이 많아. 오히려 소지를 빼앗아서 없애버리겠지. 그러면 다시 소지를 접수해야 하는데 그때쯤 되면 홍씨 집안에서 미리 손을 써놔서 정말로 접수를 안 받을 것이고 말이야."

주찬학의 설명을 들은 윤민수가 궁금한 표정으로 물었다.

"그런데 어제까지만 해도 그렇게 말렸던 분이 어째서 나선 겁니까?"

"마음이 변했어. 홍씨 집안이랑 해결해야 할 일이 있거든."

"그래요? 그나저나 홍씨 집안을 끌어낼 방법은 없는 겁니까?"

"찾아봐야지. 일단 배부터 채워."

주찬학의 애기에 윤민수가 냉면이 든 사기그릇을 집어서 국물을 마시려는 순간, 휘익 하는 소리를 내면서 쇠좆매가 날아들었다. 상이 부서지고 깨진 사기조각이 사방으로 튀면서 주변에서 비명소리가 들렸다. 쇠좆매를 움켜쥔 애꾸가 콧방귀를 뀌었다.

"촌놈들이 쥐새끼처럼 잘도 도망다녔겠다."

이차돌과 임성찬이 재빨리 윤민수 앞을 가로막았다. 하지만 면옥 안에 들어온 애꾸의 부하들은 수십 명이었다. 그걸 본 이차돌과 임성찬의 표정에 그늘이 드리워졌다.

그때 태평스러운 주찬학의 목소리가 긴장으로 가득한 면옥 안에 울려퍼졌다.

"이거 참, 비싼 안경인데 국물이 다 튀었네."

중치막의 소매로 국물이 묻은 안경을 쓱쓱 닦은 주찬학이 도로 얼굴에 쓰고는 애꾸를 향해 활짝 웃었다.

"이게 누구신가? 마포나루를 쥐락펴락한다는 애꾸 아닌가? 드디어 한양으로 진출한 거요?"

그러자 쇠좆매를 주찬학의 어깨에 걸친 애꾸가 이죽거렸다.

"입만 산 외지부 녀석이 바로 너로구나. 주둥이를 부숴버리면 그 잘난 입을 나불거릴 수 있는지 보자꾸나."

오금이 저릴 정도로 험악한 얘기였지만 주찬학은 천연덕스럽게 손가락으로 어깨에 걸쳐진 쇠좆매를 밀어냈다.

"무식하게 힘만 쓴다고 세상일이 잘 풀리는 건 아니지. 아마 풍천 홍씨 집안에서 이 일을 시켰겠지? 그 무지랭이 촌놈들이 소지를 접수하기 전에 잡아서 혼쭐을 내주라고 말이야. 그런데 이를 어쩌나? 소지는 아까 접수했지."

"그렇다면 네놈들을 죽여야 할 이유가 더 늘어난 셈이군."

누런 이를 드러낸 애꾸의 말에 주찬학은 손가락을 까닥거렸다.

"지시를 받았을 때는 분명 소지를 접수하기 전에 조용히 처리하라고 했을 테지. 하지만 소지가 접수된 이후에는 얘기가 달라져. 엄연히 관청에 소지를 접수했는데 피고가 원고를 건드리는 건 지엄한 왕명에 도전하는 거나 다를 바가 없거든."

주찬학의 얘기에 애꾸의 얼굴에 곤혹스러움이 떠올랐다. 그러자 소매에 묻은 냉면 국물을 털어낸 주찬학이 평상에 도로 앉았다.

"믿기지 않으면 사람을 보내서 확인을 해보든가. 그동안 우리는 냉면이나 한 그릇씩 더 먹고 있겠네."

주찬학이 우렁찬 목소리로 냉면을 다시 달라고 하자 주인은 부리나케 부엌 안으로 사라졌다. 머쓱해진 애꾸는 공연히 헛기침을 하고는 부하 한 명에게 귓속말을 했다. 얘기를 들은 부하가 부리나케 밖으로 사라지고 기이한 침묵이 찾아왔다. 주인이 냉면이 담긴 사기그릇들을 올린 상을 다시 내왔다. 그러자 주찬학이 입맛을 다시면서 젓가락을 들었다. 그 모습을 본 윤민수도 자리에 앉아서 상 위에 놓인 냉면그릇을 집어들었다. 수십 명의 무뢰배들이 지켜보는 가운데 주찬학과 윤민수 일행이 냉면을 먹는 기이한 풍경은 밖으로 나갔던 부하가 헐레벌떡 들어오면서 끝났다. 부하의 귓속말을 들은 애꾸는 네 사람이 앉아 있는 평상 앞으로 뚜벅뚜벅 걸어왔다. 그러고는 싸늘한 목소리로 주찬학에게 말했다.

"운 좋은 줄 알아라. 소송이 끝나면 결과에 상관없이 넌 내 손으로 박살을 내주마."

주찬학이 무표정한 얼굴로 대꾸했다.

"멀리 안 나가네."

애꾸는 쇠좆매로 주찬학의 머리 위를 아슬아슬하게 스쳐지나갈 정도로 휘둘렀다. 그러고는 부하들을 헤치고 면옥 밖으로 나갔다.

부하들이 뒤따라 우르르 나가자 주찬학은 참았던 한숨을 내쉬었다.

"생각보다 빨리 움직였군. 쉽지 않겠어."

"풍천 홍씨 집안에서 움직인 겁니까?"

윤민수의 물음에 주찬학은 고개를 끄덕거렸다.

"이제 더 노골적으로 움직이겠지. 소송 오래 끄는 건 정말 질색할 테니까 말이야."

"상황이 이런데도 도와주실 겁니까?"

"그거야 각오하고 있지."

주찬학이 쓴웃음을 지었다.

"아무튼 고맙습니다. 잘되면 잊지 않고 보답하도록 할게요."

"그때까지 살아나 있으면 다행이지. 어서 먹고 일어나자. 해 떨어지기 전에 마포로 가려면 갈 길이 멀다."

분위기는 더없이 싸늘했다. 정자관을 쓰고 창가에 놓인 소나무 분재를 물끄러미 바라보던 대제학 홍유한은 소나무 껍질 사이로 튀어나온 작은 가지를 가위로 잘라냈다. 굵고 단단한 턱과 부리부리한 눈매를 가진 그는 말없이 소나무 분재를 매만졌다. 활짝 열린 사랑채의 문밖으로는 꿀을 얻기 위해 가져다놓은 벌통들이 보였다. 사랑채의 대청 아래에서 고개를 조아린 청지기 조외수가 기어들어가는 목소리로 입을 열었다.

"한성부에 사람을 보내서 확인해봤습니다. 그자들이 소지를 접수하고 뎨김을 받아간 게 확실합니다."

"그럴 테지. 그랬으니까 그리 당당하게 나왔을 것이야."

왕실의 제사로 모처럼 조정에 나가지 않았던 홍유한은 하의삼도에서 올라온 자들이 한성부에 소지를 접수시켰다는 청천벽력 같은 소식을 들었다. 그래서 마포의 무뢰배들을 동원해서 소지를 접수하기 전에 미리 손을 보려고 했지만 어떻게 했는지 실패하고 만 것이다. 고개를 숙이고 있던 청지기 조외수가 바닥에 무릎을 꿇었다.

"소인 놈이 제대로 살피지 못한 탓입니다. 용서해주십시오."

그러자 홍유한이 쓴웃음을 지으며 말했다.

"아니다. 오히려 잘된 일일 수도 있다. 이번에 따끔한 맛을 보여주면 어리석음을 깨닫고 포기하겠지. 암, 그렇고말고."

가위를 고쳐 잡은 홍유한은 잔뜩 굽은 소나무 분재를 손으로 천천히 쓰다듬었다. 해남에서 거금을 주고 어렵게 구한 분재였다. 옆으로 잔뜩 휘었다가 위로 솟구친 것이 꼭 용이 승천하는 모양새였다. 그는 시간이 날 때나 생각을 정리할 때마다 소나무 분재에 물을 주거나 다듬는 일을 하곤 했다. 평정심을 유지하기 위해서였다. 홍유한이 청지기 조외수에게 말을 하려는 찰나, 대문이 열리고 시끌벅적한 소리가 들려왔다. 값비싼 통영갓을 비스듬하게 쓰고 푸른색 도포 차림에 합죽선을 든 큰아들 홍선귀와 둘째아들 홍찬귀였다. 낮술로 불콰해진 그들의 얼굴을 본 홍유한이 혀를 찼다.

"성균관에 들어가서도 공부는 안 하고 술만 마시러 다니고들 있는 게냐?"

그러자 큰아들 홍선귀가 공손하게 고개를 숙이며 대답했다.

"날도 더워지고 글도 안 읽혀서 반촌에서 아우와 한 잔씩 했습니다."

큰 키에 펑퍼짐한 코, 그리고 비스듬하게 치켜올라간 눈꼬리 때문에 사나운 인상을 주는 큰아들은 학문보다는 잡기에 능해서 홍유한의 골치를 아프게 했다. 늦둥이라 애지중지했던 게 버릇을 잘못 들인 것이다. 옆에서 아무 말 없이 서 있는 홍찬귀는 형보다 키만 좀 작을 뿐 생김새와 하는 짓은 똑같았다. 연년생인 두 형제는 죽마고우처럼 붙어다니면서 주색잡기와 노름 같은 것으로 세월을 보냈다. 두 형제를 본 홍유한은 저도 모르게 중얼거렸다.

"그놈의 반만이라도 공부를 했어봐라."

홍유한의 중얼거림을 듣지 못한 홍선귀가 고개를 번쩍 들었다.

"듣자하니 하의도 놈들이 또 정소를 했다고 들었습니다."

"계집 품속에 빠져 있으면서 용케 집안 소식은 듣고 있는 게냐? 참으로 장하구나."

아버지의 비아냥거림에 홍선귀가 씩 웃었다.

"명색이 이 집의 큰아들이 그런 중차대한 일을 모른 척하고 넘어갈 수 있겠습니까."

"그래 어떻게 대처하면 좋겠느냐?"

"그거야 간단합니다. 뎨김을 받아갔으니 조만간 찾아오지 않겠습니까? 그때 붙잡아서 혼쭐을 내고 쫓아내는 겁니다."

"뎨김을 가지고 올 때 붙잡자 이 말이로구나."

아버지가 수긍하는 모습을 보이자 신이 난 홍선귀가 대청으로 올라섰다.

"맞습니다. 저랑 동생한테 맡겨주시면 깨끗하게 해결하겠습니다."

의기양양해하는 큰아들을 본 홍유한이 다시 한 번 혀를 찼다.

"세상일이 그리 쉽게 돌아간단 말이냐? 그러다가 문제가 커지면 어찌할 것이냐?"

"문제 생길 일이 뭐가 있겠습니까? 제가 잘 처리하겠습니다."

큰아들이 거듭 큰 소리를 치자 홍유한은 그만 입을 다물었다. 따끔하게 혼을 내고도 싶었지만 그래도 명색이 장남인지라 마음을 억누를 수밖에 없었다.

난월의 선술집으로 돌아온 주찬학과 윤민수 일행은 그녀의 눈총을 뒤로하고 곧장 방으로 들어갔다. 둥그렇게 둘러앉은 윤민수 일행에게 주찬학이 차분하게 말했다.

"이제 홍씨 집안에서는 당신들이 앞에 나타나기만을 기다리고 있을 거요."

"그렇다면 어찌해야 합니까?"

윤민수의 물음에 주찬학이 말했다.

"뎨김을 받게 해야지. 그래서 송정에 홍씨 집안이 나오게 만들어야 해."

"아까 홍씨 집안에서 안 받으면 방법이 없다고 하지 않았습니까?"

윤민수의 반문에 주찬학이 씩 웃었다.

"절대로 거절할 수 없는 곳에 넣을 생각이네. 홍씨지만 홍씨가 아닌 곳에."

"거기가 어딥니까?"

"차차 알게 될 거야. 고생들 했으니 좀 쉬게."

능글맞게 웃은 주찬학이 자리를 떴다. 그러자 임성찬이 신이 난 목소리로 떠들었다.

"이제 소송이 잘 풀리면 땅을 되찾을 수 있겠다."

밖으로 나온 주찬학은 대청에 앉아서 장죽으로 담배를 피우고 있던 난월 곁으로 다가갔다. 얼굴을 찡그린 그녀가 퉁명스럽게 말했다.

"다시는 외지부 안 한다면서? 마음이 바뀌었나봐."

"일이 그렇게 됐어. 당분간 일 못하니까 중노미 하나 구해놔."

"중노미가 그렇게 쉽게 구해지나? 무슨 생각인지는 대충 알겠는데, 그러다 또 큰 코 다친다."

난월의 얘기에 주찬학은 윤민수 일행이 있는 방을 바라보면서 말했다.

"나도 다 생각이 있으니까 잠자코 지켜보기나 해. 잘하면 이번 일로 다시 보란 듯이 세상 밖으로 나갈 수 있을 테니까."

코와 입으로 허연 담배연기를 토해낸 난월이 심드렁하게 말했다.

"세상 일이 어디 맘 먹은 대로 되나? 아무튼 일이 심상치 않게 돌아가겠네."

그러자 난월의 장죽을 뺏어서 한 모금 피운 주찬학이 대답했다.

"그 정도가 아니라 아주 폭풍이 몰아칠 거야."

"상관 안 할 테니까 이년한테나 불똥 안 튀도록 해주시와요."

주찬학은 비아냥거림 섞인 아양을 떠는 난월에게 말없이 장죽을 돌려줬다.

담배를 파는 엽초전(葉草廛)의 퇴청에 앉아 있던 철식은 고개를 끄덕거리며 졸고 있었다. 사십이 막 넘은 그는 작고 왜소한 몸에 머리까지 듬성듬성 빠져버리는 바람에 탕건으로 머리를 가려야만 했다. 잠결에 목덜미에 달라붙은 파리를 쫓기 위해 손을 휘휘 저었다가 문지방을 넘어서는 발소리를 듣고는 눈을 번쩍 떴다. 오랫동안 몸에 익었던 습관대로 말이 먼저 튀어나왔다.

"어서 오십시오. 평안도의 성천초, 강원도 금성초, 전라도 진안초가 모두 있습니다."

잠에서 깨 정신을 차린 철식은 뒤늦게 들어온 손님들의 행색이 대단히 기이하다고 느꼈다. 앞장선 자는 흑립에 도포 차림의 선비로 비싸다는 대모갑으로 만든 안경까지 걸쳤지만, 뒤따라 들어온 세 명은 주인을 모시는 노비들이라고 보기에는 모두 행색이 초라하고 꾀죄죄했다. 수상쩍다는 생각에 철식은 마루 쪽을 돌아보았다. 웃통을 벗은 건장한 일꾼들이 작두로 말린 담배 잎을 썰고 있는 중이었고, 어린 종놈은 그렇게 잘린 담뱃잎을 부지런히 모으는 중이었다. 무슨 사단이 나도 든든한 일꾼들이 있다는 생각에 안심이 된 철식은 방금 들어온 손님들에게 기세 좋게 말했다.

"어떻게 오셨습니까? 우리는 담배를 대량으로 사고파는 곳이라 피우실 담배를 사실 거라면 길 건너편의 절초전(折草廛)으로 가시지요."

그러자 뒷짐 진 선비 행색의 손님이 철식을 바라보다가 씩 웃었다. 뭔가 불안하다는 생각에 헛기침을 하면서 등을 긁었다. 수상한 자가 나타났으니 쫓아내라는 신호였다. 그러자 담배를 썰던 건장한 일꾼이 하던 일을 멈추고 손님들을 노려보았다. 분위기가 싸늘해지자 선비 행색의 손님은 소매에서 뭔가를 꺼내서 보여줬다. 그걸 본 철식은 저도 모르게 묻고 말았다.

"그게 뭐요?"

그의 물음에 씩 웃은 선비 행색의 손님이 대꾸했다.

"데김이외다. 아랫것들 앞에서 얘기를 계속하겠소? 아니면 따로 조용히 말하겠소?"

뭔가 일이 심상치 않게 돌아간다는 생각에 철식은 일꾼들에게 일을 계속하라는 손짓을 하고는 마루와 이어진 퇴청의 지게문을 닫았다. 그리고 선비 행색의 손님에게 말했다.

"들어오슈."

그러자 선비 행색의 손님은 어험 하는 헛기침과 함께 퇴청 안으로 들어와서 짚으로 짠 방석 위에 앉았다. 나머지 일행은 밖에서 기다렸다. 옆에 놓인 담뱃대걸이에서 적당한 길이의 장죽을 집어든 철식은 담배를 꾹꾹 눌러담았다. 그러고는 등잔불로 불을 붙인 다음 선비 행색의 손님에게 권했다. 장죽을 건네받은 그가 대답했다.

"이게 차보다 좋다는 연다(烟茶)로구나."

"쓸데없는 얘기는 그만하고 그 뎨김부터 자세히 봅시다."

"그럽시다."

선비 행색의 손님은 장죽을 입에 문 채 뎨김을 꺼내서 그에게 건넸다.

뎨김을 건네받은 철식은 천천히 내용을 읽었다. 그러고는 파랗게 질린 얼굴로 선비 행색의 손님에게 물었다.

"이건 풍천 홍씨 집안을 고소한 소지의 뎨김인데 왜 나에게 가져온 것이요?"

"거, 남남처럼 얘기하다니 주인마님이 들으면 서운하시겠네그려."

상대방의 입에서 주인마님이라는 얘기가 나오자 철식은 마른침을 꿀꺽 삼켰다. 누구에게도 알리고 싶지 않은 비밀 중의 비밀이 낯선 사람의 입에서 튀어나왔기 때문이었다.

"그, 그게 무슨 얘기요? 주인마님이라니!"

"어허, 하늘이 알고 땅이 아는 일인데 어찌 당사자만 모른다 그러시오? 절초전의 일꾼이었던 양흠이 풍천 홍씨 집안의 계집종이었던 잉걸이랑 혼인을 해서 낳은 게 바로 당신 아니오? 아버지가 장사수완을 발휘해서 운종가에서 제일 큰 엽초전을 세웠지만 어디까지나 풍천 홍씨 집안의 노비가 맞지 않느냐 이 말이외다."

손님의 얘기를 듣고 있던 철식의 머리에 쓰고 있던 탕건에 땀이 흠뻑 배어났다. 바닥에 놓인 부채를 들고 신경질적으로 부채질을 한 그가 말했다.

"아, 아버지가 풍천 홍씨 집안에서 일하던 어머니와 만난 건 사실이지만 난 한 번도 그 집에서 일을 한 적이 없소이다. 그런 헛소리를 할 거면 썩 물러가시오!"

선비 행색의 손님은 그의 협박에 아랑곳하지 않고 느긋한 표정으로 담배 연기를 내뿜었다.

"나랏법이 어미가 종이면 아비의 신분에 상관없이 자식도 종이 되는 것이오. 그리고 종은 주인을 대신해서 일을 처리하는 것이고 말이외다. 그러니 이 뎨김을 받았다는 사실을 주인에게 알려주시구려. 내가 원하는 건 그것뿐이외다."

"내가 이걸 왜 풍천 홍씨 집안에 알려줘야 한단 말이오!"

답답해진 그의 물음에 선비 행색의 손님이 혀를 찼다.

"무릇 주인이 바쁘거나 외면하면 종놈을 다그치는 것이 나라의 풍습 아니겠소?"

"난 그럴 생각 없소이다."

콧방귀를 뀐 철식이 돌아앉았다. 그러자 선비 행색의 손님이 대답했다.

"그럽시다. 그럼 내일 다시 오겠소."

"그때도 내 얘긴 똑같을 거요."

"그럼 모레도 오고, 그다음 날도 오지. 그때는 이렇게 문을 닫고 점잖게 얘기하는 대신 길거리에서 큰 소리로 말할 거요."

헛웃음으로 마무리한 상대방의 얘기를 들은 철식은 등줄기에 식은 땀이 났다. 그와 거래하는 상인이나 주변 사람들은 그의 신분에 대해서 대부분 알고 있었지만 눈감아줬다. 하지만 운종가에 그 소문이 퍼진다면 좋을 것이 하나도 없었다. 무엇보다 혼기가 찬 딸을 시집보내는 문제가 머릿속에 떠올랐다. 철식은 자리를 털고 일어나는 선비 행색의 손님에게 다급하게 말했다.

"아니, 꼭 그렇게까지 할 필요는 없지 않소. 우리 좋게 얘기로 해결합시다."

그러자 코끝에 걸쳐진 안경을 끌어올린 선비 행색의 손님이 히죽 웃었다.

"내가 풍천 홍씨 집안에 얘기해서 뎨김을 받도록 하면 되겠소?"

"옳거니, 역시 운종가에서 장사를 오래 하다보니 말귀를 잘 알아듣네."

"좋소. 며칠만 말미를 주시구려."

철식의 말에 선비 행색의 손님이 고개를 끄덕거렸다.

"일이 성사가 되면 마포나루에 있는 난월이의 선술집으로 사람을 보내서 알려주시구려."

"그렇게 하겠소."

한숨을 내쉰 철식은 선비 행색의 손님이 장죽을 놓고 일어나는 모습을 지켜보았다. 그러다가 문득 궁금해졌다.

"이보시오! 당신 이름이 뭐요?"

"바깥에 있는 장예원의 지부사 주찬학이외다."

여유로운 웃음과 함께 이름을 남긴 상대방이 일행과 함께 사람들 사이로 유유자적 걸어갔다. 그 모습을 지켜보던 철식은 저도 모르게 한숨을 내쉬었다. 그리고 허둥지둥 일어나 횃대에 걸린 저고리를 입으면서 마루에서 일하는 일꾼들에게 소리쳤다.

"잠깐 나갔다 올 테니까 졸지 말고 일들 해!"

엽초전을 나와 여유를 부리면서 걷던 주찬학에게 뒤따르던 윤민수가 조심스럽게 물었다.

"저자가 과연 우리 뜻대로 움직일까요?"

"움직일 거야. 안 그러면 자기 신분이 온 천하에 알려지는데, 망신도 그런 망신이 어딨겠어."

고개를 갸웃거린 이차돌이 물었다.

"아랫것 얘기를 듣고 과연 송정에 모습을 드러내겠소이까? 난 도통 이해가 가지 않습니다."

"그냥 아랫것이라면 들은 척도 안 할 테지. 하지만 저자는 운종가 제일의 엽초전을 가지고 있고 바치는 신공의 양이 어마어마하니 그냥 넘어가지는 못할 것이오. 저자가 안 되면 한성 인근에 사는 풍천 홍씨의 노비들 중 행세깨나 하는 자들을 들쑤시고 다니면 어떻게든 반응이 올 거요."

주찬학의 설명에 윤민수와 일행들은 감탄의 눈빛을 던졌다. 윤민수가 뭔가 생각났다는 듯 물었다.

"그나저나 바깥에 있는 장예원 지부사라고 했는데 그건 무슨 뜻입니까?"

주찬학이 히죽 웃으면서 대답했다.

"장예원은 노비 소송을 다루는 관청이고, 그곳의 우두머리를 지부사라고 부르네. 노비는 무릇 양반들이 최고로 치는 재산이라 늘 다툼이 있어서 장예원은 그런 사람들로 북적거렸고, 자연스럽게 소송을 도와주는 것으로 생계를 잇는 자들이 나타났지. 그들은 자신들을 밖에 있는 장예원 지부사처럼 판결을 내려줄 수 있다고 떠들고 다녔고, 그러면서 자연스럽게 바깥에 있는 지부사인 외지부가 된 것이지."

윤민수가 고개를 끄덕거렸다. 주찬학은 외지부에 대한 설명을 계속 이어갔다.

"그렇게 외지부가 득세를 하자 조정에서는 마땅찮게 여겼지. 그들은 소송이 없는 나라가 되기를 원했는데 외지부 때문에 소송이 늘어났다고 생각한 거야. 그래서 성종대왕 때 한양의 외지부와 그 가족들을 몽땅 잡아다가 변방으로 보내버렸지."

"저런."

윤민수가 저도 모르게 혀를 차자 주찬학이 씩 웃었다.

"하지만 외지부들은 시간이 지나면서 이 핑계 저 핑계를 대고 하나 둘씩 한양으로 돌아왔다네. 그렇지만 나라에서 외지부를 싫어하니 송정에서는 원고나 피고의 친척이라는 핑계를 대야만 했지."

고개를 끄덕거린 윤민수가 대답했다.

"그런 사연이 있었군요."

지나간 일이 머릿속에 떠오른 주찬학은 씁쓸한 웃음을 지었다. 복잡한 머릿속의 생각을 털어버린 그는 석양이 보이는 돈의문 쪽으로 휘적휘적 걸어갔다. 뒤를 따라오던 임성찬이 주변에 스쳐지나가는 행인들을 보면서 입을 다물지 못했다.

"그나저나 한양에는 정말 사람들이 많네그려."

이차돌이 임성찬의 말을 받아서 고개를 끄덕거렸다.

"아무렴. 내 평생 하의도에서 본 사람들보다 이곳에 올라와서 며칠 동안 본 사람들이 훨씬 많은 거 같단 말이야."

두 사람의 얘기를 들은 윤민수도 주변에 오가는 행인들을 유심히 지켜보았다. 그러고는 주찬학에게 말했다.

"걸음걸이를 보니 그 사람의 신분을 알 수 있는 것 같습니다."

"그런가?"

생각에 잠겨 있다가 주변을 살펴본 주찬학은 윤민수의 남다른 관찰력에 감탄했다. 그의 말대로 지나가는 행인들은 각기 신분에 따라 걷는 모습이 제각각이었던 것이다. 맨 처음 말을 꺼낸 임성찬이 웃으면서 말했다.

"나도 양반처럼 한번 걸어볼까?"

임성찬이 뒷짐을 지고 턱을 내민 채 느긋한 팔자걸음을 걸었다. 천연덕스러운 그의 모습에 다른 이들은 모두 웃음보를 터트렸다. 주찬학이 나란히 걷던 윤민수에게 물었다.

"너는 어떻게 걷고 싶은데?"

"당당하게 걷고 싶습니다. 이렇게요."

어깨를 펴고 가슴을 내민 윤민수의 모습이 때마침 강렬해진 석양 탓인지 눈부셨다. 이차돌은 빙그레 웃으며 그런 윤민수의 옆으로 묵묵히 걸었다. 그들의 발걸음을 지켜보던 주찬학은 너털웃음을 지었다.

퇴궐한 홍유한은 기다리고 있던 철식에게 뜻밖의 얘기를 들었다. 백동으로 만든 장죽을 입에 문 그가 철식에게 재차 물었다.

"그놈들이 외지부와 함께 뎨김을 들고 자네를 찾아왔다 이 말이지?"

"그렇습니다. 소인놈 보고 대감마님께 뎨김을 전달하지 않으면 매일 찾아오겠다고 엄포를 놓고 갔습니다. 이를 어찌합니까?"

울상이 된 철식이 고개를 조아리자 홍유한은 헛기침을 했다. 그러자 옆자리에 앉은 큰아들 홍선귀가 나섰다.

"그런 하찮은 일을 가지고 이리 소란을 피운 게냐?"

"하찮은 일이라니요? 이 일이 커지면 소인은 운종가에서 얼굴을 들고 다니지 못합니다요."

철식이 볼멘소리로 말하자 홍선귀 옆에 앉아 있던 동생 홍찬귀가 목청을 높였다.

"네놈이 노비라는 사실은 하늘이 알고 땅이 알고 있느니라. 감히 어디서 목소리를 높이느냐!"

그러자 홍유한이 눈살을 찌푸리면서 두 아들을 바라보았다. 철식은 홍씨 집안에 막대한 신공을 바치는 외거노비였고, 그가 거느리는 노비만도 수십이었다. 그래서 홍유한조차 그를 다른 노비들과 달리 대우했는데 버르장머리 없는 아들 녀석들이 일거에 물거품으로 만들어버린 것이다. 그렇다고 아랫것들 앞에서 자식들을 혼낼 수도 없는 상황이라 잠자코 있었다. 두 아들이 연거푸 으름장을 놓자 철식은 다시 고개를 조아렸다. 하지만 깊숙이 숙인 저 머릿속에는 어떻게든 노비 신세를 벗어나고자 하려는 궁리로 가득 차 있을 터였다. 고개를 조아린 철식이 떨리는 목소리로 말했다.

"그자가 매일 찾아오면 소인은 더 이상 운종가에서 얼굴을 들고 장사를 할 수 없습니다. 엽초전을 정리하고 한양을 떠나겠습니다."

홍유한의 눈살이 다시 한 번 살짝 찌푸려졌다. 그가 엽초전을 정리한다면 홍씨 집안이 거두는 막대한 신공도 줄어들 것이 뻔했다. 거기다 한양을 떠난다면 딴마음을 먹을 가능성도 높았다. 결국 자기가 내는 신공을 계속 받고 싶으면 이 문제를 해결해달라는 무언의 압력이었던 셈이다. 그렇게 생각에 잠겨 있느라 침묵을 지키고 있는 홍유한을 바라보던 큰아들 홍선귀가 입을 열었다.

"뭘 그리 깊이 고민하십니까? 그냥 힘 좋은 아랫것들을 시켜서 그놈들을 잡아다 혼쭐을 내십시오."

"명색이 대제학이라는 자가 앞장서서 국법을 어기라는 말이냐?"

잠자코 있던 홍유한이 참다못해 버럭 화를 냈다.

"그, 그 말씀이 아니오라……"

"송사를 위해 바다를 건너 천릿길을 온 자들이다. 그런 걸로 포기할 성싶으냐? 그리고……"

홍유한은 얘기를 더 하려다가 입을 다물었다. 칠 년 전에도 그런 식으로 일을 처리했다가 뒷수습을 하느라 곤욕을 치른 적이 있기 때문이었다. 그때 문밖에서 굵직한 목소리가 들렸다.

"차라리 이 기회에 송사에 응하십시오."

목소리의 주인공이 누구인지 알아챈 홍유한이 눈짓을 했다. 그러자 작은아들 홍찬귀가 손을 뻗어서 장지문을 열었다. 사랑채 밖을 지키는 청지기 조외수 옆에 홍신찬이 서 있는 것이 보였다. 그의 모습을 본 홍선귀가 눈살을 찌푸렸다.

"네놈이 관여할 일이 아니다. 여기가 어디라고 쥐새끼처럼 엿듣고 입을 놀리느냐!"

그러자 홍신찬은 홍선귀에게 부드럽게 대답했다.

"지나가다가 우연찮게 들었을 뿐입니다."

그러고는 시선을 돌려서 보료 위에 앉아 있는 홍유한에게 말했다.

"힘으로 누르려고 하면 또 다시 소지를 들고 나타날 것입니다."

"그러니까 아예 소송을 해서 이기라 이 말이냐?"

홍유한의 물음에 홍신찬은 고개를 끄덕거렸다. 이십대 중반의 그는 여러모로 두 아들보다 뛰어났다. 가냘프고 섬세해 보이는 얼굴에 굵은 눈썹과 약간 처졌지만 큼지막한 눈이 균형을 잡아주었다. 어릴 때부터 책을 가까이했고, 통찰력이 남달라서 깜짝 놀란 적이 한두 번이 아니었다. 하지만 그를 곁에 두고 아끼기에는 결정적인 문제가 있었다. 바로 서자였던 것이다. 나이가 들고 자신의 처지를 알게 된 홍신찬은 입을 다물고 침묵을 지켰다. 홍유한은 그런 홍신찬을 볼 때마다 아깝다는 생각을 버리지 못했다. 계속해보라는 홍유한의 눈빛에 홍신찬은 고개를 들고 말을 이어갔다.

"어리석고 무지몽매한 자들입니다. 뜻과 이치를 앞세워 타일러도 알아듣지 못하는 놈들이지요. 그런 자들에게는 차라리 그 누구도 자신들의 얘기에 귀를 기울여주지 않는다는 사실을 보여줘야만 수긍을 하고 반항을 하지 않을 것입니다."

홍유한이 고개를 끄덕거렸다. 힘과 권력만으로 언제까지 하의삼도 주민들의 정소를 막을 수는 없었다. 그렇다면 차라리 소송을 통해 그들이 스스로 포기하게끔 하는 방법도 나쁘지 않았다. 하지만 그 일에 자신이 직접 나설 수 없었다는 점이 마음에 걸렸다. 욱하는 성격의 두 아들은 믿을 수가 없었기 때문에 고민이 깊어질 수밖에 없었다. 홍신찬이 그런 자신의 상황을 정확하게 꿰뚫어보고 있다는 사실도 알고 있었다. 하지만 집안의 근간은 역시 정실 자식이었다. 한참 고민을 하던 홍유한은 고개를 조아리고 있는 철식에게 물었다.

"그자들이 지금 마포 쪽에 머물고 있다고 했던가?"

"그렇게 들었습니다."

"사람을 보내서 내가 뎨김을 받았고, 이틀 후에 한성부에서 만나서 시송다짐을 건네자고 하게."

그러자 철식의 얼굴에는 화색이 돌았다. 반면 옆에 앉아 있던 홍선귀는 불만에 가득한 얼굴로 입을 열었다.

"아버님!"

"시끄럽다. 힘으로 덮어버릴 단계는 지났다. 이왕 이렇게 되었으니 그 무지몽매한 자들이 다시는 헛된 꿈을 꾸지 못하게 할 것이야."

홍선귀의 항의를 누른 홍유한은 기대에 가득한 눈으로 자신을 바라보는 홍신찬의 눈빛도 외면한 채 청지기 조외수에게 말했다.

"대송노 영필과 대순을 부르거라."

대문 밖으로 나가서 급히 걷던 청지기 조외수는 뒤에서 홍신찬이 부르는 소리에 걸음을 멈췄다.

"무슨 일이십니까?"

"듣자하니 하의도에서 올라온 자들이 외지부를 앞세웠다고 하던데?"

"맞습니다. 주찬학이라는 자라고 했습니다."

조외수의 얘기를 들은 홍신찬이 말했다.

"그자에 대해서 좀 알아봐줄 수 있겠나?"

"주찬학 말입니까?"

조외수가 고개를 갸웃거리면서 묻자 홍신찬이 고개를 끄덕거렸다.

"한성부에 소지를 접수하고 데김을 받아낸 다음에 교묘하게 우리가 받아들이게 만든 게 누구 짓이겠나?"

"그러니까 그 외지부가 이번 일을 꾸몄다고 보십니까?"

"꾸민 정도가 아니야. 보통 능력을 가진 자가 아니라 이 말일세. 아버님이야 대송노들을 앞세워서 처리하고자 하지만 쉽지 않을 것이야."

홍신찬의 말을 들은 조외수가 피식 웃었다.

"설마 우리 집안의 대송노들이 그 하찮은 놈들에게 밀리겠습니까? 너무 염려치 마십시오."

"나도 그렇게 마무리가 되었으면 좋겠네만 어째 느낌이 좋지 않아. 암튼 알아봐주게."

그러자 고개를 숙인 조외수가 홍신찬에게 대답했다.

"그리하겠습니다."

지친 몸을 이끌고 마포의 선술집으로 돌아온 주찬학과 윤민수 일행은 난월의 눈총을 받았다. 장죽을 입에 물고 대청에 앉아 있던 그녀에게 주찬학이 다가가서 어색한 웃음을 던졌다.

"오늘 손님 많았어?"

"아이고, 말도 마. 새로 온 중노미는 일을 할 줄 몰라서 허덕거리고, 내포에서 올라온 뱃놈은 어찌나 치근대던지 속곳까지 보일 뻔했어."

"이런, 경을 칠 놈 같으니라고."

기분을 적당히 맞춰준 주찬학이 일어서려는 찰나, 그녀가 뭔가 생각났다는 표정으로 말했다.

"참, 아까부터 누가 기다리고 있던데. 저기요!"

난월의 우렁찬 목소리에 부엌에 딸린 토방(土房)에서 누군가 부스스한 얼굴을 드러냈다. 주찬학은 잠에서 덜 깬 얼굴로 토방에서 나온 그를 알아보았다.

"당신은 엽초전에서 일하던 일꾼 아니오?"

그러자 고개를 끄덕거린 엽초전 일꾼이 대답했다.

"주인어른 심부름을 왔소. 빨리 가라고 해서 뛰어왔더니 내가 먼저 왔던 모양이구려."

"그래. 어쩐 일이요?"

"뎨김을 받겠다고 하더이다. 모레 한성부에서 만나자고 하셨소."

일꾼의 얘기를 들은 주찬학은 마른침을 삼켰다. 일꾼이 떠나자 주찬학은 아무것도 모른 채 쪽마루에 앉아서 얘기를 주고받고 있던 윤민수 일행에게 달려갔다. 그리고 미친 듯이 외쳤다.

"홍씨 집안에서 뎨김을 받았다! 뎨김을 받았어!"

그러자 지친 표정으로 발을 주무르고 있던 윤민수부터 임성찬과 이차돌까지 모두 벌떡 일어나 환호성을 질렀다. 눈물을 글썽거린 윤민수가 주찬학의 손을 잡았다.

"이게 다 아저씨 덕분이에요."

진심 어린 윤민수의 말에 주찬학은 말없이 고개를 끄덕거렸다.

"이렇게 좋은 날 술이 없을 수가 없지. 잠깐만 기다려."

부리나케 부엌으로 들어간 주찬학은 항아리에 든 술을 꺼내서 윤민수 일행에게 술잔을 돌렸다. 그리고 아예 한술 더 떠서 화로에 꼬치를 굽자 난월이 혀를 찼다.

"아주 신이 나셨구만."

"그럼, 오늘 홍씨 집안에게 한 방 먹였거든."

활짝 웃은 주찬학의 말에 난월이 고개를 설레설레 저었다. 주찬학이 화로에 구운 소고기 꼬치를 접시를 내오자 술잔을 비운 임성찬의 입이 벌어졌다.

"아이고, 뭐 이런 것까지……"

"어차피 내일 팔지 못할 것들이니 실컷 드시게."

임성찬과 이차돌이 정신없이 술과 안주를 비우는 가운데 윤민수가 조심스럽게 물었다.

"그자가 홍씨 집안의 노비인 줄은 어찌 아셨습니까?"

윤민수의 물음에 주찬학이 희미하게 웃었다.

"외지부 노릇을 하다보면 많은 비밀들을 알게 되지."

"아무튼 도와주시지 않았다면 여기까지 오지 못했을 겁니다."

주찬학은 옆에 있던 이차돌이 건넨 술을 한 모금 마시면서 말했다.

"기뻐하긴 아직 일러. 저들이 백년 넘게 가지고 있던 땅을 순순히 내놓지는 않을 것이니 온갖 수단을 써서 우리들을 막으려 들 것이야."

"솔직히 얘기하면 여기까지라도 온 게 신기합니다."

이차돌의 말에 임성찬도 같은 생각이라는 듯 고개를 끄덕거렸다. 그러자 주찬학이 빈 술잔에 술을 채우면서 대답했다.

"기뻐하는 심정은 알겠지만 이제 시작이오. 데김을 받아준다고 해도 그건 소송에 나오겠다는 얘기일 뿐이외다."

얘기를 마치고 술을 쭉 들이켠 주찬학이 덧붙였다.

"일단 정명공주에게 내린 하의삼도의 땅이 이십 결이라고 명시되어 있는지 아니면 섬 전체를 대상으로 하고 있는지가 관건이오. 그다음은 그 땅이 절수지인지 아닌지를 확인하는 게 중요한 거지."

주찬학의 입에서 술술 얘기가 나오자 술을 마시던 다른 두 명도 술잔을 내려놓고 얘기를 들었다. 설명을 들은 이차돌이 물었다.

"그런데 그 절수지라는 게 뭡니까? 얘기는 많이 들었는데 도통 모르겠소이다."

주찬학이 들고 있던 술잔을 단숨에 비우고 차분하게 설명을 계속했다.

"일단 정명공주에게 하사한 땅이 이십 결이라고 명확하게 나와 있으면 새로 개간한 백육십 결에서 도조를 걷는 건 엄연히 불법이오. 거기다 땅을 하사한다는 건 도조를 자기가 걷어서 쓰는 것을 의미하지. 또한 그 땅을 경작하는 농민들을 마음대로 부려먹거나 괴롭힌다는 건 국법을 어기는 짓이 되는 것이고……"

설명을 들은 윤민수가 물었다.

"절수지 여부도 중요하다고 하셨지요?"

"절수(折受)라는 건 여러 번 나눠서 받는다는 뜻으로 보통 관리들이 나라에서 봉록을 받는 대신 땅이나 그 땅에서 나는 도조로 대신 받는 것을 말하지. 원래는 개간하지 않은 황무지나 버려진 땅을 내려주게 되어 있어."

"그러니까 버려진 땅을 알아서 개간하고 거기서 나오는 곡식을 가져가라 이 뜻이군요."

윤민수의 물음에 주찬학이 고개를 끄덕거렸다.

"맞아. 새로 개간한 땅은 지력이 약해서 수확량이 적기 때문에 도조를 적게 걷을 수밖에 없지. 아마 처음에 홍씨 집안에서 문기를 들고 나타났을 때 하의삼도 주민들이 크게 저항하지 않았던 것도 그것 때문이었을 거야."

"그러다 점점 본색을 드러냈겠군요. 그런데 왜 절수지들을 우리 섬 같이 먼 곳에 만든 건가요?"

"그건 챙겨야 할 종친들의 숫자가 늘어나서 그래. 거기다 절수지를 받을 왕자와 공주들이 일부러 한양에서 멀리 떨어진 곳, 특히 하의삼도 같은 외딴섬의 땅을 원하지. 그래야만 사람들의 눈길을 피해서 마음대로 부려먹거나 수탈을 할 수 있거든."

주찬학의 설명을 들은 윤민수가 이해한다는 표정으로 고개를 끄덕거렸다.

"결국 우리가 정명공주가 하사받은 절수지가 이십 결이라는 사실만 확인시켜주면 이길 수 있다는 얘기군요."

"맞아. 하지만 그 과정이 쉽지 않아. 왜냐하면 홍씨 집안에서는 분명 섬 전체를 절수지로 받았다고 주장할 테니까. 거기다 궁방에 하사된 토지들은 그때 그때 상황이 달라서 뭐라고 명쾌하게 판단할 수 없는 경우가 많지. 만약 절수지로 이십 결만 내려준 게 확실하다면 지금처럼 가혹한 세금을 걷는 것은 물론이고 섬주민들이 나중에 개간한 땅에서 도조를 걷는 것도 엄연히 불법이야. 그 땅은 나라에 전세와 삼수미를 바치고 있는 땅이기 때문이지. 아울러 이 땅의 소유권이 4대째로 끝나는 무토사패지인지 아니면 영구히 지속되는 유토사패지인지 여부도 중요해."

주찬학은 정신없이 얘기를 듣고 있던 세 사람을 힐끔 보고는 덧붙였다.

"문제는 이미 백 년 전의 일이라서 당시 일을 기억하는 생존자가 없고, 관련 문기들을 찾기도 어렵다는 것이지. 가지고 온 문기들 중에도 그런 문기들은 없었던 걸로 기억하는데 말이야."

"그게……"

고개를 떨군 윤민수가 풀 죽은 목소리로 말했다.

"칠 년 전에 아버지가 한양으로 올라오실 때 가지고 가셨습니다. 혹시나 몰라서 갯땅쇠에서 전세와 삼수미를 바친 문기와 일토양세를 금해달라고 나주목사에서 올린 상소문을 가지고 왔습니다만 도움이 될지 모르겠습니다."

낙담한 윤민수의 옆에 있던 임성찬이 나섰다.

"우리 쪽 문기 말고 저쪽 문기를 내놓으라고 하면 되지 않겠소이까? 그걸 보면 섬 전체가 홍씨 집안의 땅인지 아니면 이십 결만 해당되는지 알 수 있잖소."

"아마 왕패에 그 절수지의 규모가 나와 있을 것이오. 허나 문제는 임금의 옥쇄가 찍힌 왕패를 함부로 볼 수가 없다는 것이지. 저쪽에서 그 명분을 내세워서 왕패를 보여주지 않으면 송관도 어찌할 수가 없소."

"그걸 확인하지 못하면 지겠군요."

윤민수가 한숨을 쉬면서 말했다. 임성찬과 이차돌의 표정도 덩달아 어두워지자 주찬학은 분위기를 바꾸기 위해 일부러 활짝 웃었다.

"자자, 그건 내일부터 생각하고 오늘을 실컷 마시고 즐기세."

마지막까지 버틴 것은 임성찬이었다. 이차돌은 일찌감치 나가떨어져서 쪽마루에 길게 누웠고, 주찬학 역시 기둥에 기댄 채 꾸벅꾸벅 졸았다. 고향 얘기를 하면서 횡설수설하던 임성찬이 마침내 술잔을 놓고 바닥에 쓰러지자 술을 조금씩 마시면서 버티던 윤민수만 남았다. 쓰러진 동료들과 주찬학을 방 안으로 데리고 들어가서 눕힌 다음 한숨을 돌린 윤민수는 남은 음식들을 주섬주섬 챙겨서 선술집 밖으로 나갔다. 그가 향한 곳은 하룻밤 동안 머물렀던 언년이네 주막집이었다. 해가 떨어졌지만 다행히 달이 밝아서 찾아가는 데 별 어려움이 없었다. 먼발치에서 언년이네 주막집을 발견한 윤민수는 문간방의 외짝문이 열리자 걸음을 멈췄다. 웃통을 벗은 사내가 툇마루에 걸터앉아 짚신을 신는 사이 뒤따라나온 언년이가 구겨진 저고리를 입혀줬다. 사내가 입을 맞추려고 하자 언년이는 질색한 얼굴로 고개를 돌렸다. 입을 맞추는 데 실패한 사내는 대신 엉덩이를 토닥거리고는 주막집 밖으로 나갔다. 멀어져가는 사내를 물끄러미 바라보던 언년이는 입고 있던 저고리를 벗어서 목덜미의 땀을 닦았다. 그러다가 싸리문 밖에 서 있는 윤민수를 보고는 황급히 저고리를 입었다. 자신을 바라보는 그녀의 시선에 무안해진 윤민수가 들고 있던 접시를 내밀었다.

"지난번에 보니까 끼니도 제대로 못 챙겨 먹는 것 같아서 말이야."

부끄러운 고개를 돌리고 있던 언년이는 윤민수가 내민 접시에 담긴 음식들을 보더니 침을 꿀꺽 삼켰다. 윤민수가 쪽마루에 걸터앉아서 접시를 내밀자 조심스럽게 앉은 그녀는 손으로 음식을 잡아서 단숨에 먹어치웠다. 허겁지겁 먹어대는 그녀의 모습을 보던 윤민수는 환한 빛을 비추는 달을 올려다보았다.

"여기도 달은 고향처럼 비추네. 우리 고향에서는 달이 저렇게 뜨면 작은 게들이 해안으로 새까맣게 기어올라와. 그럼 마을 사람들이 소쿠리를 들고 해안가로 가서 죄다 잡아와. 그리고 며칠 동안 햇볕에 말리고 물에 삶아서 먹거리로 만들지. 난 친구들이랑 가서 기어다니는 게를 발로 밟아 죽였어. 아등바등 도망치는 게들을 끝까지 쫓아가서 발로 밟을 때의 으지직거리는 소리가 얼마나 통쾌했는지 몰라."

얘기를 하던 윤민수는 점점 감정이 차오르면서 눈물을 글썽거렸다. 하지만 그녀는 접시에 코를 막고 음식을 먹는 데 정신이 팔려 있었다.

"그러다가 내 신세, 아니 우리 섬사람들 신세가 그 게랑 다를 바가 없다는 사실을 알고는 더 이상 그런 짓을 못했어. 한동안은 천벌을 받아서 그렇다고 혼자서 무서워했어. 내가 한양에 올라온 것도 어쩌면 그런 죄책감에서 벗어나고 싶어서였는지도 몰라."

입안에 넣은 음식을 우물우물 씹고 있던 언년이는 고개를 들었다. 그러고는 울고 있는 윤민수를 보더니 손을 내밀어서 뺨에 흐르는 눈물을 닦아줬다. 그녀의 따뜻한 손길에 윤민수는 더 많은 눈물을 쏟았다. 아랫입술을 지그시 깨문 그가 말했다.

"내가 자진해서 한양으로 올라가겠다고 한 건 아버지를 찾기 위해서이기도 하지만 그런 죄책감에서 멀어지고 싶었던 것도 있었어. 거기다 섬사람들이 늘 하던 말, 아버지를 닮은 신동이 나왔다고 억울한 땅을 되찾을 수 있게 해줄 거라는 기대도 싫었어. 그런데 막상 섬을 떠나니까 너무 그리워. 대체 왜 이러는지 모르겠어."

얘기를 마친 윤민수는 결국 오열하고 말았다. 마음속의 무거운 짐을 털어놓고 홀가분해진 것이다. 그러자 언년이가 손을 뻗어서 울고 있는 그의 등을 따뜻하게 쓰다듬어주었다. 윤민수는 비로소 평온함을 느꼈다.

다음 날, 일찌감치 눈을 뜬 주찬학은 자기 방에서 하루 종일 세 사람이 가져온 문기들을 보고 섬의 상황을 물으면서 내일 있을 소송 준비를 했다. 지금까지와는 다른 진지한 모습에 임성찬과 이차돌은 모두 혀를 내둘렀다. 난월은 새로 온 중노미가 빠릿빠릿하지 않다면서 욕설을 퍼부으면서도 손님이 나타나면 상냥한 미소를 지었다. 해가 중천에 뜰 무렵, 누군가 주찬학을 찾아왔다. 중인들이 쓰는 양태가 좁은 흑립에 중치막 차림이었다. 낮고 펑퍼짐한 코에 짧은 수염이 듬성듬성 달려 있어서 위엄이라고는 눈 씻고 찾아봐도 없었다. 선술집으로 들어선 그는 곧장 뒤켠에 자리잡은 주찬학의 방으로 다가왔다. 문 옆에서 장작을 패고 있던 이차돌이 의심스러운 눈길을 던졌다.

"뉘슈?"

"주찬학을 찾아왔네. 안에 있는가?"

그러자 외짝문이 활짝 열리면서 한 손에 붓을 든 주찬학이 고개를 내밀었다. 복잡미묘한 표정을 지은 주찬학에게 손님이 웃으면서 말했다.

"오랜만에 봐서 얼굴을 잊어버린 건가?"

붓을 내려놓은 주찬학이 퉁명스럽게 대꾸했다.

"그럴 리가 있는가? 바쁘신 몸이 어쩐 일인가?"

"할 얘기가 있어서 찾아왔네. 잠깐 시간을 내주게나."

두 사람 사이에 흐르는 미묘한 분위기를 눈치를 읽은 윤민수가 얼른 일어났다.

"잠깐 바람을 좀 쐬고 오겠습니다. 말씀들 나누시지요."

윤민수가 자리를 뜨자 손님은 냉큼 방 안으로 들어갔다. 주찬학은 방 안에 있던 종이와 문기들을 보이지 않게 서둘러 치웠다. 그 광경을 본 손님이 살짝 웃으면서 머리에 쓴 흑립을 벗어서 옆에 내려놨다.

"뭐 숨기고 싶은 게 있는 건가?"

"헛소리 말고 용건만 말하게. 몹시 바쁘니까 말이야, 친구."

마지막 친구라는 말에 유독 힘을 준 주찬학에게 손님이 미묘한 웃음을 지었다.

"거, 아무리 바빠도 담배 한 대 피울 여유야 있지 않겠나?"

그 말에 주찬학은 잠자코 허리에 찬 담배쌈지를 풀어서 건넸다. 소매에서 꺼낸 곰방대의 대통에 담배를 꾹꾹 눌러 담은 손님이 등잔불에 불을 붙인 다음 물부리에 입을 대고 뻑뻑 피웠다. 요강에 던져놓은 곰방대를 집어든 주찬학도 대통에 담배를 눌러 담고 불을 붙였다. 담배 연기를 길게 뿜어낸 손님이 말없이 곰방대를 물고 있던 그에게 말했다.

"오래전 일을 아직도 마음속에 담아두고 있는 건가? 다 털어버리시게. 그래야 앞으로 나가지 않겠나."

"고작 청지기 따위가 그런 얘기를 하다니, 세상이 말세로구만."

누런 이를 드러낸 주찬학의 이죽거림에 조외수의 얼굴이 살짝 일그러졌다.

"지금 홍씨 집안에서 뎨김을 받아준 것 때문에 기고만장한 모양인데 잘 생각해보게. 홍씨 집안에서 왜 뎨김을 받고 정식으로 소송에 나서는지 말이야."

"물론 잘 알지. 이참에 판결을 받아서 하의삼도 주민들이 찍소리 못하게 만들려는 속셈이겠지."

주찬학의 얘기를 들은 조외수가 고개를 끄덕거렸다.

"역시 술과 노름에 찌들긴 했어도 머리는 여전히 잘 돌아가는군. 자네가 아무리 용을 쓰고 덤벼도 풍천 홍씨 집안은 이기지 못하네."

"힘들다는 건 나도 잘 알고 있어."

주찬학의 대답을 들은 조외수가 빙그레 웃었다.

"자네가 무슨 정의감 같은 걸 가지고 이번 일에 뛰어든 것 같지는 않고, 원하는 게 뭔가?"

그의 물음에 주찬학이 심드렁하게 대꾸했다.

"외지부가 자기가 맡은 송사에서 이기는 것 말고 원하는 게 뭐가 있겠나?"

"그러지 말고 원하는 걸 말해보게."

"원하는 걸 얘기하면 들어줄 생각인가? 미안하네만 이긴 다음에 얻는 게 더 클 것 같네."

주찬학의 얘기에 조외수가 곰방대를 쥔 채 웃었다.

"그럴 줄 알았어. 이번 송사를 이용해서 다시 외지부로 일할 생각이라는 거 잘 아네. 하지만 조심하는 게 좋을 거야."

"새겨두지."

짧게 대답한 주찬학은 곰방대를 도로 요강에 거칠게 집어넣었다. 치익 소리와 함께 담배 연기가 자욱하게 올라왔다. 더 이상 할 얘기가 없다는 주찬학의 모습을 본 조외수는 옆에 놓인 흑립을 머리에 쓰면서 말했다.

"작은도련님께서 섬사람들을 돕는 외지부가 누군지 알아오라고 하셨네. 주인마님의 두 아들은 천하의 개망나니에 멍청이들이지만 그분은 달라. 그러니 마주치지 않게 조심하게."

"충고 고맙네."

고개를 돌린 주찬학의 대답을 들은 조외수가 흑립을 고쳐 매면서 말했다.

"빈말이 아니고 진심이야. 아무튼 오랜만에 만나서 반가웠네."

외짝문을 열고 나선 조외수는 미심쩍은 눈으로 바라보는 윤민수 일행 사이를 뚫고 선술집 밖으로 사라졌다. 그걸 본 이차돌이 윤민수에게 슬쩍 말했다.

"저놈 말이야. 홍씨 집안에서 일하는 놈 아니야?"

"정말요?"

윤민수가 싸리문 너머로 사라진 조외수를 보면서 눈이 휘둥그레졌다.

"그렇다니까! 삼 년인가 사 년 전에 나주목사가 섬에 왔을 때 한양에서 내려온 홍씨 집안 청지기 같은데?"

"그자가 여긴 왜 왔을까요?"

윤민수의 물음에 이차돌이 주찬학이 있는 방을 쳐다보면서 중얼거렸다.

"그것도 그렇고 둘이 아는 사이 같아. 혹시 우리를 가지고 뭔가 장난을 치는 건 아니겠지?"

이차돌의 말에 윤민수는 씁쓸한 표정을 지었다.

"설마 그러겠어요. 그리고 그렇다고 해도 이제는 방법이 없잖아요."

일행과 얘기를 주고받던 윤민수는 싸리문 밖에서 들려오는 발소리에 무심코 고개를 돌렸다. 두 손에 옷보따리를 든 언년이가 쭈뼛거리면서 들어서는 게 보였다. 말없이 고개를 숙여서 인사를 한 그녀는 툇마루에 옷가지를 내려놓고 돌아섰다. 그때 방문이 열리더니 장죽을 손에 쥔 난월이 말했다.

"왔으면 왔다고 얘길 해야지. 부엌에 있는 술병 가져가거라."

그러자 발걸음을 돌린 언년이가 부엌으로 들어가서 술병을 가지고 나왔다. 그런데 모두 네 병이라서 한 번에 들고 가기 어려웠다. 그 광경을 본 윤민수는 주저하다가 조심스럽게 다가갔다. 그러자 언년이가 몸을 웅크리면서 고개를 돌렸다.

"내가 도와줄까?"

그의 물음에 언년이가 고개를 돌렸다. 그녀의 눈빛이 생각보다 맑다는 사실에 윤민수는 적잖게 놀랐다. 주저하던 언년이가 고개를 끄덕거렸다. 양손에 술병을 하나씩 든 윤민수는 언년이를 따라 선술집 밖으로 나갔다. 이차돌과 임성찬은 그런 윤민수의 모습을 멍하니 바라보았다. 언년이를 따라 숲속의 오솔길로 들어간 윤민수는 주막집에 도착할 때까지 잠자코 뒤를 따라 걸었다. 언년이도 입을 다문 채 걷기만 했다. 주막집에 도착한 윤민수는 툇마루에 술병을 올려놨다. 그러고는 어색한 듯 헛기침을 하며 말했다.

"이제 돌아갈게."

"자, 잠깐만……"

냉큼 부엌으로 들어간 언년이가 뭔가를 들고 나왔다.

"주먹밥이에요. 가다가 드세요."

엉겁결에 주먹밥을 건네받은 윤민수는 황급히 부엌 안으로 사라지는 그녀의 뒷모습을 바라보았다. 몸을 파는 여자라는 선입견이 사라지자, 부끄럼타는 소녀가 보였다.

주찬학을 만나고 돌아온 조외수는 곧장 작은사랑채로 향했다. 두 아들이 모두 장가를 가고 분가를 하면서 행랑채에 살던 홍신찬은 사랑채에 머물게 되었다. 그러면서 홍유한이 쓰는 사랑채와 구분하기 위해 자연스럽게 작은사랑채라는 이름이 붙었다. 어스름하게 해가 떨어진 상태라 작은사랑방 안에는 등불이 켜져 있었다. 섬돌 앞에 선 조외수가 헛기침을 했다.

"작은도련님. 소인 돌아왔습니다요."

"들어오게."

섬돌 옆에 짚신을 벗은 조외수는 조심스럽게 장지문을 열고 안으로 들어섰다. 푸른색 비단으로 만든 보료 위에 앉아서 서안에 놓인 책을 읽고 있던 홍신찬은 들어서는 그를 바라보았다.

"그 외지부에 대해서는 알아봤느냐?"

잠시 고민하던 조외수는 천천히 입을 열었다.

"몇 년 전까지 꽤 이름을 날리던 외지부였다고 합니다. 그런데 무슨 일 때문인지 선술집에서 일을 하면서 술과 노름에 빠졌답니다. 그러다가 이번에 하의삼도 사람들이 찾아가면서 일을 맡게 된 모양입니다."

그러자 읽고 있던 책을 덮은 홍신찬이 서안 아래에서 문기들을 몇 개 꺼냈다.

"잘나가던 외지부가 어쩐 일로 선술집의 중노미 노릇을 하는 것이냐?"

홍신찬의 질문을 받고 조금 더 고민하던 조외수가 입을 열었다.

"마지막에 맡은 소송에서 큰 실패를 하고 잠적한 모양입니다. 자세한 건 더 알아보겠습니다."

"그러게. 아무래도 그자가 이번 일에 가장 큰 걸림돌이 될 것 같네."

홍신찬의 얘기가 이해되지 않은 조외수가 물었다.

"이번 일이라니요?"

"소송 말일세. 아버지나 형님들은 쉽게 처리할 수 있다고 믿는 것 같네만 쉽게 끝날 것 같지는 않아."

"어째서입니까? 하의삼도의 땅은 백여 년 전부터 홍씨 집안의 소유였습니다."

고개를 갸우뚱거린 조외수의 반문에 홍신찬이 방금 서안 아래에서 꺼낸 문기들을 보여줬다.

"이걸 보게. 지방의 궁방전들은 대개 임진년의 왜란 이후부터 생기기 시작했네. 왕자와 공주, 그리고 옹주들의 숫자가 늘어난 것도 있고, 전쟁으로 황폐해지고 버려진 땅을 이들로 하여금 개간하게 해서 먹고 살도록 했던 것이지. 우리 집안이 받은 하의삼도의 땅도 그렇게 지급받은 것일세."

논리정연하게 조목조목 설명한 홍신찬은 다른 문기를 꺼내서 조외수에게 보여주었다.

"만약 하의삼도에 있던 땅들이 한 번도 경작을 하지 않았던 무주진황전(無主陳荒田)이었거나 하다못해 주인이 있었지만 버려진 유주진전(有主陳田)이었다면 별 문제가 되지 않았을 걸세. 이 두 가지 경우라면 그 땅이 있는 지방의 수령에게 그 땅에 대한 소유권과 경작권을 증명할 수 있는 입안(立案)을 발급받았으면 그만이니까 말이야."

"하의삼도의 땅은 그런 경우가 아니옵니까?"

얘기를 들은 조외수의 물음에 홍신찬이 고개를 저었다.

"우리가 땅을 받기 오래전부터 그 섬에 사람들이 살고 있었다네. 그러니 우리 집안이 받은 땅은 섬주민들이 이미 경작을 하고 있던 것이 분명하네. 만약 우리 집안에서 하의삼도를 지목해서 왕실의 재산을 관리하는 내수사(內需司)에 요청해서 입안을 받은 것이라면 절수지의 크기가 얼마만큼인지 확실하게 정해져 있었느냐, 그리고 그 땅이 소유권이 시간이 지나면 없어지는 무토사패지인지 영구히 지속되는 유토사패지인지도 관건이 될 걸세. 지금까지는 우리 집안의 위세 때문에 누구도 그걸 제대로 따지지 못했네. 하지만 저쪽에 붙은 외지부가 영특한 자라면 분명 그 틈새를 파고들 것이야, 그리고 우리 쪽에서 제대로 대응하지 못하면 일이 복잡해질 수 있어."

"그래도 설마 일이 커지겠습니까? 송사를 맡을 한성판윤도 주인마님보다 품계가 낮지 않습니까?"

조외수의 얘기를 들은 홍신찬이 이맛살을 찌푸렸다.

"아버님이 걱정하시는 건 소송에서 지는 게 아닐세. 송사가 길어지면 조정에서 이런저런 말들이 오갈 것이고, 자칫해서 사헌부로 넘어가기라도 한다면 관련자로서 자리를 물러나는 피혐(被嫌)을 하셔야 하네. 물론 그럼에도 불구하고 소송을 하기로 하신 건 이런 골치 아픈 일이 재발되지 않기를 바라는 뜻이겠지만 말이야."

조외수는 단번에 아버지의 속마음을 꿰뚫어본 홍신찬을 감탄스러운 눈으로 바라보았다. 아울러 송사나 토지에 대해서 아는 바가 없던 그가 짧은 기간 동안 이렇게 많은 지식을 쌓은 것 역시 놀라운 일이었다.

"형님들은 내일 소송을 어찌 끌고 간다고 하셨는가?"

"대송노들과 말씀을 나누는 걸 얼핏 들었는데 섬주민들의 간악함을 꾸짖고 하의삼도 전체가 정명공주방에 내려진 절수지임을 주장한다고 들었습니다. 아예 소지를 써서 섬주민들을 정소하기로 한 모양입니다."

조외수의 얘기를 들은 홍신찬은 코웃음을 쳤다.

"일이 재미있게 돌아가는군. 소송이 내일이라고 했지?"

"그렇습니다. 듣자하니 한성판윤이 직접 나와서 송사를 처리한다고 합니다."

"나도 슬쩍 가봐야겠군. 형님들이 어찌 일을 처리하는지. 그리고 그 외지부가 누구인지도 봐둘 겸 말이야."

들뜬 홍신찬의 말을 들은 조외수가 조심스럽게 물었다.

"외람된 말씀이오나 이번 일로 무엇을 얻으려고 하십니까?"

그러자 싸늘하게 식어버린 표정의 홍신찬이 대꾸했다.

"내 처지에 큰 걸 바랄 수야 있겠나. 단지 이 고단한 신세가 좀 펴졌으면 하는 마음뿐이지."

그가 어떤 대접을 받아왔는지 알고 있던 조외수는 저도 모르게 고개를 끄덕거렸다.

날이 밝아오자 제일 먼저 일어난 주찬학은 뒤뜰에 가서 미리 받아온 물로 몸을 씻었다. 그리고 횃대에 걸어놓은 하늘색 중치막을 입고, 옷매무새를 다듬었다. 그는 걷기 편하도록 바지자락에 행전(行纏)을 차고 있는 윤민수를 쳐다보았다.

"준비 다 되었으면 가지."

"네."

행전을 찬 윤민수가 일어나자 임성찬과 이차돌도 따라서 몸을 일으켰다. 장죽을 문 채 가채를 매만지고 있던 난월이 싸리문을 나서는 세 사람을 무심한 눈으로 바라보았다. 밤새 잠을 설친 윤민수는 핏발 선 눈을 연신 비벼댔고, 임성찬과 이차돌도 번갈아가면서 하품을 했다. 하품을 하던 이차돌이 앞장선 주찬학의 뒤통수에 대고는 나지막하게 투덜거렸다.

"자기는 기생오라비마냥 잘 차려입고 우리들은 그냥 꾀죄죄하게 입으라니, 도통 속을 모르겠어."

그 얘기를 들은 윤민수가 씩 웃으면서 말했다.

"다 생각이 있겠죠. 일단 일을 맡겼으면 지켜보는 게 순리입니다."

주찬학을 따라가던 윤민수는 긴장감과 두려움 때문에 가슴이 터질 지경이었다. 그때 임성찬이 그의 어깨를 툭 친 다음에 길가를 가리켰다. 윤민수가 고개를 돌리자 길옆에 수줍은 표정으로 서 있는 언년이가 보였다. 그녀를 알아본 윤민수가 가볍게 고개를 숙여 인사를 했다. 그러자 그녀가 살포시 미소를 지었다.

경기 감영을 지나 돈의문을 통해 한양으로 들어간 일행은 한성부에 도착했다. 그리고 안팎으로 모여 있는 사람들을 보고는 적지 않게 놀랐다. 윤민수가 놀란 눈으로 주찬학을 바라보았다.

"이 사람들은 다 뭡니까?"

"구경꾼들이지 뭐. 싸움이랑 불구경 다음으로 재미있는 게 송사 구경이거든."

피식 웃은 주찬학은 소매에서 꺼낸 대모갑 안경을 걸쳤다. 그러자 한성부의 담장 앞에 늘어선 구경꾼들이 술렁거렸다. 짧은 당파창(鐺鈀

槍)을 든 문졸들이 근처의 구경꾼들을 몰아내는 사이 주찬학과 윤민수 일행은 한성부 대문 안으로 들어갔다. 그러자 안에서 기다리고 있던 딸기코 서리가 알은체를 했다.

"따라오시구려."

쾌활한 표정의 주찬학이 대꾸했다.

"그럽시다."

그러면서 뒤따라오는 세 사람에게 낮게 속삭였다.

"이제 송정(訟庭)으로 갈 거요."

그러자 윤민수도 낮은 목소리로 물었다.

"누가 소송을 판결합니까?"

"서리가 저렇게 데려가는 걸 보니까 한성판윤이 판결을 내리는 송관(訟官)이 될 것 같아. 그리고 저쪽에서 무슨 얘기를 해도 절대로 반응을 보이지 마."

긴장한 세 사람이 고개를 끄덕거렸다. 딸기코 서리가 네 사람을 데리고 내삼문 안으로 들어갔다. 내삼문 안에는 돌로 만든 기단 위에 세워져 있는 여섯 칸짜리 큰 전각이 있었다. 윤민수가 그 전각의 현판에 적힌 글씨를 소리 내서 읽었다.

"당상대청."

그러자 주찬학이 말했다.

"한성판윤의 집무소야. 나도 오랜만에 와보는군."

당상대청의 대청마루에는 붉은색 관복을 입은 늙은 관리가 의자에 앉아 있었다. 관리의 발아래에는 서리 한 명이 엎드려서 붓으로 글씨를 쓸 준비를 했다. 전각 앞뜰에는 서리들은 물론 군뢰들이 줄지어 서서 엄숙한 분위기를 만들어냈다. 그 광경을 본 주찬학이 윤민수에게 낮은 목소리로 말했다.

"분위기가 심상치 않아."

"왜요?"

"판윤이 먼저 나와 있잖아. 보통은 원척(元隻)*이 모두 나온 다음에야 모습을 드러내는데 말이야."

"우리 쪽에 유리한가요? 아니면 불리한가요?"

"글쎄."

애매하게 대답한 주찬학에게 앞장선 딸기코 서리가 말했다.

"곧 송사가 시작될 것이니 여기 서시오."

딸기코 서리가 당상대청의 왼편을 가리켰다. 가운데에 군뢰들과 서리들이 서 있는 가운데 건너편에 풍천 홍씨 쪽 사람들이 먼저 와서 기다리고 있었다.

주찬학은 군뢰들 너머를 살펴보고는 눈살을 찌푸렸다. 그러는 사이 딸기코 서리가 당상대청 앞으로 가서 고했다.

"원고들이 도착했사옵니다."

그러자 당상대청 마루의 의자에 앉아 있던 한성판윤이 입을 열었다.

"그럼 송사를 시작하겠노라. 원척들은 나와서 시송다짐을 제출하여라."

* 피고와 원고를 함께 지칭하는 말.

심호흡을 한 주찬학은 소매에서 소송에 성실하게 임하겠으며, 결과에 승복하겠다는 내용을 적은 문기인 시송다짐을 꺼냈다. 그러고는 앞으로 나가서 당상대청 계단 앞에 무릎을 꿇고 두 손으로 그것을 내밀었다. 반대쪽에서도 저고리와 바지차림에 턱수염이 덥수룩하게 자란 사내가 시송다짐을 제출했다. 계단 앞에 서 있던 서리가 양쪽이 내민 시송다짐을 받아서 대청마루에 앉아 있던 한성판윤에게 바쳤다. 양쪽의 시송다짐을 읽은 한성판윤이 가볍게 고개를 끄덕거렸다. 그러자 딸기코 서리가 돌아서서는 양쪽을 향해 말했다.

"지금부터 송사를 시작하겠소. 원척들은 각자 왜 송사를 벌이게 되었는지 아뢰고, 그 주장을 입증할 문건들을 제출하시오."

딸기코 서리의 얘기가 끝나자 묘한 긴장감이 흘렀다. 침묵이 흐르는 가운데 들리는 소리는 당상대청에 엎드린 서리가 붓을 놀리는 소리뿐이었다. 무릎을 펴고 일어난 주찬학은 침묵을 지켰다. 조급하게 굴지 않는다는 것이 그의 원칙이었다. 그러면서 상대방의 허점이나 실수를 노렸다. 그는 무심한 눈길로 상대방을 바라보았다.

시송다짐을 바친 수염 난 사내 외에 땅딸막한 키에 주먹코를 한 사내 한 명이 더 있었다. 둘 다 저고리와 바지에 맨상투 차림이었다. 뒤에 서 있던 윤민수가 낮은 목소리로 물었다.

"저들은 누굽니까?"

"복장을 보아하니 대송노인 것 같아."

"대송노요?"

"송사를 맡은 노비들이지. 홍씨 집안같이 큰 집안은 이런저런 송사에 자주 휘말리기 때문에 대송노를 한둘씩 두고 있지."

두 사람이 얘기를 주고받는 사이, 시송다짐을 바친 사내가 앞으로 나섰다.

"판윤 어르신. 소인은 풍천 홍씨 집안의 대송노인 영필이옵고, 저와 함께 온 자는 역시 대송노인 대순이라고 합니다. 오늘 주인마님을 대신해서 하의삼도 주민들을 고발하고자 합니다."

뜻밖의 상황에 주찬학은 이마를 찌푸렸고, 윤민수의 눈은 휘둥그레졌다. 영필이라는 대송노는 소매에서 소지를 꺼내서 바쳤다. 그러자 한성판윤이 말했다.

"소지의 내용을 직접 읽어보아라."

그러자 헛기침을 크게 한 대송노 영필이 소지를 펼쳐서 읽었다.

"백 년 전, 폐주 광해를 몰아낸 인조대왕께서는 서궁에 억울하게 유폐되어 있던 정명공주를 풍천 홍씨 집안에 하가시키면서 나주에 있는 상태도와 하태도, 그리고 하의도를 궁방전의 절수지로 하사하셨습니다. 그런데 간악한 섬주민들이 주인이 멀리 떨어져 있음을 기회로 여겨 정당한 도조를 납부하지 않는 횡포를 저지르고 있습니다."

영필이 읽는 소지의 내용을 들은 이차돌의 눈이 커지면서 주먹을 불끈 쥐었다. 그 모습을 본 주찬학이 참으라는 눈빛을 보냈다. 윤민수가 부들부들 떨리는 이차돌의 주먹을 감싸쥐었다. 대송노 영필은 계속 소지를 읽어내려갔다.

"뿐만 아니라 틈만 나면 나주목사와 관찰사에게 진정을 해서 억울하다는 궤변을 늘어놓고, 그것도 모자라서 섬에 있는 궁차(宮差)*들을 핍박해서 내쫓을 모의를 했습니다. 앞서 말씀드린 대로 하의삼도 전체는 인조대왕께서 정명공주에게 하사한 절수지이기 때문에 도조를 걷는 것은 당연한 일입니다. 주인마님께서는 그때마다 너그럽게 넘어갔지만 이제 저들이 한양까지 와서 행패를 부리는 것을 보고는 더 이상 참지 않기로 하고 소지를 제출하기로 결심하셨습니다."

대송노 영필이 소지를 다 읽자 한성판윤이 몸을 기울인 채 물었다.

"정녕 소지에 나온 대로 하의삼도의 주민들이 도조를 내지 않고 궁차를 핍박하였느냐?"

"그렇사옵니다. 몇 년 전에도 하의도의 주민들이 난동을 부리고 궁차들을 쫓아내서 나주목사가 직접 섬에 가서 저들을 타이른 적이 있사옵니다."

영필이 목소리를 높여 대답하자 함께 있던 또 다른 대송노 대순이 나섰다.

"그뿐만이 아닙니다. 틈만 나면 나주목사와 관찰사에게 괴롭힘을 당하고 있다고 거짓말로 하소연을 합니다. 그래서 오히려 궁차들이 괴로움을 겪고 있습니다."

그 얘기를 들은 임성찬이 치밀어오르는 분노에 못 이겨 온몸을 부들부들 떨었다.

"저런 말도 안 되는……"

* 궁방전의 세금을 걷는 대리인들.

주찬학은 코끝에 걸려 있는 대모갑 안경을 살짝 추켜올리면서 상대방 대송노들의 주장을 끝까지 들었다. 당상대청에 엎드려서 말을 받아 적는 서리의 손놀림이 빨라졌다.

두 대송노들은 한참 동안 침을 튀기면서 하의삼도 주민들의 간악함과 비열함에 대해서 떠들어댔고, 한성판윤은 잠자코 듣고 있었다. 두 대송노들의 진술이 끝나자 한성판윤이 주찬학을 바라보았다.

"네가 원고의 대표자냐?"

"그렇습니다. 여기 있는 이 아이의 외가 쪽 친척입니다."

주찬학이 먼 친척이라고 둘러대자 한성판윤도 더 캐묻지 않았다.

"섬주민들이 도조 납부를 거부하고 궁차들을 핍박했다는 피고 쪽 주장이 사실인가?"

심호흡을 한 주찬학이 한성판윤을 올려다보면서 입을 열었다.

"먼저 이번 송사는 우리 쪽에서 제기한 민전에 대한 일토양세 문제와 궁차들의 횡포 문제를 다루기 위한 것입니다. 피고 측이 제기한 문제는 이번 송사와는 별도로 처리해야 합니다."

주찬학의 얘기가 끝나자마자 대송노 영필이 반박했다.

"아니옵니다. 이 문제는 저들의 간악함으로 인해 비롯된 일입니다. 따로따로 봐야 할 일이 아니라 함께 처결해야 할 일이라고 사료되옵니다."

영필의 얘기를 들은 윤민수가 주찬학에게 물었다.

"왜 저런 터무니없는 거짓말을 하는 겁니까?"

"그래야 이 문제를 가라앉힐 수 있으니까. 소송이 불리하다 싶으면

엉뚱한 시비를 들어서 복잡하게 만드는 거지. 그러다보면 정작 중요한 문제들이 묻혀버리거든."

윤민수가 한숨을 내쉬면서 고개를 절레절레 내저었다.

"각오는 했지만 쉽지 않겠네요."

그러자 주찬학이 대모갑 안경을 추켜올리면서 말했다.

"나도 저 방법을 많이 써봐서 아는데 말이야. 치명적인 오류가 하나 있어."

씩 웃으면서 윤민수에게 얘기한 주찬학은 한성판윤을 바라보면서 말했다.

"저들의 말이 설령 사실이라고 해도 결정적인 절차상의 문제가 있습니다."

반박을 예상했던 한성판윤은 눈살을 찌푸리면서 물었다.

"그게 무엇이냐?"

"소지는 피고의 척재관에 제출하는 것이 소송의 원칙입니다. 만약 하의삼도 주민들을 정소하려면 한성부가 아니라 나주관아에 소지를 제출하는 것이 마땅합니다."

주찬학의 애기를 들은 홍씨 집안의 대송노들은 굳은 표정으로 서로의 얼굴을 바라보았다. 당상대청 앞에 늘어선 서리들은 낮은 감탄사를 날렸다.

한 발 앞으로 나간 주찬학은 홍씨 집안의 대송노들을 바라보면서 강한 어조로 말을 했다.

"송사를 전담하는 대송노들이 이 사실을 몰랐을 리는 없습니다. 그럼에도 불구하고 오늘 이 자리에서 하의삼도 주민들을 정소하는 소지를 제출한 것은 송관인 판윤 나리를 모욕하는 것은 물론 국법을 어지럽히는 짓입니다. 엄벌에 처해서 국법을 농락하는 자들의 본보기로 삼으소서."

주찬학의 열띤 호소에 한성판윤이 시선을 거두었다. 그리고 잠시 후 다시 입을 열었다.

"원고 측 얘기가 합당하다고 판단된다. 피고 측 대송노들은 문제의 소지를 나주관아로 가져가고 여기서는 거론하지 말 것을 명한다."

윤민수는 저도 모르게 주먹을 불끈 쥐었다. 기세를 얻은 주찬학이 핵심으로 곧바로 들어갔다.

"이번 송사에서 규명해야 할 것은 섬주민들의 주장대로 정명공주방의 절수지가 이십 결인지 아니면 섬 전체인지입니다. 보통 궁방에 절수지를 내려주는 경우는 두 가지가 있습니다. 하나는 황무지나 주인이 버린 땅을 받아서 개간을 하는 것입니다. 하지만 하의삼도에는 오래전부터 사람들이 살면서 밭을 일궜으니 버려지거나 빈 땅을 절수지로 받은 것은 아닐 것입니다. 그렇다면 나라에서 전세를 받고 있던 땅을 정명공주방에 사패지로 하사한 것인데 이럴 경우에는 몇 결의 땅인지를 명시한다고 들었습니다. 아울러 하사받은 지 4대가 지나면 수조권이 도로 국가로 귀속되는 무토사패지인지 아니면 영구히 수조권을 행사할 수 있는 유토사패지인지도 명확하게 판단을 해야 합니다. 지금껏 홍씨 집안에서는 섬 전체를 절수지로 하사받았다고 주장만 할 뿐 그와 관련된 문기를 보여준 적이 없었습니다. 이런 의혹들을 명명백백하게 밝혀주시기를 부탁드리옵니다."

주찬학의 얘기를 들은 한성판윤이 손으로 턱을 괸 채 생각에 잠겨 있다가 입을 열었다.

"피고는 섬 전체가 절수지라고 주장하고 있지만 원고는 하의삼도에 있는 정명공주방의 절수지가 이십 결뿐이라고 주장하고 있느니라. 양쪽의 얘기가 서로 엇갈리니 본관이 판단을 내릴 수가 없도다. 그러니 원척들은 주장을 입증할 수 있는 문기나 물증을 내놓아라."

한성판윤의 얘기를 들은 윤민수가 파랗게 질린 얼굴로 주찬학에게 속삭였다.

"어떡하죠? 우린 그런 문기들은 없잖아요."

그러자 주찬학은 별 문제 아니라는 듯 씩 웃고는 한성판윤을 향해 말했다.

"한 가지 더 아뢸 것이 있사옵니다."

"무엇이냐?"

"섬주민들은 정명공주방의 절수지 이십 결을 제외하고 스스로 개간한 갯땅쇠인 민전 백육십 결에 대해서 나라에 전세와 삼수미를 바치고 있습니다. 하지만 홍씨 집안에서는 섬 전체가 자신들의 절수지라고 주장하면서 별도의 도조를 걷고 있습니다. 절수지는 면세전이니 전세나 삼수미를 바칠 이유가 없음에도 불구하고 이렇게 양쪽에 세금을 내는 일토양세가 벌어진 것입니다. 일토양세는 백성들의 부담을 가중시키는 것으로 국법으로 금하고 있는 일입니다. 홍씨 집안이 섬 전체를 절수지로 생각했다면 마땅히 그 백육십 결에 대한 전세와 삼수미를 바치는 것을 모를 리 없었고, 이를 묵인했다는 것은 그 땅이 자신들의 것이 아님을 알고도 따로 도조를 걷었다는 것을 의미합니다. 이는 지엄한 국법을 농단하는 것으로 마땅히 금해야 할 사안입니다."

주찬학의 열변에 한성판윤은 의자의 팔걸이에 몸을 기댄 채 눈을 감았다. 그리고 잠시 후, 눈을 뜨고는 대송노 영필에게 물었다.

"하의삼도의 땅이 일토양세가 되고 있다는 저자의 말이 사실이냐?"

그러자 영필은 떨떠름한 표정으로 동료 대순을 바라보았다. 하지만 대순 역시 표정이 어둡기는 마찬가지였다. 한성판윤이 거듭 대답을 재촉하자 영필은 마지못해 입을 열었다.

"나라에서 금하는 일을 어찌 하겠습니까? 저들의 일방적인 주장에 불과합니다. 설사 그런 일이 있다고 해도 홍씨 집안을 함정에 빠트리기 위한 수작일 것입니다."

그 얘기가 끝나자마자 주찬학은 소매에서 문기를 하나 꺼내면서 외쳤다.

"거짓말입니다. 여기 하의삼도 주민들이 나라에 전세와 삼수미를 바친 증거가 여기 있습니다."

주찬학이 소매에서 꺼낸 문기를 펼쳐 보이면서 거듭 같은 말을 외치자 송정의 분위기는 그대로 얼어붙었다. 주찬학은 문기를 당상대청의 돌계단 위에 올려놓으면서 격앙된 목소리로 말을 이어갔다.

"보시다시피 하의삼도 주민들은 바다를 메워서 만든 갯땅쇠 백육십결에 대해서 민전이라는 명목으로 꼬박꼬박 전세와 삼수미를 바치고 있는 중입니다. 그러니 일토양세 문제를 해결하기 위해서는 정명공주방에 하사된 절수지가 몇 결인지 명시된 문기를 피고 쪽에서 제출해야만 합니다. 제가 바치는 이 문기에는 그 사실이 명확하게 나와 있습니다. 부디 송관께서 살펴보시고 원척들이 함께 수결을 하고 돌려주시기 바랍니다."

딸기코 서리가 문기를 집어들어 당상대청에 앉아 있는 한성판윤에게 바쳤다. 천천히 문기를 읽어본 한성판윤이 살짝 고개를 끄덕거리자 딸기코 서리가 도로 문기를 받아서 두 대송노에게 가지고 갔다. 곤란한 표정을 짓는 대송노들에게 딸기코 서리가 거듭 재촉을 하자 마지못해 대순이 붓으로 문기에 수결을 했다. 딸기코 서리는 대순이 수결한 문기를 가지고 당상대청에 엎드려서 송정에서 오가는 진술을 받아 적던 서리에게 가져갔다. 서리는 수결한 문기를 힐끔 보고는 다시 붓을 들어서 종이에 뭔가를 적었다. 그 모습을 지켜보던 윤민수가 주찬학에게 물었다.

"뭘 하는 겁니까?"

"원척 중에 한쪽이 제출한 문기는 송관이 확인을 하고 원척들이 수결을 하는 절차를 거쳐. 그러면 상대방이 문기를 보지 못했다는 핑계를 대지 못하게 만들지. 그렇게 확인된 문기는 최종적으로 서리가 확인을 해서 입안에 넣게 된다네. 나중에 결송입안이 나올 때 누가 어떤 문기를 제출했는지 알 수 있도록 말이야."

딸기코 서리는 종이 한 장을 접어서 문기를 둘둘 만 후에 도장을 찍어서 봉인을 하고는 주찬학에게 돌려줬다. 일련의 절차가 끝나자 한성판윤이 홍씨 집안의 대송노들에게 물었다.

"원고가 보여준 문기는 관사가 찍힌 관서문기로 전세와 삼수미를 나라에 바친 것이 확실하다. 그렇다면 민전으로 등록되어 있다는 원고의 주장이 사실이라는 말이 된다. 거기에 대해서 피고가 할 얘기가 있느냐?"

그러자 송정에 모인 서리들과 군뢰들의 시선이 일제히 두 대송노에게 향했다. 우물쭈물하던 대송노들 중에서 대순이 단호한 표정으로 말했다.

"관청의 도장이 찍힌 관서문기가 확실하지만 저희들은 거기에 대해서 아는 바가 없습니다."

대순의 얘기를 들은 주찬학이 코웃음을 치면서 한성판윤에게 말했다.

"아는 바가 없는 게 아니라 알고도 얘기를 못하는 것입니다. 우리들은 갯땅쇠가 민전이라는 사실을 문기로서 증명했습니다. 그러니 피고 측에서는 그것이 아니라는 것을 증명하는 문기를 보여주면 그만입니다."

주찬학의 얘기를 들은 대순이 고개를 저었다.

"송관께서도 아시다시피 임금의 옥쇄가 찍힌 문기는 함부로 볼 수 없습니다."

대순의 얘기를 들은 윤민수는 벽에 부딪혔다는 느낌에 작게 한숨을 쉬었다. 그러자 대순이 주찬학을 손가락으로 가리키면서 목소리를 높였다.

"감히 왕패를 보고자 하는 저자의 음험한 속내가 궁금합니다. 어찌 이런 하찮은 일에 임금님을 들먹거리는지 말입니다."

송관인 한성판윤 역시 납득한다는 표정으로 고개를 끄덕거리자 윤민수의 얼굴은 파랗게 질려버렸다. 하지만 팔짱을 끼고 가만히 듣고 있던 주찬학은 무표정한 얼굴로 얘기를 듣고 있었다. 그러다가 양쪽의 얘기가 끝나자마자 앞으로 나섰다. 그리고 앞서 문기를 바치면서 격앙되었던 것과는 달리 거의 읍소에 가까운 애절한 목소리로 말했다.

"송관 나리, 저희들이 보고자 하는 것이 어찌 지엄하신 왕패이겠습니까? 단지 하의삼도에 머무는 홍씨 집안의 궁차들이 도조를 걷어서 보낸다는 문기만 있으면 그만입니다."

주찬학의 얘기를 들은 윤민수는 고개를 번쩍 들었다. 생각지도 못한 방식으로 위기를 빠져나감과 동시에 상대방을 곤경에 몰아넣은 것이다. 놀란 것은 홍씨 집안의 대송노들도 마찬가지였다. 한시름 놨다고 생각한 순간 불의의 일격을 당한 두 대송노들은 어찌할 바를 몰랐다. 주찬학은 윤민수 일행을 가리키면서 한성판윤을 향해 말했다.

"저들의 행색을 보십시오. 억울한 일을 고하고자 험한 바닷길을 건너 천릿길을 마다않고 달려온 자들입니다. 괜히 송관 앞에 엎드려 처분을 기다리겠습니까? 저들이 원하는 것은 많은 게 아닙니다. 그저 지엄하신 왕명대로 이십 결의 땅에서만 도조를 걷고 섬주민들이 직접 개간한 민전에 대해서는 나라에 전세와 삼수미만을 내게 해달라는 것입니다. 왕패를 볼 수 없다면 민전에 대해서 도조를 거둬서 홍씨 집안으로 보낸 문기만 확인하면 그만입니다. 만약 나라에 전세와 삼수미를 바치고 있는 줄 알면서도 도조를 거둬갔다면 이는 명백하게 국법을 어지럽히는 짓입니다."

주찬학의 얘기를 들은 한성판윤이 두 대송노들을 가리키면서 물었다.

"홍씨 집안에서 민전인 줄 모르고 도조를 걷어갔을 수도 있지 않겠느냐?"

그 얘기를 들은 주찬학은 다른 쪽 소매에서 문기 하나를 더 꺼냈다.

"그 역시 거짓말이옵니다. 이 문기는 하의삼도 주민들이 일토양세 문제를 해결해달라고 나주목사에게 연명으로 올린 상소문입니다. 상소문의 내용을 보면 분명 섬주민들이 나주목사와 하의삼도에 있는 홍씨 집안의 궁차들에게 일토양세 문제를 하소연하고 있음을 알 수 있습니다. 따라서 홍씨 집안에서 일토양세 문제를 모를 리 없습니다."

딱 부러진 주찬학의 말에 대송노들은 물론 한성판윤도 입을 다물어야만 했다. 소매에서 꺼낸 문기를 펼친 주찬학이 억울하다는 표정으로 말을 이어갔다.

"이것이 벌써 몇 년 전 일인데 지금까지 몰랐다는 것은 말이 안 됩니다. 현명하신 판관 나리께서 바로 잡아주시옵소서."

고개를 조아린 주찬학이 계단 앞에 선 서리에게 문기를 건네고는 물러섰다. 계단을 올라온 서리가 바친 문기를 본 한성판윤의 얼굴이 살짝 일그러졌다. 그러고는 홍씨 집안의 대송노들을 향해 말했다.

"이 문기를 보니 하의삼도 주민들이 나주목사에게 일토양세 문제를 청원할 때 홍씨 집안의 궁차와 청지기가 그 자리에 있었던 것이 확실하구나."

곤란한 표정을 지은 두 대송노들이 안절부절못해했다. 한성판윤은 손에 든 문기를 접으면서 재차 말했다.

"홍씨 집안에서는 일토양세 문제에 대해서 전혀 몰랐다는 말이냐?"

"그, 그것이……"

대송노들이 제대로 대답하지 못하자 주찬학이 회심의 미소를 지으면서 윤민수에게 말했다.

"대송노들의 약점이 바로 저거지. 주인이 전부 얘기해주지도 않고, 함부로 말할 수 없는 게 너무 많거든."

"그럼 이제 우리 쪽이 유리해진 건가요?"

윤민수의 물음에 주찬학이 살짝 고개를 끄덕거렸다.

"이제 시작이긴 하지만 한 고비 넘긴 셈이지."

그렇게 윤민수와 얘기를 나누느라 고개를 기울이고 있던 주찬학의 눈에 먼발치에 서서 지켜보는 조외수가 보였다. 그 옆에는 흑립에 도포차림으로 서 있는 낯선 사내가 부채로 얼굴을 가리고 서 있었다. 그 쪽을 바라보던 주찬학은 윤민수의 헛기침소리에 퍼뜩 정신을 차렸다. 윤민수가 눈짓으로 한성판윤 쪽을 가리켰다. 한성판윤은 주찬학이 고개를 조아리자 나지막한 목소리로 말했다.

"오늘 원척들의 얘기를 들어보니 관건은 하의삼도의 절수지가 이십결인지 아니면 섬 전체인지를 그리고 일토양세에 대해서 홍씨 집안에서 알고 있었는지가 될 것 같구나. 앞으로 닷새 후에 다시 소송을 열 것이니 피고 측은 그때까지 하의삼도에서 걷은 도조의 양을 알 수 있는 문기를 가져와야 할 것이다. 아울러 무토사패지인지 유토사패지인지도 밝혀야만 한다. 이것으로 오늘 소송을 마치도록 한다."

얘기를 마친 한성판윤이 일어나자 도열해 있던 서리들이 일제히 고개를 숙였다. 조마조마하게 지켜보던 주찬학에게 윤민수가 물었다.

"끄, 끝난 겁니까?"

그러자 대모갑 안경을 벗은 주찬학이 길게 한숨을 내쉬면서 말했다.

"그래. 닷새 후에 재개된다네."

뒤에서 지켜보던 이차돌이 고개를 갸웃거리면서 물었다.

"무슨 송사가 이렇게 번갯불에 콩 구워먹는 것처럼 빨리 끝난답니까?"

주찬학은 한성판윤이 자리를 뜬 빈 의자를 아쉬운 눈으로 바라보았다.

"그거야 송관 마음이오. 아마 저쪽을 봐주기 위해서 일찍 끝낸 모양이오."

"어쨌든 닷새 후에 저들이 문기를 보여주지 못하면 우리 쪽이 승소하는 건가요?"

그러자 마주서서 얘기를 나누는 홍씨 집안의 대송노들을 흘끔거린 윤민수가 물었다.

"원칙적으로는 그렇지. 보통 송사에서는 자기주장을 입증할 만한 문기를 제시해야 하고, 그러지 못하면 패소하거든. 홍씨 집안에서 일토양세 문제를 몰랐다는 사실을 입증해야 하고, 무토사패지인지 유토사패지인지도 밝혀야 하네. 질질 끌 수도 있겠지만 그렇게 되면 대제학인 홍유한의 처지가 난감해지겠지. 한성판윤의 태도가 미심쩍긴 하지만 일단 우리 쪽에 유리한 건 사실이야."

주찬학의 설명을 들은 윤민수와 두 사람은 주먹을 불끈 쥐고 서로의 얼굴을 바라보았다. 오랜만에 송정에 나선 탓인지 긴장감으로 어깨가 욱신거린 주찬학은 주먹으로 어깨를 두드리면서 조외수가 서 있던 쪽을 힐끔 바라보았다. 언제 자리를 떴는지 아무도 보이지 않았다.

홍신찬은 소송이 끝나기 전에 자리를 떴다. 함께 있던 조외수는 한성부의 대문을 나서는 그를 뒤따라가면서 물었다.

"왜 끝까지 보지 않으십니까?"

앞장선 홍신찬은 혀를 차면서 말했다.

"보나마나 뻔한데 뭘 더 보겠느냐. 대송노들은 제대로 얘기하지 못할 것이고, 기껏해야 송관이 며칠 후에 논증할 수 있는 문기를 가지고 오라고 하고 마치겠지."

홍신찬의 얘기를 들은 조외수는 저도 모르게 고개를 끄덕거렸다. 그나마 송관인 한성판윤이 편을 들어줘서 그렇지 완패나 다름없었다. 몇 년 만에 모습을 드러낸 주찬학은 약간 긴장한 모습이었지만 실력만큼은 여전했다. 생각에 잠긴 채 뒤따라가던 조외수에게 홍신찬이 말했다.

"그 외지부 말이야. 어수룩해 보이지만 필요한 때마다 적절하게 얘기를 끌고 가고 있어. 우리 쪽 대송노들은 왕패를 보일 수 없다는 사실만 너무 믿고 있다가 당하고 말았지."

홍신찬의 얘기에 조외수가 맞장구를 쳤다.

"맞습니다."

"거기다가 섬주민들을 고소하는 소지를 제출했다가 낭패를 본 이후에는 대송노들이 제대로 대응을 하지 못했어. 거기다 우물쭈물한 것도 패인이었고 말이야."

"그렇습니다. 대송노들이 너무 안일했습니다. 돌아가면 엄하게 꾸짖어야겠습니다."

홍신찬이 돌연 걸음을 멈췄다. 그리고 깜짝 놀라서 쳐다보는 조외수를 보면서 혀를 찼다.

"결정권이 없는 대송노들이 무슨 죄가 있겠느냐? 그저 강하게 나가자고 주장한 두 형님들이 잘못한 것이지."

조외수는 홍신찬의 얼굴 표정이 기대감으로 번들거리는 것을 보았다. 머릿속에 앞으로 벌어질 일들이 떠오른 그는 마른침을 삼켰다.

무엇보다 냉철하고 차가운 홍유한이 이번 일에 있어서만큼은 한없이 흔들리고 있다는 점이 마음에 걸렸다. 천하의 대제학도 자식들이 걸쳐진 집안 문제에는 어쩔 도리가 없단 말인가. 조외수는 앞장서 걷는 홍신찬의 뒷모습을 보면서 중얼거렸다.

주찬학과 윤민수 일행이 한성부 대문 밖으로 나오자 구경꾼들의 환호성이 터져나왔다. 누군가로부터 결과를 들은 모양이었다. 길을 터주는 구경꾼들 사이를 지나가면서 주찬학이 윤민수에게 말했다.

"이제 본격적으로 시작되는 거야. 정신 바짝 차려야 해."

"그럴게요. 어떻게든 이겨서 마을 사람들의 억울함을 풀어주고 싶어요."

"어서 마포로 돌아가자. 할 일이 많아."

주찬학의 뒤를 따라 걷던 윤민수는 주저하다가 입을 열었다.

"저, 부탁이 있습니다."

"무슨 부탁?"

기분이 좋은지 콧노래를 흥얼거리던 주찬학이 돌아서서 묻자 윤민수는 잠시 생각을 했다가 고개를 저었다.

"아닙니다. 지금은 일이 급하니 나중에 말씀드릴게요."

"그래."

고개를 돌린 주찬학이 앞장서 걷자 옆에서 따라오던 임성찬이 슬쩍 말했다.

"아버지 찾는 일 때문에 그래?"

임성찬의 물음에 윤민수가 고개를 끄덕거렸다.

"일이 어느 정도 풀리면 따로 알아봐야겠어요."

윤민수의 말에 임성찬이 눈물을 글썽거리면서 토닥거렸다.

"그래, 어디 있든 꼭 찾아보자꾸나."

가위를 든 채 소나무 분재를 다듬던 홍유한은 큰아들 홍선귀의 얘기를 듣다가 이맛살을 찌푸렸다. 불호령이 떨어질 줄 알았는데 아버지가 아무 대꾸 없이 듣기만 하자 안심한 홍선귀는 굽혔던 허리를 펴면서 말했다.

"대송노들이 실수를 하긴 했지만 딱히 문제가 있지는 않았습니다. 다음번에는 좀 더 준비를 철저하게 하겠습니다."

그러자 부지런히 가위질을 하던 홍유한은 손을 멈추고 고개를 돌렸다. 크게 기대를 하지는 않았지만 일단 맡겨보자는 심정이었는데 하마터면 일을 망칠 뻔했다. 다행스럽게도 미리 한성판윤에게 언질을 해둔 덕분에 적절한 시점에서 막아낼 수 있었다. 부글거리는 그의 심정을 아는지 모르는지 홍선귀는 막연하게 잘 풀릴 거라는 얘기만 했다. 결국 참다못한 그는 홍선귀를 향해 물었다.

"준비라고 했느냐?"

여전히 분위기 파악을 못한 큰아들 홍선귀가 침을 튀기며 입을 열었다.

"그렇습니다, 아버님. 준비를……"

"어떤 준비 말이냐?"

아버지의 날 선 물음에 홍선귀가 눈을 껌뻑거렸다. 옆에 앉아 있던 동생 홍찬귀는 그나마 아버지의 심정을 눈치챘는지 고개를 조아린 채 입을 다물고 있었다. 가위를 서안에 내려놓은 홍유한은 옻칠을 한 나무 베개인 퇴침(退枕)에 한쪽 팔을 기댔다.

"저들이 민전이라고 주장한 땅 백육십 결이 일토양세 되고 있음을 알고 있다는 걸 밝힐 생각이냐? 그렇다면 일토양세를 묵인한 것을 인정한 꼴이 되느니라. 만약 그렇지 않다고 한다면 애초에 절수받은 토지가 이십 결이라는 사실을 말해야만 한다. 네놈들이 무슨 짓을 했는지 도통 이해가 가지 않느냐?"

홍유한의 불호령에 홍선귀는 뭔가 반박을 하려다가 아버지의 성난 눈길을 보고는 기어들어가는 목소리로 말했다.

"어차피 왕패를 보여주지 않으면 그만 아닙니까? 그렇게 시간을 끌다보면 제풀에 나가떨어질 겁니다."

홍선귀가 옆자리에 앉은 동생에게 눈총을 줬다. 그러자 홍찬귀가 살짝 고개를 들면서 말했다.

"형님 말씀대로 버티다보면 알아서 떨어져나가지 않겠습니까? 정 안 되면 무뢰배들을 시켜서 혼쭐을 내서 쫓아버리는 방법도 있고 말입니다."

두 아들의 한심스러운 얘기에 홍유한은 눈을 질끈 감았다. 그리고 잠시 후 눈을 뜨면서 손으로 서안을 내리쳤다.

"우리가 내주지 않아도 될 것은 왕패뿐이다. 나머지 문기들은 송관이 요구하면 모두 다 내어주어야 하느니라. 일토양세 문제가 우리 쪽 책임이라고 결론이 나면 그때부터는 모든 게 끝장이다, 끝장. 당장 다음번 송정에서 저들이 문기를 가지고 오지 않았다거나 없음을 따지고 든다면 뭐라고 말할 것이냐? 거기는 네놈들이 드나드는 기방이 아니라 송정이란 말이다."

비로소 아버지의 분노를 깨달은 홍선귀와 홍찬귀는 황급히 고개를 숙였다. 두 아들을 이글거리는 눈으로 바라보던 홍유한이 깊은 한숨을 내쉬며 말했다.

"고작 준비한다는 것이 하의삼도 주민들을 정소한다는 소지였느냐? 저들이 한양까지 올라와서 정소를 한 연유를 한 번만 생각했다면 이런 일은 없었을 것이야! 명색이 대제학인 내가 소송을 하러 올라온 자들을 겁박했다는 사실이 알려지기라도 하면 다른 당파에 속한 자들이 또 가만히 있겠느냐? 소지를 올리기 전이라면 몰라도 지금은 그자들에게 손을 대서는 안 된다."

홍유한의 다그침에 홍선귀가 기어들어가는 목소리로 대답했다.

"그리하겠습니다."

"이 일에서 손을 떼어라."

그러자 고개를 번쩍 치켜든 큰아들 홍선귀가 애절한 표정으로 얘기했다.

"아버님! 한 번만 기회를 주십시오."

하마터면 마음이 흔들릴 뻔했던 홍유한은 헛기침과 함께 고개를 저었다.

"집안이 망하는 꼴을 보고 싶지는 않다. 둘 다 물러가거라."

못마땅한 표정을 애써 숨긴 두 사람이 분합문을 열고 밖으로 나갔다. 홍유한은 마음을 가다듬기 위해 가위를 들고 소나무 분재를 다듬으려고 했다. 하지만 도로 가위를 내려놓고는 바깥을 향해 소리쳤다.

"조 서방 밖에 있느냐?"

"예! 대감마님. 여기 있습니다."

그는 중요한 결정을 내리기 전에 항상 그랬던 것처럼 눈을 감고 생각에 잠겼다. 그리고 눈을 뜬 다음 단호하게 말했다.

"지금 당장 막내를 찾아서 부르거라."

"알겠습니다. 대감마님."

청지기 조외수가 작은사랑채로 뛰어가는 발소리가 들렸다. 마음을 진정한 홍유한은 서안에 올려놓은 가위를 집어들고 소나무 분재 쪽으로 몸을 돌렸다.

3
새로운 상대가 나타나다

난월의 선술집에서는 작은 잔치가 열렸다. 난월은 장사 밑천을 다 날린다고 투덜거렸지만 주찬학은 귓등으로 흘려듣고는 안주들을 챙겼다. 긴장이 풀린 윤민수는 항아리에 담긴 술을 마시면서 흐릿한 한숨을 쉬었다. 그러자 툇마루에 걸터앉아서 술잔을 기울이던 이차돌이 피식 웃었다.

"긴장이 풀렸구나. 그럴 만도 하지. 참으로 고생이 많았다."

"아직 끝나지 않았잖아요. 이기면 그때 실컷 기뻐해요."

한숨을 머금은 윤민수의 말에 이차돌이 피식 웃었다.

"장가만 안 들었지 어른이구만. 하긴 이런 일을 할 사람이 너밖에 없다고 섬사람들이 이구동성으로 말했지."

그러자 옆에 털썩 걸터앉은 임성찬이 맞장구를 쳤다.

"암, 세 살 때부터 글자를 알아서 다들 섬에서 지내기 아깝다고 했잖아."

이런저런 생각에 울적해진 윤민수는 술을 벌컥벌컥 마셨다. 같이 술을 마시던 임성찬이 주변을 돌아보면서 중얼거렸다.

"그런데 그 외지부는 어디로 간 거야?"

그러자 이차돌이 딸꾹질을 하면서 난월의 방을 가리켰다.

"저기 들어가던데."

"거참, 알다가도 모를 사람이야. 처음 봤을 때는 영락없이 선술집 중노미였는데 대모갑 안경을 걸치고 나타나니까 송정을 휘어잡는 외지부가 되었잖아. 저런 능력을 가진 사람이 왜 이런 곳에서 중노미 노릇을 하는 거지?"

임성찬의 얘기를 들은 이차돌이 맞장구를 쳤다.

"그러게. 거기다 안 한다고 했다가 갑자기 자기 일처럼 발 벗고 나선 것도 이상하잖아. 한양에서 알아주는 외지부들도 다 못한다고 손사래를 쳤는데 말이야."

임성찬이 너털웃음을 지으며 대답했다.

"일이 안 풀려도 문제고, 잘 풀려도 문제네. 우리야 민수를 잘 지켜주기만 하면 그만이지만. 그나저나 민수는 또 어디로 간 거야?"

임성찬의 말에 이차돌이 고개를 들고 주변을 두리번거렸다.

"그러게. 뒷간이라도 갔나?"

이불은 이미 발아래로 밀려난 지 오래였다. 주찬학은 벌거벗은 채 누워 있는 그녀의 몸속으로 파고들었다. 그녀가 내뱉는 끈적거리는 숨결과 들뜬 신음소리가 어두컴컴한 방 안을 가득 메웠다. 주찬학은 죽겠다는 그녀의 속삭임이 귓가에 메아리칠수록 더 거칠게 파고들었다. 다리를 벌린 채 그를 받아들이던 난월은 목덜미를 움켜잡은 채 말했다.

"송사에서 이기더니 힘을 주체 못하는 모양이네."

주찬학은 아무 대꾸도 하지 않고 계속 그녀의 몸 안으로 파고들었다. 땀에 젖은 그녀의 젖가슴이 위아래로 출렁거렸다. 외지부 시절, 소송에서 이기면 그날 밤은 기방의 기녀나 은근짜, 하다못해 들병이라도 사서 취했다. 이겼다는 것에 대한 승리감을 만끽하는 혼자만의 의례였던 것이다. 그의 거친 공격에 난월은 비명을 질렀다. 땀에 젖은 그녀의 어깨를 움켜잡은 주찬학은 안에 있는 것을 쏟아내기 위해 안간힘을 썼다. 마지막이라는 것을 느낀 그녀가 다리를 더 벌렸다. 나지막한 비명과 함께 안에 든 것을 쥐어짜낸 주찬학은 난월의 몸 위에 자신의 몸을 포갰다. 땀에 젖은 그녀의 몸에서 달짝지근한 비린내가 올라왔다.

그녀는 위에서 짓누르고 있는 주찬학을 옆으로 살짝 떠밀었다. 옆으로 밀린 그는 이불 위에서 죽은 듯이 누워 있었다. 그 옆자리를 슬며시 빠져나온 난월은 속곳차림으로 머리맡에 놓인 장죽을 집어 들었다. 그리고 담배합에서 꺼낸 담배를 대통에 꾹꾹 눌러 담은 다음 등잔불에 불을 붙였다. 담배를 몇 모금 길게 빨아들인 난월이 부스스 일어난 주찬학에게 장죽을 건넸다. 베개 위에 엎드린 주찬학이 장죽을 건네받아서 몇 모금 피운 다음 너스레를 떨었다.

"역시 일을 치르고 난 다음에 피우는 담배 맛이 일품이군."

땀에 젖은 속곳을 부채처럼 펄럭거린 난월이 주찬학에게 말했다.

"며칠 일을 쉬더니 양물에 힘이 가득하네."

칭찬 아닌 칭찬에 주찬학이 피식 웃으면서 장죽을 물었다. 그러자 난월이 헝클어진 머리카락을 매만지면서 슬쩍 말을 건넸다.

"그나저나 저치들 일은 언제까지 봐줄 거야?"

"끝까지 가야 되지 않겠어? 이왕 시작한 건데 말이야."

주찬학이 피우던 장죽을 뺏어서 입에 문 난월이 고개를 갸우뚱거렸다.

"지금까지는 잘한 건 알겠는데 상대가 누군지 잊어버린 건 아니지?"

난월의 얘기에 주찬학의 얼굴이 굳어졌다.

"알아. 왕실이자 종친, 집안을 이끄는 건 홍문관 대제학에, 거느리는 노비는 수백을 헤아리고, 땅은 한양 인근은 물론 팔도에 흩어져 있는 집안이지."

"당신이 아무리 한양 최고의 외지부였다고 해도 안 되는 건 안 되는 거야. 잘나가던 당신을 한순간에 이 꼴로 만든 게 누군지 잊은 건 아니겠지?"

난월의 얘기에 주찬학은 몸을 돌려서 문 쪽을 바라보았다. 말없이 눈을 껌뻑거리는 그에게 난월이 말했다.

"자기야, 심정은 이해하겠는데 말이야. 너무 상대가 강력해."

"저 친구들이 처음 나한테 왔을 때 무슨 생각이 들었는지 알아? 이건 하늘이 나한테 준 기회야."

난월이 주찬학의 머리를 쓰다듬으면서 물었다.

"그런데 왜 처음에는 계속 돌아가라고만 그랬어?"

"얼마나 굳은 결심을 하고 올라왔는지 확인해보려고 그랬지."

마음에 걸리는 게 있지만 그 문제에 대해서는 끝까지 입을 다문 주찬학이 다시금 살짝 풀린 눈으로 그녀를 바라보았다. 속곳차림으로 앉아 있던 그녀가 봉긋한 가슴을 손으로 가리면서 허공에 담배 연기를 내뿜었다.

"역시 계산이 서 있었네. 난 불쌍한 무지랭이들 때문에 앞뒤 안 재고 뛰어든 줄 알았지."

피식 웃은 주찬학이 물었다.

"쓸데없는 얘기 그만하고 애꾸 문제는 알아봤어?"

그러자 눈웃음을 거둔 그녀가 싸늘한 얼굴로 말했다.

"흥, 그 얘기 때문에 내 방에 들어온 거지?"

"설마. 당신 살 냄새를 맡고 싶었다고. 특히 여기."

주찬학이 속곳을 들추면서 사타구니 사이로 얼굴을 파묻으려고 하자 그녀는 깔깔거리면서 뒤로 물러났다.

"엉큼한 건 여전하네. 이래서 내가 미워할 수가 없다니까. 봉선달이랑 갈퀴한테 얘기해놨어. 양쪽이 나서면 천하의 애꾸도 움직이지 못할걸?"

"역시 여걸 난월이답네. 두 놈은 어떻게 구워삶은 거야?"

"자고로 양반이랑 어울려서 잘 풀린 무뢰배가 없거든. 문제는 그 옆에 있던 애꿎은 무뢰배들도 화를 입는 일이 벌어지고, 이번에 잘못하면 딱 그 꼴이 날 수 있다 정도? 사실 애꾸가 요즘 드세게 나오는 바람에 두 사람 심기가 좀 불편한 것도 있고."

난월의 얘기를 들은 주찬학은 한숨을 돌렸다.

"그럼 애꾸는 당분간 신경 쓰지 않아도 되겠네?"

"그렇게 쌓인 게 결국 다 돌아오는 거 알잖아."

주찬학이 쓴웃음을 지으면서 고개를 끄덕거리자 난월이 재차 말했다.

"애꾸가 어떤 작자인 줄 알면서 그래."

"그건 그때 가서 생각하자고. 당장 닷새 후의 소송 준비하는 것도 버거워."

누워 있는 그의 옆으로 다가온 난월이 걱정스러운 눈길로 내려다보았다.

"다시 외지부 일을 하는 걸 보니까 기쁘기도 하고 걱정되기도 하네."

팔베개를 한 그가 하품을 하면서 대답했다.

"좋게 생각하자고."

씩 웃은 그녀가 손에 들고 있던 장죽으로 주찬학이 덮고 있던 이불을 슬쩍 들추면서 장난스럽게 말했다.

"그러지 뭐. 그나저나 양물은 잘 있나?"

윤민수는 풀벌레 우는 소리를 들으면서 언년이네 주막으로 향했다. 지난번처럼 달빛이 밝지는 않았지만 한 번 갔던 길이라 어둠 속에서도 찾아갈 수 있었다. 그곳으로 왜 가는지 자신도 알 수 없었지만 발걸음은 저절로 그곳으로 향했다. 그가 도착했을 때 언년이는 툇마루에 앉아서 주먹밥을 먹는 중이었다. 그러다 싸리문을 열고 들어서는 그를 보고는 허둥지둥 주먹밥을 삼키다가 사래가 들리고 말았다. 윤민수는 서둘러 그녀의 등을 문질러줬다.

"어릴 때 생선 먹다가 가시가 목에 걸렸을 때 어머니가 이렇게 해줬더니 금방 내려가더라."

그 얘기를 들은 언년이가 몇 번 눈을 껌뻑거리더니 괜찮다는 손짓을 했다. 한숨을 돌린 윤민수는 그녀 옆에 걸터앉아서 달빛을 올려다보았다.

"오늘 한성부에서 소송이 열렸는데 찬학이 아저씨가 상대편 코를 납작하게 해줬어. 옆에서 보는데 속이 다 시원하더라."

윤민수의 얘기를 들은 언년이가 환하게 웃어줬다. 그는 미소를 지은 언년이의 코끝에 묻은 밥알을 떼어줬다.

"어쩌면, 아주 어쩌면 우리가 소송에서 이길지도 몰라. 그러면 우리 섬도 살 만한 곳이 될 거야. 섬이긴 하지만 논밭이 제법 되거든."

그의 얘기를 들은 언년이가 손짓으로 얼마나 크냐고 물었다. 그러자 윤민수는 달을 올려다보면서 말했다.

"서로 붙어 있는 상태도랑 하태도는 삼십 리 정도 되고, 하의도는 이십 리에서 조금 모자라. 어릴 때는 그 섬이 세상의 전부인 줄 알았어."

달을 올려다본 윤민수의 모습을 지켜보던 언년이도 따라서 달을 올려다보았다. 그녀를 바라보기 위해 고개를 돌린 윤민수는 눈가의 멍자국을 뒤늦게 발견하고는 표정이 굳어졌다. 언년이는 윤민수가 자신의 멍든 눈을 바라보는 것을 알아차리고는 황급히 고개를 돌렸다. 눈살을 찌푸린 윤민수가 고개를 돌린 그녀의 어깨를 잡았다.

"많이 다친 거야? 어디 좀 봐."

하지만 그녀는 윤민수의 손길을 뿌리치고는 방으로 들어가버렸다. 따라들어가려던 윤민수는 한숨과 함께 툇마루에 걸터앉았다. 그리고 그녀가 들어간 방을 쳐다보면서 말했다.

"우리 섬 좋은 곳이야. 한양도 좋지만 여긴 너무 사람들이 많아서 싫어."

어느 틈엔가 문이 살짝 열리는 소리가 들렸다. 윤민수는 일부러 고개를 다른 곳으로 돌린 채 말을 이어갔다.

"너한테도 꼭 그 섬을 보여주고 싶어."

윤민수는 보지 못했지만 문고리를 잡은 언년이가 고개를 끄덕거렸을 것이라고 믿었다.

홍유한은 홍신찬을 사랑방으로 불러들이고도 한동안 말이 없었다. 아무 얘기 없이 장죽을 물고 담배만 피워대는 홍유한을 보고 조급해진 건 오히려 조외수였다. 홍신찬도 입을 다문 채 아버지를 올려다볼 뿐이었다. 장죽의 담배를 거의 다 피운 홍유한은 놋쇠로 만든 재떨이에 장죽을 탕탕 치면서 홍신찬을 힐끔 바라보았다. 그러고는 길게 헛기침을 하면서 이야기를 시작했다.

"오늘 송정에서 우리 쪽 대송노들이 저쪽 외지부에게 쩔쩔맸던 모양이더구나."

그러자 홍신찬이 무덤덤하게 대답했다.

"쩔쩔맨 정도가 아니었습니다. 하의삼도 주민들을 정소한다는 소지를 내밀었다가 실패한 이후로는 그냥 밀렸을 뿐이죠."

"가보았느냐?"

"뎨김을 받아낸 솜씨도 그렇고, 우리가 그걸 거부할 수 없도록 만든 외지부가 누군지 궁금했습니다. 그래서 조 서방과 함께 한성부에 갔다

왔습니다."

"어찌 될 것 같으냐?"

"소송 말씀이십니까?"

홍신찬의 반문에 홍유한은 장죽을 입에 문 채 고개를 끄덕거렸다. 이번에는 홍신찬이 침묵을 지켰다. 속이 탄 조외수가 두 사람을 번갈아 바라보면서 마른침을 삼켰다. 대답을 재촉하는 듯 한 홍유한의 헛기침에 홍신찬이 대꾸했다.

"이대로 가면 필패입니다."

"어째서 그런 생각을 하느냐? 설마 대제학인 내가 버티고 있는데 소송에서 진다는 게 가능하다고 생각한단 말이냐?"

홍유한의 얘기에 몸을 앞으로 기울인 홍신찬이 물었다.

"하의삼도의 땅은 본래 우리 집안 것입니다. 소송에서 이긴다 해도 본디 우리 것을 지킨 것에 불과한즉, 그것을 이겼다고 볼 수는 없는 노릇입니다."

자신의 말에 반박하는 홍신찬의 얘기에 홍유한은 아무 반응도 보이지 않은 채 담배만 피웠다. 무릎을 바짝 당긴 홍신찬이 말을 이어갔다.

"아울러 이번 소송이 길어지면 이런저런 말들이 나올 것이고 혹시나 사헌부나 종부시로 넘어가면 아버님께서 피혐을 하셔야 하지 않겠습니까? 또한 소송이 길어지면 저들에게 헛된 희망을 심어줄 것입니다. 그런 즉, 이번 소송에서는 단순히 이기는 것이 아니라 저들을 철저하게 논파해서 다시는 소송을 벌이지 못하도록 만들어야만 합니다."

"말이 좋구나. 하지만 그 말대로 과연 일이 이뤄지겠느냐?"

홍유한의 물음에 홍신찬은 깊게 심호흡을 했다. 기다려왔던 바로 그 순간이 찾아온 것이다. 어쩌면 자신의 운명을 송두리째 바꿔버릴 수 있는 순간을 좀 더 만끽하기 위해 잠시 뜸을 들이던 그는 하루 종일 생각하고 있던 말들을 뱉어냈다.

"몇 가지 잘못으로 인해 불리한 상황이기는 하지만 충분히 만회할 수 있습니다."

"어떻게 말이냐?"

"상대방 외지부 역시 몇 가지 실수를 했고, 그걸 파고들면 됩니다."

대답을 들은 홍유한은 그럴 줄 알았다는 표정을 지었다.

"대송노들이 그걸 할 수 있겠느냐?"

교묘하게 비틀어진 아버지의 대답에 홍신찬은 저도 모르게 고개를 번쩍 들었다. 그리고 또박또박 자신의 의지를 드러냈다.

"저에게 맡겨주시면 기필코 해내겠습니다."

홍유한은 다시 장죽을 입에 물었다. 그리고 팔을 걸치고 있던 퇴침의 서랍 안에서 가위를 꺼내서 소나무 분재 쪽으로 몸을 돌렸다. 그리고 무심하게 말했다.

"그럼 너를 믿고 맡겨보마. 조 서방이 전에 외지부 노릇을 한 적이 있으니 잘 상의해서 처리하여라."

"감사합니다. 아버님."

냉정해야 한다고 수없이 다짐했건만 승낙을 받았다는 사실에 감격한 홍신찬은 연거푸 고개를 숙였다. 홍유한은 그런 홍신찬을 무심한 눈길로 바라보다가 그만 나가라는 손짓을 했다. 홍신찬이 장지문을 열고 밖으로 나가는 걸 지켜보다가 뒤따라 나가려는 조외수에게 말했다.

"저 아이를 잘 도와주게."

"여부가 있겠습니까. 대감마님."

고개를 숙이며 대답한 조외수가 밖으로 나가는데 홍유한의 굵직한 목소리가 뒤따라왔다.

"자네도 이상하게 생각하겠지? 왜 내가 이렇게 처신하는지 말이야."

속마음을 들켰나 싶어 찔끔하면서 조외수가 고개를 조아렸다.

"소인이 무슨 생각이 있겠습니까?"

"집안일에다 자식들 일이라 내 마음대로 할 수가 없네그려."

허탈하게 웃은 홍유한이 물었다.

"그때 일이 벌써 칠 년 전인가?"

"그 정도 되었습니다."

조외수의 대답을 들은 홍유한이 담배연기를 내뿜으면서 말했다.

"그 일에 대해서는 아무에게도 얘기하지 말게. 자네가 알아서 잘 처신하겠지만 말이야."

그것이 무엇을 의미하는지 잘 알고 있었지만 조외수가 할 수 있는 것은 그저 고개를 끄덕거리는 것뿐이었다.

닷새는 화살처럼 빨리 지나갔다. 첫 번째 송사를 잘 끝낸 탓에 선술집을 나서는 주찬학과 윤민수 일행의 발걸음은 느긋했다. 싸리문을 닫고 길을 나서던 윤민수는 굽은 소나무 뒤에 서서 지켜보던 언년이와 눈이 마주쳤다. 윤민수가 살짝 웃자 그녀 역시 부드럽게 웃어주었다.

"얼른 와."

주찬학의 재촉에 윤민수의 걸음이 빨라졌다. 그러면서도 소나무 뒤에 숨어서 이쪽을 바라보는 언년이에게 끝까지 눈을 떼지 못했다. 여름 언저리에 접어든 날씨라 걷기에도 적당했다. 장죽을 든 손을 뒷짐을 진 채 앞장서 걷던 주찬학이 윤민수 일행에게 물었다.

"그나저나 그 하의도라는 섬은 어떻소? 그 섬 때문에 피 튀기게 싸우고 있는데 정작 거긴 가본 적이 없네그려."

주찬학의 물음에 땅딸막한 키의 이차돌이 구성진 목소리로 말했다.

"홍가 놈들 때문에 그렇지 살기에는 그만한 섬이 없다오. 오죽하면 포작간(鮑作干)* 노릇을 하던 아버지가 하의도에 와서는 이런 곳이 없다면서 눌러앉았겠소."

침을 튀기며 얘기하는 이차돌의 말에 윤민수가 빙그레 웃었다.

"웅곡포구에 내리면 큰 소나무인 해송이 반겨줄 겁니다. 섬에 제일 처음 들어온 제갈이라는 성을 가진 사람이 심은 나무라고 해요. 그 해송의 가지가 드리워진 길을 따라가 야트막한 언덕에 둘러싸인 벌판이 나옵니다. 산기슭에 집들이 옹기종기 모여 있는데 해가 지면 거기서 드리워진 그림자가 들판에 길게 드리워지는데 무섭기도 하고 멋있기도 해서 어릴 때 동무들이랑 구경을 갔던 기억이 나요."

윤민수의 이야기를 임성찬이 이어받았다.

"그 마을 제일 안쪽에는 사람 키만 한 높이로 쌓은 돌담에 둘러싸인

* 바닷속에 들어가 조개, 미역, 전복 등의 해산물을 채취하거나 국가의 각급 제사에 쓰는 어포를 떠서 소금에 말려 진상하는 일을 담당한 사람으로 일정한 거처가 없었다.

사당이 하나 있다오. 용왕님을 모시는 사당인데 마을 사람들이 일 년에 한 번 모여서 제사를 지냅니다. 어린 소녀를 곱게 단장시켜서 모시게 하는데 마을 사람들이 풍어와 풍년을 기원하는 제사를 지내지요. 그곳은 안쪽은 벌판이요. 바깥쪽은 염전이라서 늘 풍요롭습니다. 대부분 홍가 놈들이 보낸 궁차들에게 빼앗기지만 말입니다."

임성찬이 씁쓸한 미소와 함께 얘기를 마무리하자 이차돌이 냉큼 이어받았다.

"그 마을을 지나서 안쪽으로 들어가면 정말 큰 벌판이 나옵니다. 뭍에서 온 사람들도 그렇게 큰 벌판은 보지 못했다고 입을 모으지요. 그 벌판이 있는 마을은 하의삼도 마을 중에서 가장 큽니다. 그래서 그 마을 이름도 큰몰이지요. 거기가 바닷가를 따라 남쪽으로 내려가는 길이 있는데 곳곳에 갯벌과 염막이 있고, 풍경이 아름답지요. 그렇게 남쪽으로 내려가다보면 어은마을이 나오는데 듣기로는 섬에 맨 처음 들어온 사람들이 살던 곳이라고 합니다. 마을 앞에 돌로 쌓은 둑이 있는데 사투리로 둑이 언이라서 언굴이나 언동이라고도 부릅니다. 제가 그 마을 출신이라는 거 아닙니까. 참, 하의도에서는 거의 볼 수 없는 모래사장도 그곳에 하나 있습니다."

낄낄거리면서 얘기를 마무리 지은 이차돌의 말을 이어받은 건 맨 처음 말을 한 윤민수였다.

"어은마을에서 남쪽으로 좀 더 내려가면 바닷가에 대섬이라고 부르는 작은 섬이 하나 있습니다. 그 섬의 절벽에는 사람 얼굴 모양을 한 절벽이 있습니다. 섬사람들은 그걸 큰바위얼굴이라고 부르죠."

고개를 돌린 주찬학이 말도 안 된다는 표정을 지었다.

"절벽이 사람 얼굴처럼 생겼다고?"

그러자 이차돌이 맞다고 목소리를 높였다.

"틀림없다니까요. 그게 하의도 쪽에서 보면 영락없이 사람 얼굴이외다. 그러니까, 코가 우뚝하고 눈이 움푹 패어 있고, 눈썹도 달려 있지요. 그래서 마을에는 그 큰바위얼굴을 닮은 사람이 나타나서 홍가 놈들을 몰아내고 빼앗긴 땅을 되찾아준다는 전설이 내려오고 있답니다."

그렇게 얘기를 주고받는 사이 한성부 앞에 도착했다. 구경꾼들은 지난번보다 더 많이 모인 듯했다. 한성부의 문졸들이 아예 금줄을 쳐놓고 구경꾼들을 밀어내는 중이었다. 그 광경을 본 주찬학이 장난스럽게 입을 열었다.

"이야. 한양 백성들이 죄다 온 모양이네."

대문 앞에는 지난번처럼 딸기코 서리가 그들을 기다리는 중이었다. 허리춤에서 안경집을 꺼낸 주찬학이 코 위에 대모갑 안경을 걸쳐 쓰고 앞장서서 안으로 들어갔다.

예전처럼 내삼문을 거쳐서 당상대청 앞에 도착하자 지난번 같은 풍경이 펼쳐졌다. 한성판윤은 미리 나와서 대청 마루의 의자 위에 앉아 있었고, 서리와 군뢰들이 당상대청의 기단 아래와 뜰에 무리지어 서 있었다. 변한 건 단 하나뿐이었다. 고개를 좌우로 두리번거리던 윤민수가 주찬학에게 말했다.

"지난번 그 대송노들이 안 보이는데요."

"그렇게 당했는데 다시 쓸 리가 없지."

당연하다는 투로 얘기했지만 은근히 신경이 쓰였다. 대송노들 대신에 흑립에 중치막 차림의 두 사람이 와 있었는데 그중 한 명인 조외수야 이미 잘 알고 있지만 다른 한 명은 초면이었다. 날렵하고 차분한 인상이었지만 특히 눈에 띄는 건 눈빛이었다. 약간 처진 눈꼬리와 짙은 눈썹에 가려져 있긴 하지만 그 안에 담긴 위험스러울 정도의 열망이 보였기 때문이었다. 책을 몇 권 옆구리에 낀 조외수와 귓속말을 나누던 낯선 선비가 그를 바라보았다. 놀랍도록 차가운 눈빛을 본 주찬학은 얼른 고개를 돌리면서 윤민수에게 말했다.

"대송노 대신 외지부를 부른 모양이야."

왠지 모를 불안함이 엄습해왔지만 애써 모른 척했다. 그의 속마음을 눈치채지 못한 임성찬이 껄껄 웃으면서 말했다.

"그래봤자 우리한테는 안 될 겁니다."

소곤거리면서 얘기를 주고받는 사이 그들을 안내한 딸기코 서리가 우렁찬 목소리로 말했다.

"송사를 시작하겠으니 원척들은 앞으로 나오시오."

불안감을 마음 한구석에 묻어둔 주찬학은 기대에 부푼 윤민수와 일행을 뒤로한 채 한성판윤이 앉아 있는 당상대청 앞에 섰다. 그러자 피고 측에서는 그의 예상대로 조외수 대신 낯선 선비가 앞으로 나왔다. 그와 눈이 마주친 선비가 가볍게 고개를 숙여 인사를 했다.

"처음 뵙겠습니다. 홍신찬이라고 합니다."

"주찬학이외다."

주찬학은 가볍게 인사를 주고받고는 뒤에 서 조외수를 바라보았다. 조외수는 그의 시선을 피했다. 두 사람이 앞으로 나오자 딸기코 서리가 돌아서 당상대청 위의 한성판윤에게 말했다.

"원척들이 모두 출석했습니다."

그러자 한성판윤이 한 손에 쥔 쥘부채를 슬쩍 휘두르면서 홍신찬에게 물었다.

"지난번 대송노들은 어디 가고 네놈이 왔느냐?"

"송사를 제대로 처리하지 못해서 소인이 대신 왔습니다. 저는 홍씨 집안의 서자인 홍신찬이라고 하옵니다."

홍신찬의 말에 한성판윤이 고개를 끄덕거렸다.

"그럼 송사를 시작하겠다. 지난번에 원고의 주장에 대해서 피고 측의 대송노들이 답변을 제대로 하지 못하였느니라. 따라서 피고 측의 답변을 먼저 듣도록 하겠다."

주찬학은 한성판윤의 얘기가 끝나기가 무섭게 홍신찬의 눈빛이 반짝거리는 걸 느꼈다.

송정의 미묘하고 날 선 분위기는 홍신찬이 얘기를 시작하면서 깨져나갔다.

"지난번 송사때 원고 측에서 참으로 많은 얘기들을 했다고 들었습니다. 오늘 이 자리는 그 얘기들이 얼마나 허황되고 거짓으로 가득 찼는지 보여주는 자리가 될 것입니다. 모쪼록 송관께서는 잘 판단해주시기 바라옵니다. 먼저 원고 쪽에서는 하의삼도에 있는 우리 집안의 절수지가 4대째가 되면 소유권이 사라지는 무토사패지일지 모른다고 주장했습니다. 하지만."

말을 잠깐 끊은 홍신찬은 조외수가 옆구리에 끼고 있던 책을 하나 건네받았다.

"이것은 숙종대왕 때 편찬된 〈전록통고(典錄通考)〉라는 법전입니다. 〈경국대전〉이 만들어진 이후 추가된 수교(受敎)*들을 정리한 것입니다. 이 책을 보시면 숙종대왕 때 무토사패지에 대한 최초의 수교가 나옵니다."

잠시 뜸을 들인 홍신찬이 주찬학을 바라보았다. 다음에 나올 얘기를 이미 짐작한 주찬학은 최대한 침착하려고 노력했다. 입가에 미소를 지으며 고개를 돌린 홍신찬이 한성판윤을 향해 말했다.

"정명공주방에 하의삼도의 땅이 절수지로 내려진 것은 훨씬 전인 인조대왕 때입니다. 따라서 훗날 생긴 무토사패지를 논하는 것은 이치에 맞지 않습니다. 새로운 법을 가지고 옛날 일을 상고하여 처리한다면 어떤 송사가 끝이 나고, 제대로 처리되겠습니까. 이는 송사를 어지럽혀서 이득을 취하고자 하는 원고 측의 농간입니다."

얘기를 마친 홍신찬은 〈전록통고〉를 펼쳐서 딸기코 서리에게 건넸다. 〈전록통고〉는 그대로 한성판윤에게 건네졌다. 〈전록통고〉를 들여다본 한성판윤이 고개를 끄덕거렸다.

"피고 쪽의 얘기대로 무토사패지는 숙종대왕 때 처음 만들어진 것이

* 임금이 선포한 왕명으로 조선시대에는 그대로 법이 되었다.

니 정명공주방과는 아무 연관이 없도다."

그것으로 첫 번째 논리는 깨져나갔다. 주찬학은 얼른 고개를 숙였다.

"죄송합니다. 제가 잘못 알고 있었나봅니다."

주찬학은 얘기를 하면서 옆에 서 있는 홍신찬을 훔쳐보았다. 딸기코 서리에게 돌려받은 〈전록통고〉를 조외수에게 건넨 홍신찬은 한성판윤을 바라보았다.

"원고 측의 거짓말은 이것뿐이 아닙니다. 원고는 절수지는 본래 개간하지 않은 땅이거나 혹은 주인이 버린 땅을 하사하는 것이라고 주장하면서 하의삼도에는 예전부터 사람들이 살면서 땅을 일궜다고 했습니다. 그리고 그렇게 절수된 땅은 몇 결인지 정확하게 기재를 하는데 섬사람들은 그 땅이 이십 결이라고 주장한 걸로 알고 있습니다. 그게 사실입니까?"

질문을 받은 한성판윤이 고개를 끄덕거리면서 대답했다.

"그랬느니라. 거기에 대해서 피고 측의 대송노들이 왕패는 보여줄 수 없다는 말만 하였지."

"그것은 대송노들이 절수지에 대해서 제대로 알지 못했기 때문입니다."

"그럼 사실이 아니란 말이냐?"

한성판윤이 호기심 어린 눈길로 묻자 홍신찬은 자신 있게 대답했다.

"맨 처음 궁방전에 하사하였던 절수지들은 빈 땅이나 황무지를 나눠주고 개간을 하는 방식이 맞습니다. 하지만 왕래가 어려운 섬의 경우에는 경작이 이뤄지고 있는 땅들을 절수지로 나눠주는 것으로 알고 있습니다. 그리고 그런 경우에는 섬 전체를 절수지로 줘서 땅뿐만 아니라 다른 것들도 취하도록 합니다."

홍신찬의 얘기를 들은 주찬학이 끼어들었다.

"지금 피고의 주장은 사실이 아니옵니다. 전세를 걷는 논과 밭을 어찌 경계 없이 마음껏 나눠준단 말입니까?"

"한양에서만 살아서 지방의 사정을 잘 모르나봅니다. 세상의 모든 일들에는 원칙과 예외가 공존합니다. 섬의 경우에는 육지와 달리 결로 나눌 정도로 땅이 넓지 않고, 수확량이 적기 때문에 전세를 걷어도 오히려 육지로 가져나오는 데 더 공력이 많이 듭니다. 그래서 아예 궁방전의 절수지로 하사하는 것입니다. 대의도와 선유도도 그렇고, 장삼도 역시 섬 전체가 절수지로 궁방에 내려졌습니다. 그런 섬들은 일체의 잡음이 들리지 않는데 유독 하의삼도에서만 일토양세니 절수지가 이십 결뿐이라는 억지주장을 하고 있는 것입니다."

홍신찬의 변론이 끝나자 한성판윤이 주찬학을 바라보았다.

"원고는 반론을 하겠는가?"

뒤에 서 있던 윤민수와 일행이 낮은 목소리로 반론을 하라고 재촉했지만 주찬학은 묵묵히 고개를 숙이고 말했다.

"다른 섬에서 그런 사례가 있다면 제가 잘못 알고 있던 것 같습니다."

흥분한 임성찬과 이차돌이 나서려 하자 윤민수가 두 사람을 뜯어말렸다. 그리고 얘기를 마치고 곁으로 돌아온 주찬학에게 물었다.

"왜 그렇게 맥없이 물러난 겁니까?"

그러자 눈살을 찌푸린 주찬학이 퉁명스럽게 대꾸했다.

"장삼도라는 섬이 바로 저 한성판윤 집안의 절수지야."

윤민수에게 상황을 얘기한 주찬학이 홍신찬을 바라보았다. 그는 자신의 말대로 섬 전체를 절수지로 삼은 사례가 적힌 명단을 건넸다. 주찬학은 걱정스러운 눈길을 던지는 윤민수를 다독거렸다.

"어차피 절수지 이십 결은 빼도 박도 못하는 것이고, 민전만 지킨다고 생각해."

아랫입술을 꼭 깨문 윤민수가 대답했다.

"알겠습니다."

한성판윤이 홍신찬이 바친 문기를 확인하는 사이 주찬학이 태연한 표정을 지으며 나섰다.

"앞선 얘기들에 대한 피고 측의 주장이 사실이라고 해도 결정적인 문제가 하나 남아 있습니다. 바로 민전 백육십 결에 관한 일토양세 문제입니다. 홍씨 집안의 얘기대로 설사 섬 전체를 절수지로 삼았다고 해도 새로 간척한 갯땅쇠 백육십 결에 대해서 나라에 전세와 삼수미를 바치는 것은 명백한 일토양세입니다. 원고 측 주장대로 섬 전체가 홍씨 집안의 절수지라면 전세와 삼수미를 바치는 것을 어찌 용인했겠습니까? 그게 아니라면 갯땅쇠가 만들어지고 민전으로 등록된 것을 뻔히 알면서도 도조를 바치라고 강요한 것으로 국법에서 엄금한 것입니다. 이를 바로잡아주소서."

주찬학은 가장 마지막에 언급하기로 결심했던 일토양세 문제를 서둘러 꺼냈다. 애써 태연한 척했지만 속마음은 부글거렸다. 한양 최고의 외지부로 명성을 떨치면서 대송노와 다른 외지부를 비롯해서 수많은 상대들과 송정에서 맞닥뜨렸지만 이렇게 곤경에 몰린 적은 손에 꼽을 정도였다.

주찬학이 일토양세 문제를 꺼내자 한성판윤이 깜빡 잊었다는 표정으로 홍신찬을 바라보았다.

"지난번에 일토양세 문제가 언급되었을 때 홍씨 집안의 대송노들은 그런 일이 없다고 반박했다가 원고 측이 전세와 삼수미를 나라에 바친 사실을 고하자 모르는 일이었다고 했느니라. 이 문제에 대해서 피고 측은 할 말이 있느냐?"

주찬학은 코끝에 걸린 대모갑 안경을 신경질적으로 끌어올리면서 홍신찬을 바라보았다. 그의 바람과는 달리 홍신찬은 느긋한 표정으로 입을 열었다.

"물론입니다. 홍씨 집안에서는 섬사람들이 갯땅쇠 백육십 결에 대해서 민전이라고 주장하면서 나라에 전세와 삼수미를 바친 사실을 진즉부터 알고 있었습니다."

사실을 인정한다는 홍신찬의 얘기에 주찬학은 깜짝 놀랐다. 한성판윤도 마찬가지로 놀랐는지 재차 물었다.

"일토양세를 알고도 모른 척했다는 말이냐?"

"그렇습니다. 일단 저들이 왜 갯땅쇠를 민전이라고 부르면서 나라에 전세와 삼수미를 바쳤는지에 대해서 아셔야 합니다. 그것은 우리 집안의 손길을 벗어나고자 한 간악한 술수였습니다."

홍신찬의 얘기에 울컥한 이차돌이 주먹을 불끈 쥐고 뛰쳐나갔다. 앞으로 나선 이차돌이 불끈 쥔 주먹을 머리 위로 휘두르면서 소리쳤다.

"간악한 술수라니! 갯땅쇠를 만들 때는 거들떠도 안 보았다가 뒤늦게 도조를 내라고 강요한 게 누군데! 하늘이 무섭지도 않느냐!"

주찬학은 침을 튀기며 외치는 이차돌의 팔을 잡고 뜯어말렸다. 하지만 홍신찬은 그런 소동은 거들떠도 보지 않고 할 말을 이어갔다.

"제가 왜 간악한 술수라고 말했는지 설명을 올리겠습니다. 애초에 갯땅쇠를 만든 연유부터 살피겠습니다. 섬 전체가 우리 집안의 절수지로 결정되자 저들은 도조를 내는 것을 거부했습니다. 그것이 먹히지 않자 그때는 있지도 않은 무토사패지라는 말을 꺼내서 다른 사람들을 현혹시켰고, 그다음에는 절수지가 이십 결에 불과하다는 말을 했습니다. 그리고 그것조차 먹히지 않자 나중에는 전세와 삼수미를 나라에 바치고, 그것을 빌미삼아 일토양세 문제를 들고 나온 것입니다."

홍신찬의 설명을 들은 한성판윤이 고개를 갸웃거렸다.

"그것을 빌미삼다니? 자세히 고해보아라."

"애초 섬 전체가 절수지인 걸 알고 있었다면 새로 간척한 갯땅쇠 역시 그에 속한다는 걸 모를 리가 없었을 것입니다. 그런데도 굳이 나라에 전세와 삼수미를 납부한 것은 지금처럼 일토양세가 되었다고 거짓으로 억울함을 고하기 위한 수작이었던 것입니다."

"그러니까 저들이 새로 만든 갯땅쇠가 민전이 아니라 절수지임을 알면서도 전세와 삼수미를 바쳤다 이 말이냐?"

한성판윤의 물음에 주찬학은 눈앞이 깜깜했다. 홍신찬은 대답을 하기 전 고개를 돌려서 뒤에 서 있는 조외수를 가리켰다.

"몇 년 전, 이 문제가 거론되었을 때 한양에서 내려간 청지기가 나주목사와 관찰사에게 이 사실을 분명하게 고하고 오늘 같은 일이 벌어질

지 모른다고 아뢰었던 적이 있습니다."

홍신찬의 얘기를 들은 한성판윤이 조외수에게 물었다.

"그 말이 사실이냐?"

한 발 앞으로 나온 조외수가 대답했다.

"틀림없는 사실입니다. 이런 일이 생길 줄 알고 나주목사에게 미리 아뢰었습니다. 하지만 나주목사는 섬주민들이 워낙 드세고, 나라에 전세와 삼수미를 바치는 민전을 등록하는 것을 막았다는 오해를 살 것이 두려워서 아무런 조치를 취하지 못하였습니다."

한성판윤이 조외수의 얘기를 듣고는 고개를 끄덕거리자 주찬학이 서둘러 나섰다.

"송관 어르신. 지금 저자의 얘기는 인증(人證)에 불과합니다. 서증(書證)이 아닌 이상 믿어서는 아니 되옵니다."

마른침을 삼킨 주찬학의 말이 끝나기가 무섭게 홍신찬이 소매에서 작게 접힌 종이를 꺼냈다.

"이런 얘기가 나올 줄 알고 나주목사와 제 아버지가 주고받은 간찰을 보관하고 있었습니다. 이걸 보시면 자세한 내용을 아실 수 있을 겁니다."

조외수가 건넨 종이는 딸기코 서리의 손을 거쳐 한성판윤에게 전달되었다. 그 광경을 지켜본 주찬학이 마른침을 삼키면서 입을 열었다.

"둘 다 관직에 있다고는 하지만 사사로이 주고받은 간찰을 어찌 서증으로 삼을 수 있겠습니까? 깊이 생각해주시옵소서."

주찬학의 간절한 호소에도 불구하고 간찰을 읽은 한성판윤은 불리한 얘기를 했다.

"비록 관서문기는 아니지만 서증으로 삼을 만하다. 그러니 원고는 더 이상 문제 삼지 마라."

간찰은 딸기코 서리의 손을 거쳐 주찬학의 손에 전달되었다. 간찰의 내용을 읽은 주찬학은 아랫입술을 깨물었다. 홍신찬의 아버지 홍유한이 나주목사에게 보낸 간찰에는 마치 오늘 송사를 예상하는 것 같은 답변들이 적혀 있었다.

"빌어먹을."

주찬학의 옆에 있던 윤민수가 말했다.

"이런 걸 보관하고 있을 줄 몰랐습니다."

"가짜야."

"네?"

윤민수의 반문에 주찬학은 건너편에서 지켜보던 조외수를 쏘아보면서 대답했다.

"관청의 도장이 없는 문기를 위조하는 건 외지부들 사이에서는 일도 아니야. 하물며 이런 간찰이야 말할 나위가 없지."

"그러면 이 사실을 밝히면 되지 않습니까?"

윤민수의 물음에 주찬학은 쓴웃음을 지으면서 고개를 저었다.

"그랬다가는 송사가 뭐고 이 간찰이 진짜인지 아닌지만 죽어라 따지게 될 거야."

"그럼 가짜인 줄 알면서 눈 뜨고 당하자는 얘깁니까?"

어이가 없다는 표정으로 반문하는 윤민수에게 주찬학이 말했다.

"어떻게 가짜라는 걸 증명할 건데? 홍유한과 나주목사가 이 간찰을 진짜라고 얘기하면 오히려 가짜라고 말하는 우리에게 불리해져. 거기다 한성판윤이 자기보다 품계가 높은 대제학에게 진위 여부를 물어볼 것 같아? 정신 차려. 이 자리는 올바른 쪽이 이기는 곳이 아니야."

"그럼 누가 이기는 겁니까?"

윤민수가 넋두리처럼 물었다.

"이기는 쪽이 이기는 거야. 거짓말을 하고 속임수를 쓰건, 아니면 송관을 구워삶든 간에 말이야."

두 사람이 얘기를 주고받는 사이 홍신찬이 앞으로 나서서 공격을 계속했다.

"간찰에 나와 있듯 아버님께서는 하의삼도의 백성들이 새로 간척한 땅을 고의로 민전으로 올리는 일을 염려하셨습니다. 그 이후에 어떤 일이 벌어질지 뻔히 알고 있었으니까 말입니다. 하지만 백성들이 자발적으로 나라에 바치는 것을 막을 수가 없어서 그냥 두고보았던 것입니다. 저들은 입만 열었다 하면 억울함을 호소하지만 속으로는 당연히 바쳐야 할 도조를 내지 않기 위해 술수를 부리는 자들에 지나지 않습니다. 지난 몇 년간 이들은 매일같이 나주 관아를 드나들면서 억지와 괴변을 늘어놓기를 그치지 않았으며, 관찰사가 바뀔 때마다 달려가서 굶어죽겠다면서 떼를 썼습니다. 아무것도 모르는 목민관들은 백성들을 불쌍히 여겨서 조사를 명했지만 그때마다 진실이 밝혀지면서 오늘에 이르렀습니다."

홍신찬의 논리 정연한 얘기에 한성판윤은 무릎을 쳤다. 그걸 본 주찬학은 다급해졌다. 여기서 더 이상 밀리면 첫날 송사의 유리함이 모조리 날아가버리는 것은 둘째치고 완전히 밀릴 가능성이 높았기 때문이다.

"송관 어르신. 지금까지 피고가 한 얘기가 모두 사실이라고 해도 중요한 게 하나 빠져 있습니다."

"그게 무엇이냐?"

심호흡을 한 주찬학은 홍신찬을 힐끔 바라보고는 입을 열었다.

"궁방전은 무릇 황무지나 버려진 빈 땅을 주고 직접 개간을 하는 것을 전제로 입안이 발급됩니다. 하지만 민전으로 등록된 백육십 결의 갯땅쇠를 만들 때 홍씨 집안은 아무런 도움도 주지 않고 지켜보고 있었습니다. 홍씨 집안의 주장대로 섬 전체가 절수지였다면 둑을 쌓고 흙으로 메우는 동안 손을 놓고 지켜만 보았다는 것이 말이 안 됩니다. 송관께서는 이 점을 명백하게 살피시기를 청합니다."

주찬학의 얘기를 들은 한성판윤이 잊어버리고 있다가 깨달았다는 표정으로 홍신찬을 바라보았다. 그러자 홍신찬은 어이없다는 표정으로 고개를 절레절레 저었다.

"지금껏 저자들이 한 거짓말을 듣고도 그 말을 곧이곧대로 믿으시는 겁니까? 하의삼도 주민들이 갯땅쇠를 만들 때 우리 홍씨 가문에서는 전심전력을 다해서 도와주었습니다. 아버님도 하의삼도의 궁차들에게 잘 돌보라는 지시를 여러 차례 내리셨고 말입니다."

홍신찬의 얘기를 들은 윤민수가 이를 갈았다.

"저런 뻔뻔한 놈 같으니……"

주찬학은 주먹을 불끈 쥔 윤민수의 앞을 슬쩍 가로막았다. 송정에 처음 서는 백면서생이라 크게 걱정하지 않았는데 철저하게 준비한 것 같았다. 한성판윤이 고개를 갸웃거리자 홍신찬이 덧붙였다.

"아까 원고는 인증을 믿을 만한 것이 못 되고 반드시 서증이 있어야만 한다고 했습니다. 그런데 이번에는 정작 자기들이 인증을 제시했습니다. 명백하게 부당한 일이니 바로 잡아주시옵소서."

홍신찬의 말을 들은 한성판윤이 대답을 하라는 눈빛으로 주찬학을 바라보았다. 주찬학은 차분하게 대답했다.

"다음번 송사 때까지 서증을 가지고 나오겠습니다."

"알겠다."

한성판윤이 짧게 대답하자 주찬학은 고개를 숙여 인사를 하고는 뒷걸음으로 물러났다. 그때 홍신찬에게 이차돌이 덤벼들었다.

"이놈! 우리가 일부러 일토양세를 냈단 말이냐! 그리고 언제 갯땅쇠를 만들 때 도와주었느냐!"

놀란 주찬학이 뜯어말리려고 했지만 주변의 군뢰들이 한발 빨랐다. 홍신찬의 멱살을 잡으려던 이차돌은 군뢰들에게 붙잡혀서 바닥에 내동댕이쳐졌다. 그걸 본 임성찬이 달려나갔다가 역시 군뢰들과 뒤엉키면서 소동이 벌어지고 말았다. 그 광경을 본 한성판윤이 자리를 박차고 일어났다.

"감히 본관이 집행하는 송정에서 난동을 부리다니 참으로 고약하구나! 군뢰들은 저자들을 당장 하옥시켜라!"

명을 받든 군뢰들이 두 사람을 잡아 일으켜서 포박을 하려는데 뜻밖에도 홍신찬이 나섰다.

"송관 어르신! 저들이 비록 송정을 어지럽혔다고는 하나 송사가 진행되는데 형을 가하면 이런저런 말들이 나올 것입니다. 그러니 저들의 난동을 용서해주시옵소서."

그러자 한성판윤이 도로 의자에 앉으면서 풀어주라는 듯 손짓을 했다. 소동이 진정되자 한성판윤이 주찬학에게 물었다.

"피고의 주장에 대해서 원고는 답변을 하든지 아니면 반박하는 물증을 내놓아라."

주찬학은 군뢰들 사이에서 자신을 바라보는 홍신찬의 시선을 느꼈다. 짧게 고민한 그는 가볍게 고개를 끄덕거렸다.

"따로 아뢸 말이 없습니다."

"그렇다면 사흘 후에 마지막으로 양쪽의 얘기를 듣고 결송을 하겠노라. 원척들은 다음번에 송정에 올 때는 판결을 내려달라는 결송다짐을 제출하도록 하여라."

으름장을 놓은 한성판윤이 의자에서 일어나자 군뢰와 서리들이 일제히 고개를 숙였다. 따라서 고개를 숙였던 주찬학은 천천히 고개를 들었다. 그러고는 윤민수와 두 사람에게 말했다.

"끝났으니 나가세."

그러자 윤민수의 손길을 뿌리친 이차돌이 대들었다.

"끝났다니요! 지난번에는 그렇게 거침없이 얘기를 하더니 오늘은 왜 꿀 먹은 벙어리처럼 말도 못합니까!"

"저쪽에서는 내가 말하기만을 기다렸으니까."

냉담하게 대꾸한 주찬학이 홍신찬을 바라보았다. 조외수와 함께 몇 마디 얘기를 나눈 그 역시 고개를 돌려 주찬학을 바라보았다. 아쉬움이 담긴 눈길을 건네던 홍신찬은 먼저 밖으로 나갔다. 두 사람을 겨우 진정시킨 윤민수가 주찬학에게 물었다.

"말하기만을 기다렸다는 게 무슨 뜻입니까?"

"이미 우리 주장들이 모조리 논파당한 상황이었어. 엉뚱한 얘기를 했으면 그대로 박살났을 거야."

주찬학은 윤민수에게 대답하면서도 내삼문 밖으로 나가는 홍신찬의 뒷모습을 뚫어지게 바라보았다.

"아무리 그렇다고 해도 무기력하게 나간 건 이해가 가지 않습니다."

아쉬움이 가득한 윤민수의 얘기에 홍신찬을 향한 시선을 거둔 주찬학이 대답했다.

"불리할 때는 판을 빨리 접는 것도 방법이야. 어설프게 패를 던졌다가는 밑천이 다 드러나서 털리게 마련이거든."

한성부를 나온 조외수는 앞장서 걷는 홍신찬에게 말했다.

"감축드리옵니다."

"뭘 말인가?"

이맛살을 찌푸린 홍신찬의 대답에 조외수가 고개를 갸우뚱거렸다.

"방금 송사에서 하의삼도 놈들을 제대로 곤경에 몰아넣지 않았습니까? 대감마님께서 틀림없이 기뻐하실 겁니다."

그러자 걸음을 멈춘 홍신찬이 아쉬움에 가득한 목소리로 대답했다.

"아버님은 결과가 나오기 전까진 절대로 기뻐하실 분이 아닐세. 그리고 곤경에 몰아넣은 건 맞지만 치명상을 입히지는 못했어."

"이 정도면 거의 끝난 거나 다름없지 않습니까?"

"만약 상대방 외지부가 흥분해서 조금 더 얘기를 했다면 완전히 끝낼 수 있었지. 하지만 그놈이 귀신같이 발을 빼는 바람에 마무리를 짓지 못했어. 만만치 않을 것이라고 생각했지만 이 정도 실력일 줄은 몰랐네."

"아무튼 작은도련님 덕분에 큰 위기를 넘겼습니다."

조외수의 말에 홍신찬이 다시 발걸음을 떼면서 말했다.

"다음번에 확실히 마무리를 지어야겠어."

"어떻게 말입니까? 끝난 거나 다름없어 보이는데요."

조외수의 물음에 홍신찬은 단호하게 고개를 저었다.

"아까 송정에서 그자의 눈빛을 보았다면 그런 생각은 하지 못할 걸세."

"그자의 눈빛이요?"

"그래. 분명히 다음번에는 빈틈을 찾아서 들고 나올 것이야. 그러니 숨통을 끊어놓을 만한 걸 가지고 나와야지."

홍신찬의 얘기에 감탄한 조외수가 조심스럽게 물었다.

"어떻게 숨통을 끊으실 겁니까?"

"왕패는 잡인들에게 보일 수 없지만 그 왕패가 오고간 문기를 보면 더 확실한 물증을 찾을 수 있을 것이야."

"그 문기를 어디서 확인한단 말입니까?"

조외수의 반문에 홍신찬이 자신감 넘치는 목소리로 대답했다.

"확인할 만한 곳이 있네."

해질녘이 되면서 손님들이 모두 사라지자 한숨을 돌린 난월은 가채를 벗고 장죽을 물었다.

"아이고, 이놈의 가채는 정말 돌덩이를 머리에 얹은 것 같아."

입을 모아서 담배연기를 내뿜은 난월은 대청 끝에 걸터앉은 주찬학을 향해 말했다.

"오늘 송사는 제대로 망친 모양이네. 지난번처럼 웃고 떠들면서 들어오지도 않고, 술을 마시지도 않고."

"홍씨 집안의 서자가 나왔는데 크게 한방 먹었어."

주찬학의 대답을 들은 난월이 슬그머니 다가가서 어깨에 손을 얹었다.

"송사를 하다보면 이길 때도 있고, 질 때도 있잖아. 그러니 기운 내."

어깨에 올린 그녀의 손을 잡은 주찬학이 희미하게 웃었다.

"그래야지. 이제 겨우 시작인데 말이야."

"그나저나 저 인간들은 당신을 원수 보듯 하네. 자기네들끼리 방 안에 처박혀서 뭘 하는 거야?"

날 선 난월의 말에 쓴웃음을 지은 주찬학이 대꾸했다.

"잘 풀린다고 생각하다가 이 꼴이 되었으니 답답하겠지."

"그래도 자기가 아니었으면 송정에 들어서지도 못했다는 걸 잊어버렸나봐. 왜 저런 놈들 때문에 목숨을 거는 줄 모르겠어."

"여기까지 왔는데 포기할 수는 없지."

주찬학의 어두운 표정을 본 난월이 얼른 국자를 집어 들었다.

“암튼 술 한 잔 쭉 걸치고 기운 차려.”

그녀는 항아리에 든 술을 국자로 퍼서 푼주에 담은 다음 주찬학에게 건네주면서 배시시 웃었다. 눈을 감은 채 술 한 모금으로 입술을 적신 주찬학은 다시 처음으로 돌아가서 소송의 쟁점들을 천천히 되짚어보았다. 그러다 문득 생각하지 못했던 것이 하나 떠올랐다. 입가에 미소를 지은 그는 천천히 푼주를 내려놓았다.

부름을 받고 큰사랑방으로 들어선 홍신찬은 미리 와 있던 두 이복형들의 따가운 눈총과 마주쳤다. 빈 방석 위에 앉은 홍신찬이 장죽을 물고 보료 위에 앉아 있던 아버지에게 물었다.

“부르셨습니까? 아버님.”

“오늘 일을 잘 처리했다고 들었다.”

그러자 홍유한이 쓰고 있던 흑립의 테두리인 양태(凉太)가 바닥에 닿을 정도로 고개를 숙이면서 말했다.

“과찬의 말씀이십니다.”

“아니다. 청지기 조 서방에게 듣자하니 저들의 코를 납작하게 눌러줬다지? 얘기를 듣고 며칠 동안 묵었던 체증이 확 내려갔다.”

사랑방 안에 홍유한의 웃음소리와 담배연기가 함께 퍼져나갔다. 그의 맞은편에 앉은 두 이복형은 불편한 기색을 숨기지 않았다. 그들을 의식한 홍신찬은 최대한 자세를 낮췄다.

“아직 소송이 완전히 끝난 것은 아닙니다. 다만 지난번 대송노들의 실수를 어느 정도 만회했을 뿐입니다. 다음번 소송에서는 기필코 승기를 잡아서 끝내도록 하겠습니다."

"그리하면 하의삼도의 간사한 백성들이 또다시 우리 집안을 기망하지는 못할 것이다."

아버지의 칭찬이 끝없이 이어질 기미를 보이자 큰아들 홍선귀가 나섰다.

"이제 두 번째 송사가 끝났을 뿐입니다. 기뻐하시는 건 일이 다 끝난 다음에 하셔도 늦지 않을 것입니다."

그 얘기를 들은 홍유한은 혀를 차면서 놋쇠로 만든 재떨이에 장죽을 땅땅 두드렸다.

"이런 속 좁은 놈 같으니. 동생이 일을 잘 처리했으면 칭찬은 못할망정 질투를 하느냐?"

아버지의 질타에 둘째 홍찬귀가 에둘러 말했다.

"형님 말씀은 질투하는 게 아니라 신중하게 생각하자는 거 아니겠습니까?"

"시끄럽다. 너희 두 놈 얘기를 들었다가 하마터면 소송을 망칠 뻔했느니라."

홍유한의 얘기를 들은 큰아들 홍선귀가 어이가 없다는 표정으로 말했다.

"반상의 법도가 엄하거늘, 제 건너편에 앉은 저놈이 어째서 제 동생이 된다는 말씀이십니까?"

홍유한이 뭐라고 하기도 전에 자리에서 벌떡 일어난 홍선귀는 장지문을 열고 그대로 밖으로 나가버렸다. 주저하던 동생 홍찬귀도 뒤따라

나가버렸다. 두 아들의 갑작스러운 행동에 홍신찬은 어쩔 줄 몰라 했지만 홍유한은 태연자약했다.

"그간 네가 얼마나 마음고생이 심했는지 잘 알고 있다. 나라가 정한 반상의 법도가 엄하여 너에게 따뜻한 눈길 한번 주지 못했는데 개의치 않고 집안을 위해 큰일을 해줬구나. 참으로 장하도다."

잔뜩 긴장했던 홍신찬의 마음은 뜻밖의 칭찬에 스르륵 녹아버리고 말았다. 그동안 반쪽짜리 양반이라는 멸시와 수모를 당했던 것이 떠오른 홍신찬은 저도 모르게 눈물을 흘리고 말았다. 그러자 홍유한이 손을 뻗어서 그런 홍신찬의 등을 쓰다듬어주었다.

"이 문제만 잘 풀리면 이제 우리 집안에서 너를 멸시할 사람이 누가 있겠느냐. 애써주기 바란다."

"분골쇄신하겠습니다. 아버님."

울먹거리는 홍신찬에게 홍유한은 다정하게 등과 어깨를 쓰다듬어주면서 말했다.

"그래. 너만 믿으마."

큰사랑방을 박차고 나온 홍선귀는 그대로 대문까지 박차고 밖으로 나왔다. 문가에 얼쩡거리던 청지기 조외수가 황급히 달려와 인사를 했지만 화가 머리끝까지 난 그는 뒤도 돌아보지 않았다. 대문을 나서는 그의 뒤에서 다급하게 부르는 소리가 들렸다.

"형님! 같이 가십시다."

고개를 돌린 그는 헐레벌떡 뒤쫓아온 동생에게 왈칵 짜증을 냈다.

"아버지가 아무래도 노망이 나셨나보다. 저런 천한 것에게 마음을 주다니 말이다."

"그러게 말입니다. 머리가 조금 좋다고 당장 우리 머리 위에 올라서려고 하는 꼴을 보십시오."

"반상의 법도가 엄하거늘 얕은 잔재주를 가지고 그걸 뛰어넘으려고 들어? 저놈이 이번 일을 성공하면 아버님의 총애를 받고 기고만장할 게 뻔하다."

형의 말에 동생이 조심스럽게 입을 열었다.

"하지만 이번 소송에서 지기라도 하면 하의삼도를 잃지 않습니까?"

"이번 일이 소송까지 갈 게 뭐가 있겠느냐? 처음에 놈들이 올라온다고 했을 때 그랬던 것처럼 무뢰배들을 시켜서 조용히 입을 막으면 되는 거였다. 안 그러느냐?"

"하긴, 그게 몇 배는 더 쉬운 방법이었지요."

동생의 맞장구에 홍선귀는 짜증을 냈다.

"그런데 그놈이 자기가 공을 세우기 위해서 소송을 벌이자고 하는 바람에 일이 이렇게 되지 않았느냐. 그냥 놔둘 수는 없다."

"뭐 좋은 방법이 있습니까? 형님."

"있고말고. 지난번 그 무뢰배 두목의 이름이 뭐라고 그랬지?"

형의 물음에 홍찬귀가 기억을 더듬고 대답했다.

"애꾸입니다."

"그래, 그자에게 다시 일을 맡기자. 소송을 하러 올라온 놈들을 조용히 없애달라고 말이야."

"그러다가 아버님이 아시면 어쩌시려고요?"

동생이 조심스러운 반응을 보이자 홍선귀는 코웃음을 쳤다.

"그깟 섬에서 올라온 무지랭이 몇 놈 없어진다고 누가 뭐라 그러겠느냐? 아버님한테는 다 처리한 후에 고하면 그만이다. 그러면 그 꼴 보기 싫은 놈은 닭 쫓던 개 꼴이 되겠지. 안 그러냐?"

"제갈공명이 울고 가겠습니다. 형님."

동생이 맞장구를 치자 홍선귀가 씩 웃었다.

"벽장동에 있는 기방에 가서 자세한 계획을 짜보자꾸나."

난월의 방에서 잠을 잔 주찬학은 일어나자마자 밖으로 나갈 채비를 했다. 그러고는 일찌감치 일어난 윤민수와 그 일행에게 말했다.

"한양에 갔다 올 테니 절대 선술집 밖으로 나가지 말게."

"그럴게요."

투덜거리는 두 사람을 대신해서 윤민수가 대답했다. 싸리문을 열고 밖으로 나간 주찬학은 뒷짐을 지고 천천히 걸어갔다. 심경이 더할 나위 없이 복잡했지만 그럴수록 이번 소송에 매달리게 되었다. 흑립의 양태를 뚫고 들어온 안온한 햇살이 마음을 들뜨게 만들었다.

주찬학이 한양으로 떠나고 임성찬과 이차돌은 뒤뜰에서 장작을 팼다. 툇마루에 앉아서 생각에 잠겨 있던 윤민수는 난월이 화장을 하러 방으로 들어가는 것을 보고는 얼른 일어났다. 짚신을 신은 그는 두 사람에게 말했다.

"한양에 가서 아버지 소식 좀 알아보고 올게요."

그러자 도끼질을 멈춘 임성찬이 물었다.

"같이 안 가도 되겠어?"

"혼자 금방 갔다 올게요."

"그럼 해 떨어지기 전에 어여 다녀와."

윤민수는 잘 다녀오라는 손짓을 한 임성찬과 이차돌을 뒤로한 채 싸리문 밖으로 나갔다. 칠 년 전 아버지의 실종은 여러모로 의문점들이 많았다. 소송에 이겨서 일이 잘 풀렸다는 아버지의 간찰이 도착했을 때 섬은 온통 기쁨에 빠져들었다. 대도의 큰바위얼굴을 닮은 사람이 바로 그의 아버지 윤제민이라고 다들 목소리를 높였다. 하지만 아무리 기다려도 아버지는 돌아오지 않았다. 그리고 변한 것은 아무것도 없었다. 그리고 궁차들의 무자비한 보복이 뒤따랐다. 그때 일만 생각하면 등에 난 상처가 아파오는 것 같아서 자꾸만 몸이 움츠러들었다. 대체 아버지는 왜 소송에서 이길 것 같다는 간찰을 보내고는 종적을 감춘 것일까? 그에게 매질을 하던 궁차들의 말대로 홍씨 집안에서 막대한 돈을 받고 멀리 떠나버린 것일지도 몰랐다. 주찬학에게 도움을 받으려고 했지만 관계가 서먹해진 지금은 그럴 수가 없어서 직접 찾아나서기로 한 것이다. 큰길에 접어들자 한양으로 가는 행인들이 하나둘씩 보였다. 윤민수는 그들 틈에 끼어서 한양으로 향했다.

기녀가 건네준 장죽을 입에 문 홍선귀가 말없이 노려봤다. 작은 연못이 있는 기방의 후원 정자에 자리잡은 두 사람에게 불려온 애꾸는 곤란한 표정을 지었다.

"왜 안 된다는 것이냐?"

그의 거듭된 질문에 애꾸는 심드렁하게 대꾸했다.

"무뢰배들도 무뢰배 나름대로 지켜야 할 게 있습니다. 그중 하나가 양반 나리들이랑 엮이지 않는다는 것이지요."

그러자 옆자리에서 기녀의 치마 속에 손을 집어넣는 데 잠시 정신이 팔려 있던 홍찬귀가 물었다.

"왜?"

"양반 나리들의 다툼에 나섰다가 피를 본 무뢰배들이 한둘이 아니라서요. 문제는 당사자뿐만 아니라 주변의 무뢰배들도 같이 피해를 보는 경우가 많았습니다. 그래서 일종의 금기가 된 것이지요. 지난번에는 말 안 듣는 소작인들 손을 보는 것이라 나섰지만 송사가 벌어지고 있는 이상 일이 어떻게 될지 아무도 몰라서 말입니다."

애꾸의 대답을 들은 홍선귀가 장죽을 건네준 기녀를 무릎에 앉히면서 물었다.

"그래서 못하겠다 이 말이냐?"

"소인도 그 꼴 보기 싫은 외지부 녀석을 손보고 싶습니다. 하지만 다른 무뢰배 두목들이 더 이상 연루되면 가만두지 않겠다고 했습니다."

애꾸의 얘기를 들은 홍선귀는 무릎에 앉힌 기녀의 귓불에 만지작거리면서 입을 열었다.

"오호라. 마포 제일의 무뢰배라고 했던 말이 거짓이었구나."

홍선귀의 빈정거림에 기분이 상한 애꾸가 퉁명스럽게 대꾸했다.

"마포 제일의 무뢰배는 맞습니다. 단지 무뢰배가 지켜야 할 금기사항을 지킬 뿐이지요."

얘기를 들은 홍선귀가 옆에 앉아 있던 동생을 바라보았다. 한쪽 손을 기녀의 치마 속 깊숙이 집어넣은 홍찬귀가 탄성을 질렀다.

"치마 속에 뭐가 있나 했더니 물이 많은 연못이 있었구나."

얼굴이 새빨개진 기녀가 고개를 돌리자 껄껄거리며 웃던 홍찬귀가 옆에 놓인 주머니를 들어서 애꾸 앞에 던졌다. 정자 바닥에 떨어지는 소리가 제법 묵직하다는 생각에 애꾸의 눈이 반짝거렸다. 고개를 돌린 기녀를 바짝 끌어안은 홍찬귀가 말했다.

"그 돈이면 궁벽한 마포나루는 버리고 한양으로 들어올 만할 걸세. 이참에 자네도 한양으로 들어오는 게 좋지 않겠나?"

마른침을 삼킨 애꾸는 눈앞에 떨어진 주머니를 한손으로 들어서 무게를 가늠했다. 그런 애꾸에게 홍선귀가 얘기했다.

"그 정도면 사대문 안에 적당한 크기의 기와집 하나는 살 수 있을 걸세. 어떤가?"

돈이 든 주머니를 챙긴 애꾸가 말했다.

"섬에서 올라온 놈들을 없애면 됩니까?"

그러자 홍선귀가 고개를 끄덕거렸다.

"말이 안 나오게 조용히 없애버리기만 하면 되네. 그자들이 머무는 거처도 그곳에 있다고 했지 아마?"

"난월이라는 퇴기가 하는 선술집에 머물고 있습니다만 거기에서는 일을 벌이지 못합니다."

"왜?"

"난월이라는 계집 때문이지요."

애꾸의 얘기를 들은 홍찬귀가 껄껄 웃었다.

"천하의 애꾸가 고작 퇴기를 겁내는 것이냐?"

"그 계집이 마포나루의 무뢰배들이랑 두루 친해서 함부로 손을 댈 수 없다는 것입니다. 이번 일은 다른 무뢰배 두목들이 모르게 처리해야 하는데 그년이 있는 곳에서 일을 벌일 수는 없지 않겠습니까? 대신 다른 방법이 있습니다."

홍찬귀가 치마 속에 손을 집어넣은 기녀가 야트막한 비명을 지르며 몸을 뒤트는 것을 보고는 히죽 웃었다. 그러다가 애꾸에게 물었다.

"어떤 방법?"

"이럴 때 쓰는 방법이 있습니다. 그리고 혹시 실패하면 송사를 하러 한양으로 올라오는 길목을 지키고 있다가 붙잡겠습니다."

애꾸의 설명을 들은 홍선귀가 무릎을 치면서 말했다.

"옳거니, 그럼 놈들을 확실히 막을 수 있겠구나."

"대신, 일이 끝나면 그 외지부 놈을 손볼 수 있게 해주십시오."

"마음대로 하여라. 우리는 하의삼도에서 올라온 놈들이 없어지면 나머지는 상관없느니라."

홍선귀의 대답을 들은 애꾸가 대답했다.

"그럼 약조를 해주신 걸로 알고 물러나겠습니다. 내일 송정에는 하의삼도에서 올라온 놈이나 외지부 중 어떤 자도 모습을 드러내지 못할 겁니다."

"그럼 자네만 믿겠네."

얘기를 끝낸 애꾸가 자리에서 일어나 인사를 하고 돌아섰다. 그가 떠난 정자에는 두 사람의 질펀한 웃음소리와 기녀들의 간드러진 신음소리만 남겨졌다.

한양으로 올라온 주찬학이 찾아간 곳은 견평방(堅平坊)*의 어느 기와집이었다. 깨진 기와를 중간 중간 넣은 야트막한 흙담장을 따라 쭉 걸어가던 주찬학은 쪽문 앞에 쪼그리고 앉아서 담배를 피우는 누군가를 보고는 알은체했다.

"어이! 오랜만이야. 계겸이."

뭔가를 골똘히 생각하면서 담배를 피우고 있던 상대방은 고개를 돌려 그를 바라보고는 깜짝 놀란 표정으로 맞이했다.

"찬학이 아닌가? 외지부로 다시 나섰다는 소식은 들었네."

"그냥 심심풀이로 일하고 있는 중이지. 요즘 경저리(京邸吏)** 노릇은 어떤가?"

그의 물음에 나주의 경저리인 윤계겸은 울상을 지었다.

"죽을 맛이지. 지방에서 한양으로 올려보내서 일을 시키는 선상노(選上奴)들은 죄다 도망치고, 관속들이랑 수령들이 여기에서 먹고 자면서 빚진 저채(邸債)는 산더미처럼 쌓이는데 받을 길은 없고 말이야."

* 한성부 중부 8방 중의 하나. 오늘날의 종로 일대로, 종로1·2가, 인사동, 청진동 등에 해당된다.
** 중앙과 지방의 연락사무를 담당하기 위해 지방에서 서울로 파견된 향리.

"나주 같은 대읍의 경주인*이면 그 정도야 별 문제 없지 않은가?"

주찬학의 너스레에 윤계겸이 손을 내저었다.

"모르는 소리 하지 말게. 그나저나 여긴 어쩐 일인가?"

"송사 때문에 봐야 할 게 있어서 말이야. 문서고를 좀 들어가볼 수 있겠나?"

그러자 윤계경이 너털웃음을 지었다.

"자네가 아니었으면 이 알량한 나주 경저리 자리를 진즉에 최가놈에게 빼앗겼을 거야. 들어가서 필요한 만큼 보게. 근데 뭘 보려고 그러나?"

"나주목사가 조정에 올려보낸 문서들 중에 하의삼도에 관한 것들이 좀 필요하네."

"따라오게."

쪽문을 열고 안으로 들어간 윤계겸이 주찬학에게 따라오라는 손짓을 했다. 허름한 외형과는 달리 경재소 안은 꽤 넓었다. 지방 관아에서 한양으로 파견한 향리인 경저리는 지방에서 납부하는 세곡과 공물의 수량을 확인하고 한양으로 올려보내는 공노비들인 선상노들을 관리하는 일도 맡았다. 새로 부임하는 관찰사나 목사가 부임하기 전에 이런 저런 준비를 도와주는 일도 경저리의 업무 중 하나였다. 복잡하고 귀찮은 일이 많았지만 세곡과 공물을 납부하는 과정에서 떨어지는 게 적지 않은 데다가 지방으로 부임하는 수령이나 한양으로 일이 있어서 올라온 향리들에게 돈을 빌려주고 이자를 받아서 챙길 수 있었기 때문에

* 경저리를 달리 일컫는 말.

나주 같은 대읍의 경우에는 웃돈을 얹어주고 경저리 자리를 얻거나 혹은 이런저런 방법으로 강제로 빼앗는 경우도 많았다. 한양으로 올라온 선상노들의 숙소로 쓰는 행랑채를 지나자 단청을 칠하지 않고 널빤지를 벽으로 삼은 문서고가 나왔다. 소매에서 열쇠를 꺼내서 굳게 잠긴 문을 연 윤계겸이 주찬학에게 말했다.

"들어가게. 혹시 모르니까 담배는 나와서 피우고."

"그럼세."

안으로 들어서자 종이에서 나오는 눅진한 냄새가 코를 찔렀다. 환기를 시키기 위해서 판벽의 위쪽에 창살을 촘촘히 박은 광창이 있었지만 문서고 안에 쌓인 종이들이 내뿜는 냄새들을 감당하기에는 역부족이었다. 대나무를 엮어서 만든 서고에는 종이들이 가득 쌓여 있었다. 어떤 것들은 표를 붙여놓긴 했지만 대부분은 없거나 혹은 떨어져나갔다. 처음 들어온 사람은 막막할 수밖에 없지만 이런 경험이 여러 번 있던 그는 차분하게 제일 안쪽부터 뒤지기 시작했다.

가쾌(家儈)*라는 글씨가 적혀 있는 천이 걸린 담장 아래서 꾸벅꾸벅 졸고 있던 노인은 불쑥 들려오는 발소리에 잠을 깼다. 오랜만에 걸린 손님인가 싶어서 일어나려고 하다가 누군지 알아보고는 도로 주저앉았다.

"왜 또 왔어? 외지부 일 안 한다고 했잖아."

* 집 흥정을 붙이는 일을 직업으로 가진 사람.

목덜미에 꽂은 곰방대를 꺼낸 노인이 심드렁하게 대답했지만 윤민수는 씩 웃으면서 말했다.

"그 일 때문에 온 거 아니니까 안심하세요."

노인은 곰방대를 뒤집어서 탁탁 쳐서 대통 안의 담뱃진을 빼면서 말했다.

"그럼 집이라도 살려고? 그건 내가 잘할 수 있지. 내가 이 장통방(長通坊)*에서 사고팔아준 저택만 해도 수십 채야."

누런 이를 드러내며 자랑스럽게 말한 노인이 허리춤에서 부싯돌을 꺼냈다. 떨리는 손으로 연방 부싯돌을 켜는 것을 본 윤민수는 잽싸게 뺏어 들어서는 곰방대의 대통에 대고 힘껏 쳐서 불을 붙여줬다. 연기가 나오는 곰방대를 흡족한 표정으로 바라보던 노인 옆에 윤민수가 앉았다.

"집이 필요한 건 아니고요. 사람을 좀 찾으려고요."

"사람?"

노인의 반문에 윤민수가 고개를 끄덕거렸다.

"네. 어르신은 외지부에 가쾌 노릇까지 해서 한양 안에서는 모르는 사람이 없다고 하셨잖아요."

윤민수의 칭찬에 으쓱해진 노인이 목소리를 높였다.

"그, 그렇지. 내가 외지부로 삼십 년, 그리고 가쾌로 십 년을 지내면서 한양 일이라면 손바닥 안처럼 환히 꿰뚫고 있어."

* 오늘날의 종로 일대로, 남대문로1가, 종로1·2·3가, 장사동, 관수동 등에 해당한다.

윤민수는 손에 쥐고 있던 엽전 한 닢을 노인의 손바닥에 건네주면서 말했다.

"그래서 말인데요. 여쭤볼게 있어요."

잽싸게 엽전을 챙긴 노인이 곰방대를 물면서 물었다.

"뭔데?"

"칠 년 전 일인데요. 하의도에서 올라온 남자 둘이 홍씨 집안을 상대로 소송을 한 적이 있어요. 그런데 그다음에 어찌되었는지 고향에 내려오지 않고 종적을 감춰버렸어요."

"이름이?"

노인의 물음에 윤민수는 재빨리 대답했다.

"윤제민과 김호건입니다. 둘 다 서른 살쯤 되었고요."

"재판은 한성부에서 열렸고?"

"네."

윤민수의 대답을 들은 노인이 허공을 올려보면서 한동안 생각에 잠겼다. 한 손에 든 곰방대에서는 담배연기가 솔솔 피어올랐다. 그러다 무릎을 치면서 말했다.

"옳거니!"

"기억나십니까?"

반색을 한 윤민수의 물음에 노인이 물었다.

"엽전을 더 쓸 수 있는가?"

"얼마든지요."

그러자 노인은 곰방대를 쥔 채 몸을 일으켰다.

"따라오게."

윤민수는 영문도 모른 채 광교 쪽으로 걸어가는 노인의 뒤를 따랐다.

"젠장. 이 근처가 분명한데."

주찬학이 짧게 중얼거렸다.

조정에서 각 지방의 관아에 내려보내는 문기들은 직접 내려가는 것이 아니라 해당 지역의 경재소를 통해 내려갔다. 원칙적으로는 경재소에서 한 부 필사를 해서 보관하고 내려보내야 하지만 아까운 종이를 낭비한다는 것과 귀찮다는 생각이 합쳐지면서 제대로 이행되지 않았다. 하지만 나주목까지 내려갈 수 없었기 때문에 나주의 경재소인 이곳에서 필요한 것을 찾아야만 했다. 하지만 문서고의 상태가 생각보다 좋지 않아서 찾는 데 꽤 많은 시간이 걸릴 것 같았다. 간신히 비슷한 문기들이 모여 있는 곳을 찾았지만 따로 표시를 해놓지 않았기 때문에 그야말로 한양에서 김 서방 찾기였다. 거기다 그 문기가 그가 원하는 내용을 담고 있을지도 미지수였다. 하지만 지푸라기라도 잡는 심정으로 이곳까지 왔기 때문에 어찌되었건 이곳에서 필요한 걸 찾아야 했다. 상대방은 쓸 수 있는 수단과 방법이 아주 많았던 반면, 이쪽은 알량한 법전에만 의존해야 했기 때문이다.

주찬학은 이런저런 생각을 하면서 위에 있던 두루마리를 꺼내려다가 밑에 깔린 종이를 건드리고 말았다. 툭 빠진 종이는 그의 발치에 떨어져버렸다. 그러나 두루마리에는 그가 기대했던 내용이 없었다. 짜증을 꾹 참은 그는 두루마리를 접어서 원래 자리에 돌려놓고는 발치에 떨어진 종이를 집기 위해 허리를 굽혔다. 그러다가 구석에 찍혀 있는 관인을 보고는 흠칫했다. 서둘러 펼쳐본 주찬학은 천천히 한 글자씩 읽었다. 마지막 글씨까지 읽은 주찬학은 안도의 한숨을 내쉬었다. 거기에 온 신경을 집중한 나머지 문서고 안에 누군가 들어오는 걸 눈치채지 못했다. 뒤늦게 헛기침 소리를 듣고 정신을 차린 그는 고개를 돌렸다.

문서고로 들어온 윤계겸은 주찬학의 모습을 보고는 웃음을 터트렸다. 머리끝부터 발끝까지 먼지를 뒤집어쓴 채 정신없이 문기들을 읽고 있는 모습이 아주 우스꽝스러웠기 때문이다. 윤계겸의 웃음소리에 정신을 차린 주찬학은 먼지를 털라는 손짓에 흑립과 중치막에 묻은 먼지를 손으로 털어냈다.

"그 꼴이 대체 뭔가?"

"일하느라 그런 거지."

마음이 급한 주찬학이 퉁명스럽게 대꾸했지만 사람 좋은 윤계겸은 너털웃음을 지으며 말했다.

"찾았으면 나와서 차나 한잔 하게. 자네를 보고 싶어 하는 손님이 왔네."

"나를 보고 싶어 한다고?"

주찬학의 물음에 윤계겸이 고개를 끄덕거렸다.

"그래. 문서고를 보고 싶다고 해서 누가 먼저 들어가 있다고 했더니 바로 자네 이름을 말하던걸? 아는 사람이냐고 물었더니 본 적이 있다고 하더군. 어서 나오게."

호기심이 이끌린 주찬학은 손에 쥔 문기를 윤계겸에게 건넸다.

"그럼 이 문기 좀 필사해줄 수 있겠나?"

"알겠네. 내가 도필리(刀筆吏)*를 시켜서 필사해놓을 테니 가서 차나 한잔 하게."

문기를 넘겨받고 앞장선 윤계겸은 문서고 모서리에 만들어놓은 누마루로 향했다. 다른 마루들보다 높게 만들어놓은 누마루에는 주찬학처럼 흑립에 중치막을 입은 젊은 선비가 앉아 있었다. 발소리를 따라 자연스럽게 고개를 돌린 그와 눈이 마주친 주찬학은 순간 발걸음을 멈췄다. 아무것도 모르는 윤계겸이 누마루로 가서 기다리고 있던 홍신찬에게 말을 건넸다.

"데리고 왔네. 자네가 찾는 사람이 맞는가?"

그러자 홍신찬이 가볍게 고개를 끄덕거렸다.

"맞습니다. 용케 만나게 되었군요."

"문기는 내가 금방 찾아줄 테니까 앉아서 얘기 나누게. 다모를 시켜서 차를 내오도록 하지."

큰 목소리로 다모를 찾으며 사라진 윤계겸을 곁눈질로 바라보던 주찬학은 짚신을 벗고 누마루 위로 올라갔다. 그가 자리에 앉자 홍신찬이 말을 건넸다.

"이곳에서 마주치다니 참으로 기이한 인연입니다."

"그러게 말이오."

* 아전을 낮춰 부르는 명칭.

주찬학은 짧게 대답한 후 침묵으로 일관했다. 그러자 머쓱해진 표정을 지은 홍신찬은 누마루 주변을 쭉 둘러보면서 입을 열었다.

"이곳에 뭘 찾으러 오신 모양입니다."

얘기를 들은 주찬학은 혹시나 이곳에 온 이유를 눈치채지 않았나 걱정했지만 짐짓 태연하게 대답했다.

"여기 경저리가 내 친구일세. 오랜만에 한양에 나왔다가 얼굴을 보러 왔지."

"친구를 만나러 오셨다면서 오자마자 문서고에 들어가셨다면서요. 먼지를 흠뻑 뒤집어쓴 걸 보면 뭔가를 찾으려고 하신 모양입니다그려."

홍신찬의 얘기에 주찬학은 소매에 묻은 먼지를 털어내면서 상대방을 바라보았다.

"서자라고 했던가? 대제학의 정실 자식들은 망나니로 이름이 높던데 첩실 자식이 반듯하군."

얘기를 들은 홍신찬의 눈가가 파르르 떨리는 것을 본 주찬학은 딴청을 피우면서 덧붙였다.

"그래봤자 송사나 대신해주는 대송노 노릇밖에 못하니 참으로 안타깝네."

때마침 다모가 차를 가지고 나타나면서 대화가 잠시 중단되었다. 다모가 가져온 차는 꿀이 들어간 국화차였다. 찻잔에 담긴 차의 향을 음미하고 있는 주찬학에게 홍신찬이 대답했다.

"나라의 법도가 그러하니 어쩔 수 없지요. 저는 오히려 당신 신세가 딱해서 견딜 수가 없습니다."

주찬학처럼 국화차의 향을 음미한 홍신찬이 찻잔을 든 채 말을 이어 갔다.

"누가 봐도 이길 수 없는 싸움에 매달려 있으니 당랑거철(螳螂拒轍)* 이 아니고 무엇이겠습니까?"

향을 음미한 국화차를 한 모금 마신 주찬학이 말했다.

"불의를 바로 잡는 일이라면 당랑거철이 아니라 더한 일이라도 나서야 하는 학문을 배운 자의 도리가 아니겠는가?"

그러자 홍신찬이 이빨을 드러내며 웃었다.

"불의라니요? 우리 집안이 정당하게 받은 땅을 빼앗아가는 것이 올바른 일입니까?"

"정명공주방에 내려진 궁방전은 이십 결이라는 사실을 자네도 이미 알고 있지 않은가? 거기다 궁방전은 도조를 걷을 수 있을 뿐이지 그 땅을 부쳐 먹는 사람들을 괴롭히고 몸종처럼 괴롭힐 이유는 없다네."

주찬학의 얘기에 홍신찬이 한 모금도 마시지 않은 찻잔을 내려놨다.

"제가 반상의 차별을 납득한 이유는 태어난 자리가 달랐고, 그 자리에 따라 하는 일이 달라진다는 것을 납득했기 때문입니다. 누구나 자기 분수와 처지에 맞게 살아가야 합니다."

"거짓말하지 말게."

짧고 단호하게 대답한 주찬학은 찻잔을 내려놓고 홍신찬을 똑바로 쏘아보았다.

* 사마귀가 수레바퀴를 막아선다는 뜻의 사자성어.

"자네가 이번 송사에 참여한 건 자네 자리가 마음에 들지 않았기 때문이네. 송사에 이겨서 아버지의 신임을 받고 그걸 토대로 새로운 자리, 나한테 맞는 자리를 찾고자 함이었지. 어떻게 아느냐고?"

홍신찬의 얼굴을 찬찬히 살핀 그가 덧붙였다.

"내가 예전에 그랬거든. 우리 집안 배경으로는 글공부를 열심히 한다고 과거에 합격할 수 있는 것이 아니라는 것을 깨닫는 순간, 나는 다른 방식으로 그걸 뛰어넘으리라 마음먹었지."

"그래서 외지부가 된 겁니까?"

그의 물음에 주찬학이 고개를 끄덕거렸다.

"자기 재산, 자기 노비를 지키기 위해 양반들이 내게 고개를 숙이고 애걸을 하거나 용서를 비는 것을 보면서 희열을 느꼈지. 내가 그들을 이겼다고 생각했거든. 그들이 고개 숙였던 건 나를 경외해서가 아니라 자기 재산을 지키기 위해서였는데 미처 깨닫지 못했거든."

얘기를 마친 주찬학은 입맛을 다셨다. 꿀물이 들어간 국화차였지만 너무나 썼다. 마치 지나온 인생 같다고 나지막하게 중얼거렸다. 그런 주찬학을 물끄러미 바라보던 홍신찬이 입을 열었다.

"우리 어머니는 계집종이셨지요. 사랑채의 대청에 걸레질을 하다가 때마침 계집 생각이 난 아버지가 사랑방으로 끌고 들어가셨답니다. 열 달 후에 제가 나왔고, 저를 낳은 어머니는 며칠 후에 세상을 떠났습니다. 아버지가 불쌍히 여겨서 노비 신세는 면했습니다만 사는 게 녹록지는 않았습니다. 이번 송사에 뛰어든 것도 단순한 생각에서였습니다. 잘 풀리면 이 빌어먹을 신세가 좀 나아지지 않을까 하는 욕심 말입니다. 그래서 전 이번 송사에서 반드시 이겨야겠습니다."

애기를 들은 주찬학이 물었다.

"그래서 지금 신세를 벗어나보겠다는 말인가?"

"제가 그러면 안 됩니까? 당신도 보아하니 이번 일을 계기로 외지부로 다시 나서려고 하시는 것 같은데 말입니다."

"자네는 이번 송사에서 이기면 안 되네."

억지웃음을 지은 홍신찬이 물었다.

"어째서 말입니까?"

"자네가 이번 송사에 이겨서 아버지의 신임을 받고 좋은 대우를 받는다고 치세. 자네가 거기에 만족할 듯싶은가? 머저리 같은 두 이복형의 자리가 탐이 나겠지. 안 그런가?"

"궤변입니다."

홍신찬의 말에 주찬학은 깊게 숨을 들이마시고는 입을 열었다.

"진짜 궤변은 고작 이십 결의 궁방전만을 받아놓고 섬 전체를 자신들의 땅이라고 주장하는 홍씨 집안과 그걸 지키기 위해 법전을 되뇌는 자네가 하고 있네."

주찬학의 말을 들은 홍신찬은 어이가 없다는 듯 코웃음을 쳤다.

"소송을 일으켜서 먹고사는 외지부 주제에 하는 말씀이 너무 거창하십니다. 저는 기필코 이번 송사에 이겨서 아버지의 인정을 받을 겁니다."

주찬학은 주먹을 부르르 떨면서 얘기하는 그를 바라보았다. 연민과 두려움이 동시에 느껴졌다. 뭔가 해줄 말을 찾고 있는데 윤계겸이 오는 게 보였다. 그가 와서 문기를 필사해달라고 한 사실을 홍신찬 앞에서 얘기한다면 자칫 일이 어긋날 수 있었다. 주찬학은 다가오는 윤계겸에게 말하지 말라는 눈짓을 보냈다. 하지만 윤계겸은 그의 눈짓을 못 알아차렸는지 발걸음을 재촉했다. 다가오는 그의 옆구리에는 종이가 한 장 끼워져 있었다. 위기감에 눌린 그는 쓴웃음을 지은 찻잔을 들었다. 누마루로 다가온 윤계겸은 옆구리에 끼고 있던 종이를 내밀었다.

"자네가 부탁한 걸세."

홍신찬에게 어떻게 둘러댈지 고민하고 있는 찰나, 그가 먼저 말했다.

"감사합니다."

윤계겸에게 건네받은 종이를 펼친 홍신찬은 천천히 읽어내려갔다. 그러다가 얼굴에 미소가 퍼져나갔다. 그걸 본 윤계겸이 주찬학을 바라보았다. 그러자 주찬학이 손가락을 입에 대고 조용하라는 손짓을 했다. 그러자 윤계겸이 알겠다는 뜻으로 살짝 고개를 끄덕거렸다. 다행스럽게도 홍신찬은 종이에 적힌 내용을 읽느라 정신이 팔려 있어서 눈치채지 못했다. 종이에 적힌 내용을 다 읽은 그가 호통하게 웃었다.

"아무래도 이번 송사에서는 제가 이기겠습니다그려."

뭔가 결정적인 물증을 찾아낸 것 같다는 생각이 들었지만 주찬학은 아무 말 없이 차를 한 모금 마시는 것으로 대답을 대신했다. 그러고는 차분하게 대답했다.

"그게 곧 자네의 승리가 된다는 생각은 버리게. 난 자네 아버지를 잘 아네."

"당신 같은 하찮은 외지부가 어찌 우리 아버지를 안단 말입니까?"

홍신찬의 밉살스러운 말에 주찬학은 저도 모르게 발끈해서 쏘아붙였다.

"자네 집 청지기보다 더 잘 알지."

주찬학의 말에 홍신찬의 얼굴이 굳어졌다.

"자네 아버지는 사람을 속이는 데 일가견이 있는 사람이지. 저런, 나는 속지 않는다고 장담하지 말게나. 예전에 그렇게 당했던 사람을 하나 알고 있어서 말이야."

얘기를 마친 주찬학은 자리에서 일어났다. 그리고 누마루 밖에서 두 사람이 나누는 말을 들으면서 영문을 몰라 하던 경저리 윤계겸에게 말을 건넸다.

"차 잘 마셨네."

노인이 윤민수를 데리고 간 곳은 송사를 하러 갔던 한성부 근처의 경복궁 앞의 넓은 거리였다. 멀리 해태상과 광화문이 보였다. 노인은 호조(戶曹)라는 현판이 붙은 솟을대문 앞에서 멈춰섰다. 그리고 문졸에게 다가가서 뭔가 말을 건넸다. 문졸이 고개를 끄덕거리고는 옆으로 물러나자 노인이 윤민수에게 손짓을 했다. 서둘러 따라들어간 윤민수에게 노인이 말했다.

"그때 일을 잘 아는 사람이 여기 있네."

"그 사람이 누굽니까?"

윤민수의 물음에 노인은 걸음을 멈추고 주변을 돌아보았다.

"가만있자."

그러다가 길게 이어진 회랑 끝에 있는 두 칸짜리 작은 전각을 발견하고는 입을 열었다.

"저쪽일세."

노인은 곰방대를 손에 쥔 채 앞장서 걸었다. 그러더니 회랑의 모서리에 붙은 전각 앞에 서서 우렁찬 목소리로 외쳤다.

"대금이! 안에 있는가?"

잠시 후, 지게문이 열리고 누군가 머리를 밖으로 내밀었다. 옷깃이 둥근 녹색의 단령(團領)에 검게 물들인 검정색 건을 쓴 늙그수레한 서리가 물었다.

"뉘슈?"

"날세. 홍춘이야."

그러자 대금이라고 불린 늙은 서리가 문을 박차고 나왔다.

"자네가 여긴 어쩐 일인가?"

"어쩐 일이긴? 누가 호조를 산다고 해서 데리고 왔다네."

말도 안 되는 농담들을 주고받으며 얘기를 나누던 홍춘 노인이 뒤에서 있던 윤민수를 가리켰다.

"칠 년 전에 한성부에서 일어난 송사를 알아보러 왔다네. 자네라면 알 것 같아서 말이야."

홍춘 노인의 눈짓에 윤민수는 고개를 꾸벅 숙여 인사를 하고는 엽전을 건넸다. 엽전을 챙긴 대금이라는 서리가 물었다.

"그래, 뭐가 궁금한 건가?"

윤민수는 홍춘 노인에게 했던 아버지의 사연을 고스란히 들려줬다.

그러자 대금이 물었다.

"칠 년 전에 하의삼도 사람들이랑 홍씨 가문 간의 소송이라 이 말이지?"

"그렇습니다."

윤민수의 대답을 들은 대금이 주변을 슬쩍 살피고는 그에게 말했다.

"따라들어오게."

대금을 뒤따라 여닫이로 된 쌍창을 열고 전각 안으로 들어가자 어두컴컴한 공간이 그를 기다렸다. 처마 밑에 달린 광창을 통해 스며들어온 빛이 전각 안에 가득 쌓인 종이들을 비췄다. 두 사람에게 의자를 권한 대금이라는 서리는 구석에 쌓인 종이더미 쪽으로 갔다. 의자에 앉은 윤민수는 서고는 물론 탁자 위까지 빼곡하게 쌓인 종이더미를 보고는 입을 다물지 못했다. 그런 윤민수의 모습을 본 홍춘 노인이 껄껄 웃었다.

"기별지(奇別紙)*를 베껴 쓰는 기별서리라서 늘 이렇게 종이더미에 파묻혀 살지."

"기별서리요?"

"그래. 매일 아침 승정원에서 만드는 건데 조정의 중요한 일들을 종이에 적는 것이지. 기별서리는 베껴서 관청에 바치는 일을 한다네. 저치는 호조의 기별서리인데 기별지에 적힌 사건들 중에 내게 넘겨줄 만한 일들을 알려주는 일을 했지. 그럼 나는 그 일을 맡아서 송사를 벌여서 재미를 봤고 말이야."

* 조선시대 때 발행한 관보.

홍춘 노인의 설명을 들은 윤민수는 두 사람이 왜 그렇게 절친한지 이해를 했다. 탁자 위의 종이 더미를 한참 뒤지던 대금이 잠시 후 기별지 하나를 들고 왔다.

"여기 적혀 있군."

건네준 종이에 적힌 한문을 읽으려던 윤민수는 낯선 글씨 앞에서 당황하고 말았다. 그걸 본 홍춘 노인이 씩 웃었다.

"기별서리들이 베껴 쓴 것은 초서체 중에서도 알아먹기 힘든 글씨지. 그래서 기별체라고 따로 부른다네."

윤민수에게 기별지를 도로 받은 대금이 손가락으로 기별지 중간을 가리키면서 말했다.

"여기 그 송사 얘기가 나와 있네. 형조에서 결송입안(決訟立案)*을 내렸군."

대금의 얘기를 들은 윤민수가 떨리는 목소리로 물었다.

"어떻게 나왔습니까?"

"어디 보자. 원척들의 의견이 엇갈리고 있으니 전라도 관찰사와 나주목사가 상고하여 처리할 것. 하지만 원고가 송사를 포기했으니 판결을 내리는 대신 잘 타일러서 문제가 없게 할 것."

"원고가 송사를 포기했다고요?"

윤민수의 반문에 대금이 고개를 끄덕거렸다.

"그런 것 같은데."

* 조선시대 송사의 최종 판결문.

분명 송사가 유리하게 진행되고 있다는 내용의 서찰을 받은 기억이 있는 윤민수는 고개를 갸웃거릴 수밖에 없었다. 고민에 빠져 있던 그는 기별지를 도로 가져가려는 대금에게 물었다.

"그다음은 어찌 되었는지 아십니까?"

"뭐가?"

"섬에서 올라온 사람들이요."

윤민수의 물음에 대금이 기별지를 접어서 탁자 위에 올려놓으며 대답했다.

"그런 것까지 기별지에 실리지는 않아."

"알아볼 수 있는 곳은 없을까요?"

연거푸 고개를 조아린 윤민수의 애절한 모습에 두 사람은 서로의 얼굴을 바라보았다. 그러다 홍춘 노인이 대금에게 말했다.

"아는 대로 털어놔봐."

"그 얘기랑 관련이 있는 건 아닌데 말이야. 섬 사람들 편에 서서 송사에 나선 외지부가 있었거든. 이름에 외자가 들어갔었는데, 맞다. 조외수라는 외지부가 홍씨 집안을 대신해서 송사에 나섰지."

대금의 얘기에 눈이 번쩍 뜨인 윤민수가 물었다.

"그 외지부를 찾아가면 아버지 소식을 알 수 있겠군요."

그러자 곤란한 표정을 지은 대금이 말했다.

"뭐가 어떻게 된 건지 모르지만 송사가 끝난 후에 홍씨 집안의 청지기가 되었지."

옆에서 듣고 있던 홍춘 노인이 물었다.

"송사를 벌이면서 싸웠는데 나중에 청지기를 시켰다고?"

"결송입안이 내려지기 직전에 원고가 송사를 물린 걸 보면 포기하라고 설득을 했던 모양이야. 그리고 그게 잘 풀려서 청지기가 된 것일 수도 있어. 아무리 외지부로 이름을 날린다고 한들 부잣집 청지기에 비할 바는 아니지."

두 사람의 대화를 듣던 윤민수가 끼어들었다.

"어떻게요?"

그러자 홍춘 노인이 설명을 해줬다.

"어차피 결송입안이 원고 쪽에 유리하게 내려져도 홍씨 가문에서 버티면 곤란해지거든. 하다못해 관찰사나 목사도 어쩌지 못하니까 말이야. 그러니까 결송입안이 내려지기 전에 원고가 송사를 물리고 피고와 화해를 한 것이지. 어차피 송사를 질질 끌면 비리호송(非理好訟)이라고 해서 쓸데없이 송사를 일삼는다고 눈총을 받을 수 있으니까 말이야."

"그럼 양쪽이 서로 화해를 하고 송사를 중단했단 얘깁니까?"

"종종 그런 경우가 있지. 외지부가 주로 중재를 하는데 송사를 길게 끌면서 힘을 빼지 않아도 되고 양쪽에서 이득을 취할 수 있는 경우가 많거든."

홍춘 노인의 설명을 들은 윤민수는 납득이 가긴 했지만 이해할 수 없는 부분들이 있었다.

"그런데 고향에는 송사가 유리하게 진행된다는 내용의 서찰을 보내왔어요."

"송사를 무르는 대신 어떤 걸 해주겠다고 약조를 했겠지."

"송사가 그렇게 끝났으면 귀양을 갈 이유가 없지 않습니까?"

윤민수가 연거푸 묻자 홍춘 노인은 손사래를 쳤다.

"원척이 송사를 길게 하면 나라에서는 비리호송이라는 명목으로 귀양을 보내기도 하지. 확실한 건 송사가 화해로 끝나면 굳이 한쪽을 처벌하거나 귀양 보낼 이유는 없다는 거야. 송사를 하면서 문기를 위조하거나 거짓말을 했다면 모르지만."

홍춘 노인의 설명을 들은 윤민수는 깊은 한숨을 내쉬었다. 무슨 일이 벌어졌던 것 같기는 한데 도통 영문을 알 수 없었다. 송사가 유리하게 진행되고 있다는 서찰을 보낸 아버지는 종적을 감췄고, 그런 아버지를 도와줬던 외지부는 일이 끝나고 홍씨 집안의 청지기가 되어버린 상황이 도통 이해가 가지 않았던 것이다. 아버지의 행방을 찾을 길이 막막해지자 다급해진 윤민수는 가지고 있는 엽전을 전부 꺼냈다.

"제가 가지고 있는 엽전의 전부입니다. 염치없지만 좀 더 자세한 정황을 알아봐주실 수 있으십니까? 그 일 때문에 어머니는 세상을 떠나셨고, 누님은 억지로 시집을 가야만 했습니다."

윤민수의 간곡한 부탁에 두 사람은 서로의 얼굴을 바라보았다. 그러다 홍춘 노인이 대금에게 말했다.

"이 돈 자네가 가져가고 좀 알아봐줘."

"그, 그렇게 하겠네만 딱히 큰 기대는 하지 말게. 워낙 오래전 일이라 말이야."

"감사합니다."

일어나서 코가 땅에 닿도록 고개를 숙인 윤민수에게 대금이 말했다.

"최소한 닷새는 걸리니까 그 후에 찾아오게. 들어올 때 문졸에게 나를 보러 왔다고 하면 들여보내줄 걸세."

주찬학이 떠난 후 누마루에서 남은 차를 마신 홍신찬은 경재소 밖으로 나왔다. 그러자 기다리고 있던 조외수가 다가와서 말을 건넸다.

"필요한 건 찾으셨습니까?"

홍신찬은 대답 대신 손에 들고 있던 두루마리를 건넸다. 분위기가 심상치 않음을 느낀 조외수가 잠자코 두루마리를 받았다. 말없이 저택이 있는 가회동으로 걸어가던 홍신찬은 솟을대문이 보일 즈음 걸음을 멈추고는 뒤따라오던 조외수에게 물었다.

"주찬학이라는 외지부가 자네 얘기를 하더군. 아는 사이였나?"

멈칫한 조외수는 천천히 돌아서는 홍신찬의 매서운 눈길을 보고는 저도 모르게 마른침을 삼켰다.

"그, 그게 대감마님의 함구령이 있었습니다. 용서해주십시오."

"함구령이라니?"

놀란 표정을 감추지 못한 홍신찬의 물음에 조외수는 굳은 표정으로 대답했다.

"실은 칠 년 전에도 이와 똑같은 소송이 있었습니다."

"똑같은 소송? 그때도 하의삼도 주민들이 우리 집안을 정소했다는 말이냐?"

잠시 갈등하던 조외수는 결국 털어놓기로 마음을 먹었다.

"그렇습니다. 칠 년 전에 하의삼도에서 올라온 윤제민과 김호건이라는 자가 한성부에 나타나 홍씨 집안을 상대로 송사를 벌였습니다. 도련님은 어렸을 때라 잘 모르실 겁니다."

"그때 지고도 다시 우리 집안을 상대로 송사를 일으킨 것이군."

"그런 셈입니다."

조외수의 설명을 들은 홍신찬은 이해가 안 간다는 듯 고개를 갸웃거렸다.

"그런데 우리가 이기고 결송입안을 받았다면 송사가 진행되지 않았을 텐데?"

"송사가 벌어졌고, 결송입안까지 나온 건 사실이지만 원고가 송정에 나타나지 않았습니다. 그래서 친착결절법(親着決折法)*에 의해 홍씨 집안이 이기게 된 것입니다."

"천리나 한양까지 와서 송사를 벌여놓고 결송입안까지 나왔는데 송정에 모습을 드러내지 않다니 괴이하군. 어쨌든 결송입안이 나왔다면 그것만 가지고도 송사를 유리하게 끌고 갈 수 있었느니라. 왜 그걸 보이지 않은 것이냐?"

단숨에 핵심을 파고든 홍신찬의 물음에 조외수는 잠시 머뭇거렸다가 결국 털어놨다.

"결송입안에는 하의삼도의 궁방전이 절수지가 맞는지 현지 관리인 나주목사가 살펴보고 처리하라고 나와 있었습니다."

얘기를 들은 홍신찬이 이해가 안 간다는 표정으로 조외수를 쏘아보

* 소송이 개시된 뒤 50일을 기준으로 원고나 피고 중 한쪽이 30일이 지나도록 송정에 나타나지 않을 경우 소송에 성실히 임한 쪽에 승소판결을 내려주는 법.

았다.

"뭐라고? 저들이 그 결송입안을 가지고 나주에 내려가서 송사를 했다면 곤란해질 수도 있었는데 말이다."

"그때 하의삼도 주민들이 한참 바닷가에 돌을 쌓아서 땅을 늘리고 있는데 홍씨 집안에서는 훼방을 놓고 있었으니까 말입니다. 만약 그 두 가지 문제가 엉켰다면 홍씨 집안이 패할 수도 있었습니다."

"그렇게 유리한 상황에서 송정에 나오지 않아서 패배를 자초했다는 얘기군. 자넨 그때 뭘 했나?"

"외지부로서 하의삼도 주민들을 도와주고 있었습니다."

뜻밖의 대답에 놀란 홍신찬이 되물었다.

"자네가?"

"어렵긴 했지만 잘만 하면 큰 재물을 취할 수 있어 보여서 말입니다. 거기다 원고로 올라온 윤제민이라는 자가 워낙 똑똑해서 많은 도움이 되었죠."

조외수의 얘기를 들은 홍신찬이 고개를 절레절레 저었다.

"그들은 사라지고 자네는 우리 집 청지기가 되었군."

"저도 거기까진 생각하지 못했습니다. 원척들을 타협시키고 이득을 취하자고 한 것은 다른 사람의 생각이었습니다."

"다른 사람이 바로 주찬학이로군."

그의 물음에 조외수는 대답 대신 고개를 끄덕거렸다. 그러자 홍신찬이 다시 물었다.

"약한 자를 돕는 것에 목숨을 거는 것처럼 보였는데 의외로군."

"그래서 이번에 그들과 함께 나타났을 때 놀랐습니다. 칠 년 전 송사에서 홍씨 집안을 대신해서 소송에 나선 게 바로 그였으니까요."

"뭐라고?"

깜짝 놀란 홍신찬의 반문에 조외수는 홍유한의 함구령을 뒤늦게 떠올리고는 입을 다물었다.

걸음을 멈춘 홍신찬이 조외수에게 물었다.

"자세히 말해보게."

당황한 조외수가 고개를 푹 숙인 채 말끝을 흐렸다.

"죄송합니다. 대감마님의 허락이 있어야 하는 얘기라서……"

4
어둠이 찾아오다

해가 당장이라도 떨어질 것 같았지만 주찬학과 윤민수는 돌아올 기미가 보이지 않았다. 손님들을 상대하느라 지친 난월은 일찌감치 방에 들어가 잠을 청한 상태였다. 장작을 쪼개고 난월이 차려준 저녁을 얻어먹은 두 사람은 싸리문 밖을 기웃거렸다. 키가 작은 이차돌이 뒤에서 있던 임성찬을 돌아보며 말했다.

“이러다 해 진 다음에나 돌아오겠네그려.”

“우리가 마중 나갈까?”

두 사람이 그렇게 얘기를 주고받는 사이 큰길 옆으로 난 작은 오솔길에서 부스럭거리는 소리가 들려왔다. 놀란 두 사람이 바라보는 가운데 오솔길에서 나타난 것은 낡은 치마저고리 차림의 여인이었다. 까무잡잡한 얼굴에 오랫동안 씻지 않은 얼굴이었지만 묘하게 교태가 흘렀다. 옆구리에 낡은 돗자리를 끼운 채 머리에 비녀 대신 나뭇가지를 꽂은 여인은 두 사람의 시선은 아랑곳하지 않고 바닥에 철퍼덕 주저앉더니 치마를 추어올렸다. 여인은 두 사람이 바라보는 가운데 소변을 보았다. 그러고는 치맛자락으로 음부를 쓱 닦은 후에 홀가분한 표정으로 몸을 일으켰다. 그러다가 반쯤 벌린 입으로 자신을 바라보는 두 사람을 보고는 치맛자락을 여미면서 소리쳤다.

"어머나! 뭘 보는 거예요."

여인이 화를 내자 이차돌이 콧방귀를 뀌었다.

"자기가 와서 치마를 훌렁 올리고 소피를 보고서는 누구한테 짜증이야."

그러자 여인이 슬며시 눈웃음을 치면서 말했다.

"이년을 먹고살게 해주는 소중한 것이라 그랬어요."

"오호라. 네년이 바로 말로만 듣던 갈보로구나."

호탕하게 웃은 이차돌의 애기에 여인이 가볍게 눈을 흘겼다.

"얼굴에 귀티가 나시는 분이 입이 거치시군요. 갈보 처음 보세요?"

여인의 말에 이차돌이 웃으면서 받아쳤다.

"보긴 봤지만 너처럼 어여쁜 갈보는 처음이다."

"역시 보는 눈이 있으시군요. 내 특별히 싸게 해드릴 테니 재미 좀 보시렵니까?"

눈웃음을 흘리며 애기한 여인의 말에 이차돌이 씩 웃었다.

"네년이 사람을 볼 줄 아는구나. 여자 맛을 본 지 오래됐는데 마침 잘되었구나."

"그럼 저기 오솔길 끝에 일을 치르기 적당한 낡은 사당이 있으니 거기서 봐요. 내가 자리 펴놓고 기다리고 있을게요."

치마를 추스른 여인이 왔던 오솔길로 사라지자 이차돌이 히죽 웃으며 뒤따라가려고 했다. 그러자 옆에서 지켜보던 임성찬이 걱정스러운 표정으로 말했다.

"좀 이상한데 나가지 않는 게 좋겠어."

"아이, 재미 좀 보자는데 왜 그래? 같이 갈까?"

임성찬의 제지를 가볍게 뿌리친 이차돌이 싸리문 밖으로 나가서는 그녀가 사라진 오솔길로 성큼성큼 걸어갔다.

돗자리를 옆구리에 낀 여인은 뒤따라오는 이차돌을 보고는 계속 오솔길 안쪽으로 걸어 들어갔다. 바지춤을 느슨하게 한 이차돌이 여인에게 소리쳤다.

"어디까지 가는 거야?"

"아이, 조금만 더 들어와요. 남들이 볼까 부끄러워서 그래요."

"부끄럽다는 년이 아까 남정네 앞에서 소피를 본 거야?"

너털웃음을 지은 이차돌이 발걸음을 빨리하면서 말했다. 그러자 여인은 발걸음을 재촉해서 손길을 벗어났다. 까르르 웃는 여인이 좁은 오솔길 사이로 사라지자 이차돌은 느슨해진 바지자락을 한 손으로 움켜잡은 채 따라갔다. 야트막한 고개를 넘자 갑자기 오솔길이 넓어지면서 작은 공터가 나타났다. 공터 한구석에는 낡을 대로 낡은 사당이 있었다. 사당 앞에 돗자리를 편 여인이 다리를 벌린 채 그 위에 앉았다. 게슴츠레한 그녀의 눈빛을 본 이차돌이 저고리의 고름을 풀었다.

"오냐. 오늘 계집 맛을 보는구나."

돗자리 위에 앉은 여인을 향해 다가가던 이차돌은 등 뒤에서 느껴지는 인기척에 무심코 고개를 돌렸다. 언제 나타났는지 모를 무뢰배들이 철퇴나 곤봉 같은 것을 들고 공터를 빙 둘러싸고 있었다. 불안감에 휩싸인 이차돌이 버럭 소리를 질렀다.

"네놈들은 뭐야?"

무뢰배들은 대답 대신 이차돌을 쏘아보기만 했다. 그때 사당 뒤에서 쇠좆매를 어깨에 걸친 애꾸가 어슬렁거리면서 모습을 드러냈다.

"한 놈은 걸릴 줄 알았지."

애꾸의 말이 끝나기가 무섭게 이차돌이 벼락같이 고함을 지르며 빙 둘러싼 무뢰배들 중 한 명에게 덤벼들었다. 놀란 무뢰배가 철퇴를 휘두르려고 했지만 이차돌은 그대로 어깨로 상대방을 들이받았다. 충격을 받은 무뢰배가 뒤로 벌렁 넘어지자 이차돌은 쓰러진 무뢰배를 훌쩍 뛰어넘어서 숲속으로 도망쳤다. 정신없이 달아나는 그의 뒤로 애꾸의 목소리가 따라붙었다.

"쫓아!"

정신없이 숲을 헤치고 도망치던 이차돌은 방향을 가늠하기 위해 멈춰 서서 주변을 돌아보았다. 그때 멀리서 낯익은 언년이네 주막이 보였다. 그쪽으로 뛰어가던 이차돌은 뒤에서 덮쳐오는 힘에 밀려서 앞으로 나뒹굴었다. 일어나려던 이차돌의 뒤통수에 애꾸가 휘두른 쇠좆매가 떨어졌다. 큰 충격을 받은 이차돌은 뒤통수를 움켜잡은 채 푹 주저앉고 말았다. 무뢰배들이 정신을 잃은 채 축 늘어진 이차돌을 일으키는데 마침 측간에서 나오던 언년이가 이 광경을 바라보았다. 놀란 언년이의 눈이 휘둥그레지자 쓰러진 이차돌을 내려다보고 있던 애꾸가 이죽거렸다.

"왜? 손님 온 줄 알았냐? 얼른 문 닫고 들어가!"

애꾸의 협박에 언년이는 얼른 방으로 들어가서 문을 꼭 닫았다. 쓰러진 이차돌을 일으킨 부하가 그에게 물었다.

"이놈은 어찌할까요?"

"일단 사당으로 데리고 간다. 서둘러."

해가 지기 직전에 난월의 선술집으로 돌아온 윤민수에게 걱정스러운 얼굴로 서성거리는 임성찬이 다가왔다.

"차돌이가 아까 나가서 안 돌아왔어."

"무슨 일로 나갔는데요?"

놀란 윤민수의 물음에 임성찬이 입맛을 다시면서 말했다.

"그게…… 갈보를 따라갔어."

"뭐라고요?"

어이가 없어진 윤민수가 대꾸하는 찰나, 오솔길 쪽에서 부스럭거리는 소리가 들려왔다. 고개를 돌린 윤민수의 눈에 허름하게 차려입은 여인이 보였다. 임성찬이 나지막한 목소리로 말했다.

"그 갈보야."

싸리담장이 있는 곳까지 걸어온 여인은 두 사람을 손짓으로 불렀다. 두 사람이 가까이 다가오자 여인이 방금 걸어온 오솔길 쪽을 가리키면서 말했다.

"아까 나랑 같이 간 그 아저씨 말이에요. 한참 하다가 갑자기 코피를 쏟더니 픽 하고 기절했지 뭐예요."

"뭐라고?"

놀란 임성찬의 반문에 여인이 발을 동동 굴렀다.

"일으키려고 했는데 덩치가 너무 커서 꼼짝도 안 해요. 좀 도와줘요."

"아이고, 이게 무슨."

임성찬이 고개를 절레절레 내저으며 싸리문 쪽으로 걸어갔다. 윤민수도 임성찬을 따라 싸리문 밖으로 나가려고 하는데 갑자기 나타난 언년이가 두 손을 휘두르면서 앞을 가로막았다. 윤민수는 그런 언년이에게 비키라는 손짓을 했다.

"좀 있다가 얘기하자. 지금은 좀 바빠."

손길을 뿌리친 윤민수가 여인을 따라가려고 하자 언년이는 소매를 붙잡고 매달렸다. 하루 종일 한양을 돌아다니느라 지쳤던 윤민수는 그만 짜증을 내고 말았다.

"그만 좀 하라고!"

그녀를 확 떠밀어버린 윤민수는 싸리문을 나가서 임성찬과 여인을 따라가려고 했다. 그러자 바닥에 쓰러진 언년이가 외쳤다.

"가지 마! 함정이라고."

윤민수는 깜짝 놀라서 그 자리에서 얼어붙고 말았다. 몸을 일으킨 언년이가 어정쩡하게 서 있던 여인을 손가락으로 가리켰다.

"저 여자를 따라가면 안 돼."

뭔가 이상하다고 느낀 윤민수는 임성찬에게 가지 말라는 손짓을 했다. 그러자 따라오라고 손짓을 하던 여인이 혀를 찼다.

"저년이 다 된 밥에 코를 빠트렸네. 이런 거 안 보여주려고 했는데 이거 받아요."

저고리 안에서 주섬주섬 뭔가를 꺼낸 여인이 임성찬과 윤민수의 발치에 던졌다. 그것을 집어든 임성찬이 중얼거렸다.

"피잖아."

여인이 던진 것은 둘둘 말려진 피에 젖은 옷고름이었다. 인상을 찡그리면서 옷고름을 펼친 임성찬이 놀란 표정을 지으면서 옷고름을 떨어뜨렸다. 바닥에 떨어진 피에 젖은 옷고름에 감싸져 있던 것은 잘린 손가락이었다. 그걸 본 윤민수가 여인을 쏘아보았다. 그러자 오솔길 입구로 주춤주춤 뒷걸음질 친 여인이 말했다.

"그 사람을 살리고 싶으면 이 오솔길 끝 사당으로 와요. 만약 이 선술집 주인에게 알리거나 도망치면 산 채로 불태워버린다고 했어요."

얘기를 끝낸 여인이 치맛자락을 움켜잡고는 사라져버렸다. 놀란 눈으로 피 묻은 이차돌의 손가락을 내려다보던 임성찬이 갑자기 뒤켠에 놓인 장작개비를 양손에 쥐고는 오솔길 쪽으로 달려가려고 했다. 윤민수가 임성찬의 앞을 가로막았다.

"함정이에요. 가지 마세요."

"그렇다고 죽게 놔둘 수는 없어. 넌 여기서 그 외지부를 기다려라."

"가면 죽는다고요."

윤민수의 애원에 임성찬은 고개를 저었다.

"동무가 죽을 위기에 처했는데 모른 척할 수는 없단다."

"제발, 찬학이 아저씨가 올 때까지 기다려요."

아랫입술을 깨문 임성찬은 윤민수의 손을 뿌리쳤다. 그러고는 오솔길을 향해 달려갔다. 뒤쫓아가려던 윤민수는 언년이에게 붙잡혔다.

"이거 놔! 놓으라고!"

윤민수는 애원했지만 언년이는 소맷자락을 꽉 붙잡고 놓지 않았다. 이를 앙다문 그녀의 두 눈에서 눈물이 반짝거렸다.

"제발 가지 마!"

언년이가 눈물로 호소했지만 윤민수는 그녀의 손길을 뿌리쳤다.

"미안해."

양손에 장작개비를 하나씩 움켜쥔 임성찬은 괴성을 지르며 오솔길을 달려갔다. 야트막한 고개를 넘자 탁 트인 공터가 보였고, 무뢰배에게 둘러싸인 채 쓰러져 있는 이차돌이 보였다.

"차돌아!"

임성찬은 앞을 가로막는 무뢰배의 머리를 장작개비로 내리찍었다. 비명도 지르지 못하고 쓰러진 무뢰배를 훌쩍 뛰어넘은 임성찬은 덤벼드는 다른 무뢰배의 가슴팍에 장작개비를 집어던져서 맞추고는 남은 장작개비를 휘두르면서 이차돌의 곁으로 다가갔다.

"괜찮아! 정신 차려!"

피범벅이 된 한쪽 손을 움켜쥔 채 의식을 잃은 이차돌에게 소리친 임성찬은 무수히 날아드는 쇠좆매와 철퇴 세례를 견디면서 장작개비를 휘둘렀다. 임성찬이 정신없이 싸우고 있는 동안 뒤쪽으로 다가온 무뢰배 한 명이 단검으로 허벅지를 찔렀다. 비명을 지른 임성찬은 들고 있던 장작개비를 놓친 채 이차돌 옆에 쓰러지고 말았다. 먼발치서 지켜보던 애꾸가 무뢰배들에게 지시했다.

"둘 다 묶어서 사당 안에 처넣어."

언년이의 손길을 뿌리치고 오솔길을 달려간 윤민수는 공터에서 벌어진 일들을 목격했다. 애꾸의 부하들이 쓰러진 이차돌과 임성찬을 묶어서 사당 안에 넣는 것을 보았다. 그걸 본 윤민수가 달려나가려고 하는 순간, 억센 손길이 그를 붙잡았다. 놀란 윤민수가 발버둥을 치면서 비명을 지르려는데 주찬학의 굵직한 목소리가 들려왔다.

"조용히 해."

"이거 놔요."

주찬학은 버둥거리는 윤민수를 수풀이 우거진 숲속으로 그를 끌고 갔다. 짙어진 어둠이 두 사람을 숨겨주었다. 그러는 사이 횃불을 손에 든 애꾸가 사당에 불을 놨다. 그러고는 무뢰배들에게 외쳤다.

"놈이 불을 보고 달려올 것이다. 놓치지 말고 붙잡아야 한다."

애꾸의 말을 들은 윤민수는 경악했다.

"맙소사. 태워 죽이려나봐요."

나가려고 발버둥치는 윤민수를 붙잡은 주찬학이 단호하게 고개를 저었다.

"나가면 안 된다. 너까지 죽일 거야."

"아저씨들을 저렇게 놔둘 수는 없다고요!"

몸싸움을 벌이던 윤민수는 불길에 휩싸인 낡은 사당이 굉음을 내며 무너지는 것을 보았다. 이성을 잃은 윤민수가 뛰쳐나가려고 하자 주찬학이 주먹으로 얼굴을 내리쳤다. 얼굴을 강타당한 윤민수는 정신을 잃고 축 늘어졌다. 사당을 집어삼킨 불길이 점점 심해지자 개들이 짖기 시작했고, 잠에서 깬 사람들이 불이 났다고 외치는 소리가 크게 들려왔다. 윤민수가 나타나지 않은 상황에서 소란스러워지자 애꾸의 얼굴에는 당혹스러움이 묻어나왔다. 결국 횃불을 내동댕이친 애꾸가 말했다.

"어서 뜨자."

그러자 주변을 살피던 무뢰배들이 삽시간에 사라져버렸다. 그들이 종적을 감춘 것을 확인한 주찬학은 서서히 몸을 일으켰다. 그리고 불타고 있는 사당 쪽으로 달려가서 흙을 뿌렸다. 그러고도 불길이 쉽게 잡히지 않자 입고 있던 중치막을 벗어서 불을 껐다. 뒤늦게 모습을 보인 강대 사람들이 도와주면서 간신히 불길이 잡혔다. 불길이 사라지자 윤민수는 조심스럽게 무너진 기둥들을 들췄다. 그러자 심한 화상을 입은 채 서로 꼭 끌어안고 있는 이차돌과 임성찬의 모습이 보였다. 놀란 강대 사람들이 웅성거리는 가운데 뒤늦게 정신을 차린 윤민수가 비틀거리며 다가왔다. 그리고 심한 화상을 입은 채 누워 있는 두 사람 앞에 무릎을 꿇고 흐느껴 울었다. 불을 끄느라 온몸에 검댕이 묻은 주찬학이 오열하는 그의 어깨에 손을 올렸다. 그러자 윤민수가 손을 뿌리치며 붉게 달아오른 눈으로 주찬학을 쏘아보았다.

"대체 왜 막은 겁니까?"

"네가 나선다고 이 사람들을 살려뒀을 것 같으냐?"

"그래도 나가서 막았어야 했습니다."

윤민수의 절규에 주찬학이 차가운 말투로 응수했다.

"너까지 죽으면 송사를 이어갈 사람이 없어진다. 그걸 원하느냐?"

할 말을 잊은 윤민수는 머리를 감쌌다.

두 사람의 말다툼은 뒤늦게 난월이 달려와서야 멈췄다. 두 사람 사이에 끼어든 난월이 말했다.

"다 죽어가는 사람 앞에 두고 서로 잘났다고 말다툼을 하는 거야? 나중에 싸우고 어서 이 사람이나 옮겨."

두 사람은 주찬학의 방에 나란히 눕혀질 때까지 정신을 차리지 못했다. 부축을 도와준 강대 사람들이 돌아가고 난월이 의원을 부르러 가면서 남은 두 사람 사이에는 냉랭한 기운이 감돌았다. 입을 꾹 다문 채 윤민수에게 주찬학이 말했다.

"내일이 송정에 나가는 날이다. 정신 바짝 차리거라."

"왜 우릴 도와준 겁니까?"

갑작스러운 물음에 주찬학은 눈살을 찌푸렸다.

"그거야 너희들의 부탁이 너무 간절해서……"

윤민수는 말을 끝맺지 못하는 그를 바라보면서 말했다.

"부디 그 이유이기를 바랍니다."

싸늘한 윤민수의 말에 주찬학은 아무 대꾸도 하지 않고 문을 박차고 나가버렸다. 그가 나간 문으로 언년이가 물이 든 대야를 가지고 들어왔다. 이차돌의 머리맡에 대야를 놓은 그녀는 함께 가지고 들어온 천을 물에 적셔서 이차돌의 몸에 난 상처를 닦아줬다. 그러자 이차돌이 가느다란 신음소리를 내면서 몸을 움직였다. 그걸 본 윤민수는 남은 천을 건네받아서 임성찬의 상처를 닦았다. 피와 검댕이 묻은 천을 대야의 물에 빤 언년이가 다시 이차돌의 몸을 닦아주었다. 윤민수가 말했다.

"고마워."

그러자 잠시 손을 멈춘 언년이가 말했다.

"몸 파는 여자라고 아무도 나를 사람 취급을 안 했어. 하지만 넌 달랐잖아."

문을 박차고 나온 주찬학은 대청에 걸터앉아서 곰방대를 꺼냈다. 허리에 찬 담배쌈지에서 꺼낸 담배를 대통에 꾹꾹 눌러 담고 아직 불씨가 남아 있는 아궁이에 갖다대고 불을 붙였다. 물부리를 깊게 빨아들인 다음 입과 코로 연기를 내뿜자 마음이 어느 정도 진정되었다. 의원을 데리고 선술집으로 돌아온 난월이 그런 주찬학을 보더니 옆에 털썩 주저앉았다. 그러고는 의원이 문을 열고 방으로 들어가는 것을 보면서 말했다.

"거봐. 이런 꼴 당할 줄 알았다니까."

주찬학이 곰방대를 한 손에 쥔 채 대답했다.

"일이 이렇게 커질 줄은 꿈에도 몰랐어."

그가 들고 있던 곰방대를 뺏어서 한 모금 피운 그녀가 피식 웃었다.

"거짓말하지 마. 홍씨 집안이 어떤 곳인지는 겪어봤잖아. 아무튼 더 이상 피를 보기 전에 적당히 발을 빼."

"그러기에는 늦었다는 거 잘 알잖아."

"애꾸가 다른 무뢰배 두목들의 얘기를 무시하고 섬사람들을 공격했어. 이렇게 이판사판으로 나오면 막을 방법이 없어. 당장 내일 아침에 두 사람이 한양으로 올라가는 길목을 기다리고 있다가 덮칠 게 분명해."

난월의 얘기에 그가 차분하게 대답했다.

"방법을 찾아봐야겠어."

그러자 난월이 고개를 갸웃거리며 중얼거렸다.

"그나저나 송사가 시작된 이후에도 홍씨 집안이 이런 식으로 나올 줄은 몰랐어."

그녀의 얘기에 주찬학은 손으로 턱을 괸 채 얘기했다.

"나랑 송정에서 상대하는 녀석의 소행은 아닐 거야. 대제학의 뜻도 아니었을 것이고."

주찬학의 대답을 들은 난월이 되물었다.

"그게 무슨 얘기야?"

"송사는 지난번부터 홍씨 쪽에 유리하게 진행되고 있었어. 거기다 대제학이 바보도 아니고 송사가 진행 중인데 원고에게 손을 대겠어? 잘못했다가는 감당 못할 일이 벌어질 텐데."

"그래도 저질렀잖아. 애꾸가 이렇게까지 나오는 거 보면 뭔가 믿는 게 있다고."

그녀의 말에 아랫입술을 지그시 깨문 주찬학이 중얼거렸다.

"좀 더 알아보고 움직여야겠어."

날이 밝자 마포나루에서 한양으로 이어지는 길은 금방 행인으로 가득찼다. 주로 마포나루에 도착한 배에 실린 젓갈이나 생선을 사서 한양으로 가져가서 파는 장사꾼들이었다. 아침 일찍, 부하들을 데리고 애오개의 고갯길을 막아선 애꾸는 지나가는 행인들을 한 명씩 자세히 살폈다.

"오늘 한양에 송사가 있으니 반드시 이 길을 지날 거다. 잘 지켜보고 있다가 잡아야 한다. 알겠느냐?"

애꾸의 지시를 받은 부하들은 지나가는 행인들을 멈춰 세우고 자세히 살폈다. 하지만 애꾸와 부하들의 기세에 눌려 누구 하나 제대로 항의하지 못했다. 칡뿌리를 질겅질겅 씹으면서 그 광경을 지켜보던 애꾸의 눈에 뜻밖의 행렬이 들어왔다.

"저건 뭐야?"

구슬픈 상엿소리에 맞춰서 커다란 꽃상여가 느릿하게 다가왔다. 상여 뒤에는 베로 만든 상복을 입고 대나무 지팡이를 짚은 유족들과 돈을 받고 대신 울어주는 여인들인 곡비(哭婢)들이 뒤를 따랐다. 애꾸가 부하들과 함께 지키고 있던 길은 커다란 상여와 수십 명의 유족과 곡비들이 차지해버렸다.

"젠장."

아무리 무뢰배라고 해도 남의 집 상여 행렬까지 들쑤실 수는 없었다. 길목을 지키던 애꾸의 부하 한 명이 슬며시 다가가자 상여를 멘 향도계 계원들이 눈을 부라렸다. 상여를 짊어지는 향도계(香徒契)의 계원들은 무뢰배에 뒤지지 않는 거친 사내들이었다. 그러자 기세에 눌린 부하는 주춤하면서 물러나고 말았다. 애꾸도 어찌할 바를 모르는 사이에 상여 행렬은 유유히 그의 앞을 지나갔다. 엉거주춤 서 있던 부하 한 명이 물었다.

"어, 어찌 합니까?"

"따라가면서 이상한 놈이 있는지 살펴봐라. 놈들이 저 안에 있는 게 틀림없어."

애꾸의 지시에 부하들이 상여 행렬의 뒤를 멀리서 따라갔다.

그런 와중에 상주가 외출을 할 때 쓰는 삿갓인 방립을 눌러쓴 두 명이 슬며시 그들이 시선을 벗어났다. 무뢰배들 중 일부가 상여 행렬을 따라가느라 생긴 혼란한 틈을 파고든 것이다. 무뢰배들이 보이지 않자 윤민수가 방립을 벗었다. 그러자 뒤따라 주찬학도 방립을 벗어서 길옆으로 던져버렸다. 윤민수가 주찬학에게 물었다.

"어떻게 이런 생각을 하신 겁니까?"

"궁하면 통하는 법이지. 사람이 둘이나 심하게 다쳤는데 포기할 수는 없잖아."

주찬학의 말에 윤민수는 고개를 끄덕거렸다. 무뢰배들의 눈길을 피한 두 사람은 한양으로 들어와서 한성부 앞에 도착했다. 지난번보다 더 많은 구경꾼들이 모여 있는 것을 본 주찬학은 대모갑 안경을 꺼내서 코끝에 걸쳤다. 그리고 앞장서서 한성부 대문 안으로 걸어 들어갔다. 그의 뒷모습을 지켜보던 윤민수도 말없이 한성부 대문으로 들어섰다. 두 차례나 와서 익숙해진 풍경을 뒤로한 채 당상대청으로 향했다. 군뢰들과 서리들이 늘어선 채 두 사람을 기다리는 중이었다. 홍신찬과 조외수는 서로 귓속말을 나누는 중이었다. 섬돌 앞에 서 있던 딸기코 서리가 모습을 드러낸 두 사람을 보고는 부리나케 당상대청 안으로 들어갔다. 잠시 후, 관복 차림의 한성판윤이 모습을 드러냈다. 대청 한복판에 있는 접이식 의자에 앉은 한성판윤이 당상대청 앞에 나란히 서 있는 원척들을 향해 말했다.

"지난 두 차례 송사에서 원척들은 모두 자신들의 주장을 반복하면서 조금도 굽힘이 없었다. 이렇게 하다가는 송사가 언제 끝날지 모르는 일이니 오늘을 마지막으로 결송을 할 것이다. 원척들은 오늘 송사가 끝난 후에 결송다짐을 제출하여라."

한성판윤의 말에 주찬학과 홍신찬이 거의 동시에 대답했다.

"그리하겠습니다."

얘기를 들은 한성판윤이 나지막한 한숨과 함께 얘기했다.

"그럼 오늘의 송사를 시작한다. 각자 할 얘기가 있으면 하라."

한성판윤의 말에 주찬학은 반사적으로 홍신찬을 향해 고개를 돌렸다. 홍신찬 역시 고개를 비스듬하게 돌려서 그를 바라보았다. 먼저 얘기하는 게 유리한지 아니면 기다리는 게 좋을지 고민하던 주찬학은 눈을 들어서 대청 위에 앉아 있는 한성판윤을 바라보았다. 옅은 미소를 띤 주찬학은 뒤에 서 있는 윤민수를 가리키면서 얘기를 시작했다.

"지난번 송사에서 피고 측은 사패지를 무토와 유토로 나눈 것이 숙종대왕 때의 일이라고 했습니다. 그리고 그 이전에 정명공주방에 하사한 하의삼도의 땅은 그것을 기준으로 나눌 수 없다고 말입니다. 하지만 〈속대전〉*의 규정에 따르면 예전 공주들에게 부여한 궁방전은 당사자와 이후 3대에 한해서만 수조권을 인정한다는 위토제위전으로 봐야 한다는 항목이 분명히 있습니다."

주찬학의 얘기를 들은 한성판윤이 잠시 말을 멈추라는 손짓을 하고는 섬돌 앞에 서 있는 딸기코 서리에게 물었다.

"저자의 말이 사실이냐?"

그러자 주찬학과 홍신찬을 번갈아 바라보던 그가 한성판윤을 향해 고개를 숙인 채 대답했다.

"맞사옵니다. 소인이 〈속대전〉에서 그 항목을 본 기억이 납니다."

주찬학이 고개를 든 딸기코 서리에게 고맙다는 눈빛을 던졌다. 딸기코 서리 역시 가만히 고개를 끄덕거렸다. 상황이 불리하게 돌아가자 홍신찬이 나섰다.

"〈속대전〉의 궁방전 항목 역시 우리 집안에 토지가 하사된 이후 한참 후에 나온 것입니다. 새로운 것으로 옛것을 판단하지 말아야 할 것은 당연한 일입니다. 살펴주시옵소서."

한성판윤의 시선이 다시 주찬학에게 향했다. 주찬학은 그럴 줄 알았다는 듯 앞으로 나서면서 목소리를 높였다.

"아까 제가 〈속대전〉의 위토제위전 항목을 아뢸 때 분명히 옛 공주들의 궁방전을 위토제위전으로 삼는다고 하였습니다. 이는 지난 사례들

* 조선 영조 때 편찬한 법전. 〈경국대전〉의 속전으로 6권 4책으로 되어 있다.

을 지금의 수교로 언급함을 뜻하는 것으로서 궁방전의 폐해가 심해지면서 나온 수교입니다. 법이라는 것이 새로 정해진 이후의 것에만 적용하는 것이 맞지만 이처럼 특별히 예전의 일을 상고해서 언급한 경우라는 마땅히 감안해서 처결해야 합니다."

주찬학이 목소리를 높이자 홍신찬의 얼굴이 굳어졌다. 그리고 주찬학의 얘기가 끝나자마자 앞으로 나섰다.

"방금 원고가 〈속대전〉의 구절을 인용하였으니 소인도 〈속대전〉의 항목 하나를 가지고 말씀을 올리겠습니다."

조외수에게서 〈속대전〉을 건네받은 홍신찬이 중간쯤을 펼쳐서 낭랑한 목소리로 읽어내려갔다.

"왕패, 즉 임금이 종친이나 공신에게 노비와 땅을 하사하라는 특별한 명령이 있는 경우에는 징수할 수 있는 권한의 폭이 넓으면서도 제한이 없다. 〈속대전〉에는 분명하게 왕패로 하사한 땅에는 일정한 한계가 없다는 사실을 기록되어 있습니다. 물론."

〈속대전〉을 조외수에게 돌려준 홍신찬은 작게 접은 종이를 건네받아서 펼치면서 말을 이어갔다.

"옥새가 찍혀 있는 문기를 직접 보여드릴 수는 없지만 몇 년 전, 나주목사의 요청으로 종부시에서 보낸 궁방사급입안의 첫머리, 그러니까 기두어에는 왕패라는 글씨가 명백하게 적혀 있습니다. 그 사실이 적혀 있는 문기를 나주경재소에서 찾아내서 제출합니다. 확인하여 처리해주십시오."

딸기코 서리가 홍신찬이 건넨 종이를 받아서 한성판윤에게 바쳤다.

눈살을 찌푸린 채 종이에 적힌 내용을 읽은 한성판윤이 고개를 끄덕거렸다.

"피고의 말대로 궁방사급입안의 기두어가 왕패임이 확실하다. 원고에게 수결을 받고 봉인하라."

그러자 딸기코 서리가 궁방사급입안을 가지고 두 사람에게 다가왔다. 주찬학은 입안의 첫머리에 적힌 왕패라는 글씨를 똑똑히 보았다. 작게 한숨을 쉰 그는 윤민수에게도 그것을 보여줬다. 딸기코 서리가 작은 붓을 건넸다. 윤민수가 붓을 잡고 홍신찬이 가져온 궁방사급입안에 수결을 남겼다. 그의 수결을 받은 딸기코 서리가 익숙한 손놀림으로 종이로 봉한 다음 도장을 찍었다. 분위기를 완전히 돌린 홍신찬은 도장을 찍고 봉인한 궁방사급입안을 돌려받으면서 그를 보면서 웃었다. 한차례 공방이 오고간 후 송정은 고요함이 흘렀다.

홍신찬을 무심한 눈길로 바라보던 주찬학은 흘러내린 대모갑 안경을 손가락으로 밀어올리고는 소매에서 잘 접은 문기 하나를 꺼냈다. 어제, 나주경재소의 문서고에서 어렵게 찾아낸 것이었다.

"여기 이 문기를 봐주십시오. 몇 년 전에 나주목사가 조정에 올린 것입니다."

그러자 한성판윤이 주찬학에게 물었다.

"무슨 내용이냐?"

"지난번 송사 때 소인이 서증을 가지고 오겠다고 하지 않았습니까? 이 문기는 나주목사가 하의삼도 주민들이 갯벌에 둑을 쌓아서 새로운 땅을 만드느라 온갖 고생을 한다면서 조정의 도움을 요청하는 것입니다. 만약 피고 측의 얘기대로 성심성의껏 갯땅쇠를 일구는 데 도움을 주었다면 굳이 나주목사가 조정에 도움을 요청하는 문기를 올리지는 않았을 겁니다."

"하긴……"

한성판윤의 중얼거림 속에서 주찬학은 문기를 딸기코 서리에게 바쳤다. 그리고 옆에서 지켜보고 있던 홍신찬을 쳐다보았다. 애써 태연한 척하고 있지만 얼굴이 하얗게 질려 있었다. 딸기코 서리에게 문기를 넘겨받은 한성판윤은 꼼꼼하게 읽어보고는 고개를 끄덕거렸다. 기운을 차린 주찬학이 홍신찬을 바라보면서 말했다.

"그 문기는 하의삼도 주민들이 갯땅쇠를 만들 때 많은 물력이 들어갔고, 이를 본 나주목사가 조정에 고하는 내용이 담겨져 있습니다. 피고 쪽 말대로 홍씨 집안에서 도움을 줬다면 굳이 나주목사가 나서서 이런 공문을 보낼 리는 없지 않겠습니까? 갯땅쇠를 만들 때는 아무런 도움도 주지 않았다가 뒤늦게 수확 때가 되어서 절수지라는 이유로 도조를 요구하는 것은 이치에 맞지 않을뿐더러 국법을 어기는 일입니다. 이를 살펴서 억울함을 풀어주시기를 간절히 바랍니다."

얘기를 마친 주찬학은 한성판윤을 향해 깊이 고개를 숙였다. 그러고는 고개를 들고 뒤에 서 있던 윤민수의 옆에 섰다. 어제 나주경재소에서 찾아내느라 고생했던 것들이 보상을 받는 느낌이었다. 한성판윤이 문기를 살펴보고는 딸기코 서리에게 건네주면서 말했다.

"이 문기를 원척들에게 보여주고 수결한 후에 봉인하여라."

고개를 숙인 채 문기를 받은 딸기코 서리가 피고로 나온 홍신찬에게 가져갔다. 낙담한 표정의 홍신찬이 붓을 들어서 수결을 하려는 찰나, 옆에서 지켜보던 조외수가 손을 들어서 막았다. 불길한 느낌에 계속 바라보는데 홍신찬에게서 문기를 낚아챈 조외수가 앞으로 나와서 한성판윤을 향해 말했다.

"송관 나리. 저희는 이 문기에 수결을 할 수 없습니다."

그러자 눈살을 찌푸린 한성판윤이 물었다.

"무슨 이유로 그러느냐? 나주목사가 조정에 보낸 문기인데 뭐가 의심스럽단 말이냐?"

"나주목사가 보낸 것은 사실이지만 문기를 쓴 연유를 따져봐야 하지 않겠습니까? 일전에 갯땅쇠를 민전에 올리는 문제를 놓고 대감마님과 나주목사가 주고받은 간찰을 보여드린 적이 있사옵니다. 그때 원고 쪽에서는 사사로이 주고받은 간찰을 가지고 송사의 옳고 그름을 논할 수 없다고 목소리를 높인 적이 있사옵니다. 나주목사가 하의삼도를 관할한다고는 하지만 배를 타고 직접 가본 적이 몇 번이나 되겠습니까? 저 간악한 섬주민들이 배를 타고 관아로 떼를 지어 몰려가서 땅바닥에 주저앉아 억울함을 호소하자 인정에 이끌려 저런 상소문을 올린 것으로 보입니다. 이에 대한 진위 여부를 철저하게 따져 물으셔야 합니다."

일이 예상과는 다르게 돌아가자 주찬학이 나섰다.

"말도 안 됩니다. 지난번에 피고가 제시한 서증을 문제 삼은 것은 사사로이 주고받은 간찰이었기 때문입니다. 이번에 소인이 제시한 서증은 관인이 찍힌 관서문기로 지난번과 정황이 다릅니다. 부디 이 점을 잘 살펴주시옵소서."

주찬학의 얘기를 들은 한성판윤은 손을 턱에 괸 채 고민에 빠진 모습이었다. 그 모습을 본 주찬학이 나지막하게 중얼거렸다.

"설마."

서증으로 제시한 관서문기에 대해서 피고 쪽에서 이런 식으로 대놓고 버틸 줄은 상상도 못했고, 송관인 한성판윤이 그 문제를 고민할 줄은 꿈에도 몰랐다. 송사를 하는 동안 별다른 개입 없이 홍씨 편을 들지 않아서 공정하게 볼 것이라는 일말의 기대감이 무너지는 순간이었다. 한참 동안 고민하던 한성판윤이 고개를 들었다.

"피고의 주장대로 이 문기의 작성 경위가 불분명하니 서증으로 삼지 않겠다."

주찬학은 순간적으로 이성을 잃을 뻔했다. 밉살스러운 한성판윤은 문기를 접어서 딸기코 서리에게 건네주면서 덧붙였다.

"원고가 이 문기를 증빙하고 싶으면 인증을 데려오도록 하여라."

울컥한 주찬학은 하마터면 목청껏 소리칠 뻔했지만 꾹 참고 말했다.

"한양에서 나주까지 불원천리이옵니다. 거기다 몇 년 전 문기라 작성한 나주목사의 행방도 찾아야 합니다. 오늘 결송다짐을 제출하면 모든 송사가 끝나는데 어느 시일에 그걸 처리하겠습니까? 삼가 엎드려 애원하오니 그 관서문기를 서증으로 채택해주시옵소서."

마음속의 분노를 꾹 참고 차분하게 말했지만 한성판윤은 간단하게 거절했다.

"결송다짐을 낸 후에도 차후에도 추정소지를 낼 수 있으니 그리 알라."

얘기를 들은 주찬학은 고개를 떨궜다. 그런 그의 귀에 한성판윤의 목소리가 들려왔다.

"지난번에 말한 대로 오늘까지 원척들의 얘기를 듣고 본관이 결송을 할 것이다. 그러니 원척들은 결송다짐을 제출하여라."

홍신찬이 고개를 끄덕거리자 조외수가 섬돌 앞으로 나가서 한쪽 무릎을 꿇은 채 결송다짐을 바쳤다. 주찬학의 눈짓을 받은 윤민수 역시 손에 든 결송다짐을 바쳤다. 양쪽이 바친 결송다짐을 받은 딸기코 서리가 대청에 앉아 있는 한성판윤에게 바쳤다. 결송다짐을 읽은 한성판윤이 당상대청 앞에 서 있는 양쪽을 응시했다.

"결송다짐을 받았으니 이제 결송입안을 내릴 것이다. 그러기 전에 원척들이 마지막으로 진술할 시간을 주도록 하겠다. 피고는 할 말이 있느냐?"

한성판윤의 말에 조외수와 귓속말을 주고받은 홍신찬이 얘기했다.

"저희들은 더 이상 드릴 말씀이 없습니다. 부디 송관께서 올바른 결정을 내려주시기만을 바랄 뿐이옵니다."

"알겠다. 그럼 원고는 할 말이 있느냐?"

얘기를 더 할까 아니면 이대로 끝낼까 고민하던 그의 어깨에 윤민수의 손이 얹어졌다. 고개를 돌리자 윤민수가 서글픈 웃음을 지어 보이면서 말했다.

"제가 얘기하겠습니다."

주찬학은 안 된다고 말하려 했지만 윤민수의 눈빛을 보고는 가만히 고개를 끄덕거렸다. 주찬학이 뒤로 물러나고 당상대청 앞에 선 윤민수가 입을 열었다.

“저와 함께 송사를 하러 온 하의삼도 주민들은 한양은커녕 뭍에도 올라온 적이 없는 사람들입니다. 나주목의 관할이긴 하지만 나주목사를 평생 뵐 일도 없었습니다. 섬에 산다는 건 바다를 옆에 끼고 외롭게 살아가는 것을 의미합니다. 그런 처지에 있는 저희들이 불원천리 바닷길을 뚫고 한양에 올라온 이유는 딱 한 가지뿐입니다. 바로 부당함과 억울함을 호소하기 위해서입니다.”

마른침을 삼킨 윤민수는 군뢰들과 서리들 너머에 장승처럼 우뚝 서 있는 홍신찬과 조외수를 바라보았다. 그리고 다시 한성판윤에게 시선을 돌리면서 말을 이어갔다.

“섬에서 가장 비옥한 땅은 홍씨 집안에서 소유했고, 섬사람들은 굶주림에 시달렸습니다. 그러다 자식들까지 굶길 수는 없다면서 돌과 흙을 날라서 바닷물을 막아 땅을 만들었습니다. 하지만 그렇게 만든 땅은 소금기 때문에 바로 농사를 지을 수 없습니다. 그래서 오랜 시간 흙을 날라다가 땅을 다져서 소금기를 없앴습니다. 그렇게 바다를 막고 흙을 메워서 경작할 수 있는 땅을 만드는 데 무려 이십 년이라는 세월이 걸렸습니다. 그 와중에 많은 섬사람들이 죽거나 다쳤지만 감내했습니다. 지금 이렇게 고생하면 자식과 손자들이 풍요롭게 살 수 있고, 굶주리지 않을 거라는 믿음 때문이었죠. 하지만 우리가 그렇게 고생했을 때에는 모른 척하던 이들이 슬그머니 나타났습니다. 그러면서 섬 전체가 자기들 절수지니까 도조를 납부하라고 강요했습니다. 이미 민전에 등록되어서 나라에 전세와 삼수미를 바치고 있는 상황이었지만 그런 얘기는 듣지도 않았습니다. 그 바다를 메우기 위해 얼마나 많은 사람들이 목숨이 파도에 쓸려갔는데, 그때는 모른 척하다가 수확을 할 때가 되니까 그런 얘기를 한 겁니다."

얘기를 하던 윤민수는 결국 눈물을 참지 못했다. 소매로 눈가를 훔친 그는 얘기를 이어갔다.

"그래도 섬사람들은 송사를 해서 잘못된 것을 바로 잡을 수 있으리라 믿었습니다. 한양에 가면 송관이 법에 의지해서 공명정대하게 판결해주리라 기대한 것입니다. 하지만 이제는 깨달았습니다. 법이 우리 편이 아니라는 사실을 말이죠. 부당하다고 외치면 그게 맞는 얘기라는 대답이 돌아왔고, 틀렸다고 하면 너희들이 잘못 알고 있다는 응답을 받았습니다. 억울하다고 호소하면 간악하다는 손가락질을 당했습니다. 제가 한양에 올라와서 절망한 건 잘못된 것을 바로 잡는 데에 아무도 관심이 없고, 천릿길을 달려온 우리들의 얘기 역시 들어주지도 않는다는 것입니다. 제가 다시 빈손으로 섬으로 돌아가면 홍씨 집안 궁차들의 횡포는 극에 달할 것이고, 섬사람들은 개돼지만도 못한 취급을 받으면서 살아가야만 합니다. 안 된다고, 틀렸다는 말씀을 하시기 전에 부디 우리들의 이런 간절한 목소리에 귀를 기울여주셨으면 하는 마음뿐입니다."

얘기를 마친 윤민수는 결국 흐느껴 울었다. 그런 윤민수를 지켜보는 서리들과 군뢰들의 얼굴에 동정심이 비쳤다. 한성판윤 역시 안쓰러운 눈길로 바라보았다. 그걸 지켜보던 조외수가 나서서 얘기를 하려고 했지만 홍신찬이 가로막았다. 주찬학은 울고 있는 윤민수의 옆에 섰다.

그런 두 사람을 물끄러미 바라보던 한성판윤은 양쪽이 바친 결송다짐을 손에 든 채 일어났다.

"사흘 후에 결송입안을 내릴 것이다."

짧게 얘기한 한성판윤이 당상대청에 딸린 방으로 들어갔다. 고개를 숙인 서리가 한성판윤이 들어간 방의 미닫이문을 닫았다. 할 일을 모두 끝냈다는 사실에 긴장이 풀린 주찬학은 무릎에 힘이 빠져서 저도 모르게 후들거리고 말았다. 그러자 울음을 그친 윤민수가 부축해줬다. 서로에게 의지한 두 사람은 송정을 뒤로한 채 밖으로 나왔다. 한성부의 대문을 나오던 주찬학은 뒤따라나온 홍신찬과 조외수에게 누군가 다가가서 귓속말을 건네는 걸 보았다. 얘기를 들은 홍신찬이 깜짝 놀란 표정으로 주찬학과 윤민수를 바라보았다가 급하게 시선을 거둬들였다.

한성부를 나와 운종가를 가로질러 돈의문을 빠져나온 두 사람은 말없이 길을 걸었다. 애오개를 넘어가면서 윤민수가 처음으로 입을 열었다.

"그래도 한양에 오면 우리 사정을 듣고 도와줄 사람이 있을 거라고 믿었어요."

넋두리를 하는 것 같은 그의 말에 주찬학은 아무 대답도 하지 못했다. 그러자 윤민수가 다시 물었다.

"사흘 후에 어떤 결과가 나올까요?"

조심스러운 윤민수의 물음에 주찬학은 씁쓸하게 웃고 말았다.

"그거야 송관인 한성판윤의 마음이지. 패한다고 해도 사헌부에 다시 소지를 내고 송사를 계속할 수 있지만……"

잠시 말을 끊은 주찬학은 자신을 바라보고 있는 윤민수에게 안타까운 눈빛을 던졌다.

"한성부에서 별인 송사에서 진다면 사헌부로 가져간다고 한들 승소하기는 힘들 거야."

주찬학의 대답을 들은 윤민수는 입을 다물었다. 애오개를 넘어서 마포나루에 도착한 두 사람은 곧장 난월의 선술집으로 향했다. 다행스럽게도 애꾸 패거리들은 보이지 않았다. 선술집의 싸리문 앞에서 초조한 표정으로 서성거리던 언년이가 두 사람을 보고는 대문을 열어주었다. 윤민수가 대문을 열어준 언년이에게 물었다.

"두 분은?"

언년이는 대답 대신 이차돌과 임성찬이 누워 있는 방을 바라보았다. 불길한 기분이 든 윤민수는 방으로 달려가서 문을 열어젖혔다. 이불 위에 나란히 누워 있던 두 사람이 미동도 하지 않자 윤민수는 짚신을 벗어던지고 방 안으로 들어갔다. 두 사람의 손이 싸늘하게 식어버린 것을 느낀 윤민수는 울먹거렸다.

"제발, 눈 좀 떠요. 이럴 수는 없어요. 아직 송사가 끝나지 않았다고요."

문밖에서 이 모습을 지켜보던 주찬학은 차마 바라볼 수 없어서 고개를 돌렸다. 때마침 어딘가 나갔다 돌아온 난월이 그 모습을 보고는 한숨을 쉬었다.

"죽었어?"

"그런가봐. 어디 갔다 온 거야?"

주찬학의 물음에 난월은 방을 바라보면서 말했다.

"아까 둘 다 숨이 넘어가려고 해서 급히 의원을 부르러 갔었지. 그런데 어디로 갔는지 코빼기도 안 보여서 그냥 빈손으로 왔지 뭐야."

그녀의 얘기를 들은 주찬학은 가볍게 고개를 끄덕거리면서 방 안으로 들어갔다. 아침에 떠날 때에도 상태가 좋지 않았지만 이렇게 하루가 지나기도 전에 세상을 떠날 줄은 꿈에도 몰랐다. 두 사람의 머리맡에 앉은 윤민수가 서럽게 우는 가운데 주찬학은 우두커니 서서 말없이 내려다보았다.

다음 날, 애오개에 있는 서활인서에서 매골승(埋骨僧)* 두 사람이 찾아왔다. 그사이 주찬학은 장례식에 쓰는 관을 파는 귀후서(歸厚署)에 가서 소나무로 만든 관 두 개를 사가지고 돌아왔다. 매골승들이 임성찬과 이차돌의 시신에 염을 하고 명복을 빌어주는 동안 윤민수는 눈물을 그치지 못했다. 염을 한 두 사람의 시신은 주찬학이 귀후서에서 사온 관에 들어갔다. 그리고 주찬학과 윤민수가 지게에 짊어지고 애오개로 향했다. 양지바른 언덕에는 주찬학이 미리 일꾼들을 사서 파놓은 구덩이 두 개가 있었다. 지게로 옮긴 관을 구덩이 안에 조심스럽게 넣은 다음 삽으로 흙을 퍼서 메웠다. 주찬학이 윤민수에게 말했다.

"봉분을 만들지 않고 평토장으로 할 테니까 나중에 고향으로 모셔가게. 그리고 이쪽은 남서쪽으로 햇빛이 드네. 넋이나마 서해바다에 있

* 활인서 소속의 스님으로 가난한 백성들의 장례 절차를 도와주었다.

는 하의삼도를 볼 수 있게 해놨어."

묵묵히 삽으로 시신이 든 구덩이를 메운 윤민수는 따라온 매골승들이 두 사람의 명복을 빌어주는 동안 잠자코 지켜보았다. 그리고 난월이 가져온 술을 벌컥벌컥 마셨다. 후회와 애잔함, 그리고 두려움과 좌절이 뒤범벅이 된 가슴을 진정시키기 위해서였지만 마시면 마실수록 답답해졌다. 장례가 모두 끝나고 매골승들이 돌아가자 햇볕이 드는 평토장 근처에는 고요함이 찾아왔다. 윤민수를 바라보던 주찬학에게 난월이 은근슬쩍 말했다.

"위로가 될지 모르겠지만 마포나루의 무뢰배 두목들이 자기 말을 무시한 애꾸한테 몹시 화를 내고 있어. 잡아다가 자기들 방식으로 처리하겠다고 했으니까 조만간 끝장나고 말 거야."

"알려줘서 고마워."

서글픈 미소를 지은 주찬학은 힘없이 발걸음을 떼었다. 그렇게 죽은 자를 뒤로한 채 살아남은 자들은 그곳을 떠났다. 산기슭을 내려간 주찬학은 따라온 매골승들에게 인사를 하고는 윤민수에게 말했다.

"한양에 들렀다가 가겠네."

윤민수가 힘없이 고개를 끄덕거리자 주찬학은 잠시 머뭇거리다가 한양 쪽으로 발걸음을 돌렸다.

이틀 후, 주찬학과 윤민수는 한성부 앞에 도달했다. 다른 때와는 달리 구경꾼들은 별로 모이지 않아서 한산한 편이었다. 자주 본 탓에 두 사람의 얼굴을 익힌 문졸이 들어가라는 눈짓을 보냈다. 내삼문을 거쳐서 도착한 당상대청 앞에는 다른 때처럼 군뢰와 서리들이 하나도 보이지 않았다. 의아한 눈길로 주변을 바라보는 두 사람 앞에 딸기코 서리가 나타났다.

"따라오시구려."

짧게 얘기한 딸기코 서리가 두 사람을 데리고 간 곳은 당상대청 뒤편의 연못가였다. 주변을 돌로 쌓고 연꽃이 가득 핀 연못에는 정자가 하나 딸려 있었다. 정자 안에는 관복 차림의 한성판윤이 앉아 있는 게 보였다. 딸기코 서리가 두 사람을 그곳으로 데리고 갔다. 다모가 따라 준 차를 한 모금 마신 한성판윤이 두 사람을 보고는 맞은편 자리를 권했다. 영문을 몰라 하던 윤민수가 물었다.

"오늘 결송입안을 내려주신다고 해서 왔습니다만……"

"피고 측이 아직 도착하지 않았으니 잠시 기다리게."

주찬학이 서둘러 자리에 앉자 윤민수 역시 따라서 그 옆에 앉았다. 잠시 후, 홍신찬과 조외수가 도착했다. 그들 역시 얼떨떨한 얼굴로 정자 안으로 들어왔다. 한성판윤은 원척들이 모두 모였음에도 불구하고 아무 말 없이 차를 마셨다. 윤민수는 주찬학에게 초조한 눈빛을 던졌고, 홍신찬 역시 긴장감을 감추지 못했다. 차를 다 마신 한성판윤은 곁에 있던 다모가 찻잔과 주전자를 가지고 나가자 비로소 입을 열었다.

"오늘 결송입안을 내리기로 하였다. 본관은 이번 송사를 공명정대하게 처리하기 위해 원척들의 얘기에 빠짐없이 귀를 기울였느니라. 하지만 원척들의 주장이 심하게 다른 데다가 서증으로 삼은 문기들도 너무 복잡해서 쉽사리 결송을 못하겠노라. 따라서 이번 송사는 사헌부로 이

송할 것이니 그리 알도록 하라."

불리한 결송이 내려질 것이라 예상했던 윤민수는 얼떨떨한 표정을 지었다. 반면, 홍신찬과 조외수의 얼굴은 예상하지 못한 얘기를 들어서인지 얼굴이 몹시 어두웠다. 얘기를 마친 한성판윤은 헛기침을 하면서 자리에서 일어나서는 곧장 당상대청으로 향했다. 남아 있는 네 사람에게 딸기코 서리가 말했다.

"사헌부에서 별도로 연통을 할 것이외다. 그럼 잘들 가시오."

그러자 자리에서 일어난 조외수가 딸기코 서리에게 물었다.

"잠깐만. 왜 한성부에서 결송을 안 하는 것이오?"

"결송을 할지 이송을 할지는 송관이 판단하는 것이외다."

냉담하게 대꾸한 딸기코 서리가 뒤도 돌아보지 않고 사라졌다.

한성부 밖으로 나온 주찬학에게 뒤따라가던 윤민수가 물었다.

"돌아가는 분위기로 봐서는 우리가 지는 송사였는데요."

윤민수의 물음에 주찬학은 의미심장한 미소를 지었다.

"자네 말에 설득된 것도 있고, 일방적으로 저쪽 손을 들어주기에는 부담을 느꼈을 것이야. 자기 손에 피를 묻히지 않기 위해서 사헌부로 이송한다는 결정을 내렸겠지."

"그럼 새로 송사가 시작되는 겁니까?"

윤민수의 물음에 주찬학이 대답 대신 고개를 끄덕거렸다. 그러자 잠시 생각에 잠겨 있던 그가 다시 물었다.

"사헌부에서 하는 송사는 우리에게 유리할까요? 불리할까요?"

"사헌부 관리들은 한성판윤처럼 송사를 대충하지는 않을 거야. 하지만 알다시피 홍유한이 바로 사헌부와 더불어 언론 삼사라고 일컬어지는 홍문관 으뜸인 대제학이라는 점이 마음에 걸리는군."

"그래도 여기까지 온 것만 해도 대단한 거 같아요."

"다시 처음부터 시작한다고 생각하고 준비해야 하네. 사헌부 관리들은 한성판윤처럼 대충 송사에 뛰어들지는 않을 거야. 일단 가서 연락을 기다려보지."

주찬학의 얘기에 윤민수가 조심스럽게 말했다.

"가다가 두 분 무덤에도 들르지요. 오늘 송사 결과를 들려주고 싶습니다."

"그러자꾸나."

대답을 들은 윤민수가 앞장서 걸어갔다. 그 모습을 본 주찬학은 가볍게 한숨을 내쉬었다.

홍유한의 사랑방에 불려온 홍신찬은 자리에 앉았다. 그러자 맞은편에 앉은 홍선귀가 코웃음을 치며 노골적으로 비아냥거렸다.

"그렇게 큰 소리를 치더니 꼴좋구나."

그러자 옆에 앉은 홍찬귀 역시 거들었다.

"그러게 말입니다. 형님."

두 이복형들의 조소야 한 귀로 흘려버리면 그만이었지만 문제는 아버지 홍유한이 두 형의 비난을 듣고도 계속 침묵을 지킨다는 것이었다. 말없이 소나무 분재를 다듬는 아버지를 곁눈질로 지켜본 홍신찬은 두 이복형의 비난을 묵묵히 들었다. 아버지가 헛기침을 하면서 시선을 멀리 두자, 눈치 빠른 조외수가 구석에 놓인 담배걸이에 걸린 백동 장죽을 꺼내 대통에 담배를 채운 다음 불을 붙여서 건네주었다. 물부리에 입을 대고 담배를 몇 모금 피운 홍유한이 나지막이 말했다.

"오늘 퇴궐을 하다가 한성판윤을 만났다. 오늘 있었던 일을 얘기하면서 내게 미안하다는 말을 했느니라."

그러자 홍선귀가 코웃음을 쳤다.

"말로만 미안하다고 하고 어찌 그런 결정을 내렸답니까?"

홍선귀의 말이 끝나기가 무섭게 홍유한이 손바닥으로 서안을 내리치면서 호통을 쳤다.

"이놈. 함부로 사람에 대해서 말하지 말라고 주의를 줬건만, 그새 잊었느냐?"

"하지만 아버님, 그자는 평소엔 우리의 도움을 받아놓고 결정적인 순간에 외면을 했습니다. 배은망덕도 유분수지 배운 자의 행태가 어찌 그렇답니까?"

홍선귀의 투덜거림에 홍유한이 혀를 찼다.

"사람이 어떤 행동을 하면 왜 그랬는지를 파악하는 게 우선이다. 덮어놓고 원수니 행태가 어쩌니 하면 미움만 커질 뿐 절대 이길 수가 없느니라."

홍선귀가 짜증난 얼굴로 입을 다물자 옆에 있던 홍찬귀가 물었다.

"그래서 그자가 아버님을 돕지 못한 이유가 무엇이랍니까?"

"이틀 전, 회현동에 있는 한성판윤의 첩의 집에 익명서가 한 장 날아들었다 한다."

그 말을 들은 홍신찬이 고개를 번쩍 들었다.

"익명서라니요?"

"읽어보고는 놀라서 바로 태워버렸다고 하는데 대략 이번 송사가 불공평하게 진행되고 있으니 만약 어긋나게 결송을 내리면 바로 사헌부에 재차 정소를 하겠다는 내용이었다는구나."

홍유한의 얘기가 끝나자 입을 다물고 있던 홍선귀가 이죽거렸다.

"섬에서 온 놈들 짓이군요. 고작 그런 익명서가 무서워 발을 빼다니 한성판윤도 간사한 자가 아닙니까?"

"그냥 익명서였다면 모르지만 우리 집안이 무뢰배들을 사주해서 이번 송사를 제기한 원고들을 해코지했다는 내용이 담겨 있었다 한다. 워낙 얼토당토않은 얘기지만 만에 하나 우리 집안에 승소 판결을 내린다면 일이 복잡하게 돌아갈 것 같아서 이송 결정을 내렸다는 것이다."

순간 홍선귀와 홍찬귀의 얼굴이 굳어졌다. 얘기를 마친 홍유한이 잠시 홍신찬을 바라보았다. 아버지의 눈빛에는 어찌된 영문이냐는 물음이 담겨 있었다. 홍신찬이 입을 열었다.

"섬에서 온 자들이 어찌 한성판윤의 첩이 사는 곳을 알고, 언제 한성판윤이 그곳에 간다는 걸 안단 말입니까? 함께 돌아다니는 주찬학이라는 외지부의 짓이 분명합니다."

"주찬학이라……"

홍유한이 눈을 지그시 감았다 뜨더니 결심한 듯 말했다.

"내일 입궐하는 대로 주상께 사직상소를 올릴 것이다."

"말도 안 됩니다. 아버님!"

홍선귀가 눈을 부릅뜬 채 부르짖었다.

"그런 하찮은 놈들 때문에 대제학의 자리에서 물러나시다니요."

"사헌부는 내가 있는 홍문관과 더불어 언론 삼사 중 하나다. 우리 집안 송사를 사헌부에서 다루는데 내가 대제학의 자리에 있으면 이런저런 말들이 나올 것이다. 그리 알고 물러들 가라."

아랫입술을 질끈 깨문 홍신찬이 땅바닥에 머리를 조아리며 말했다.

"모두 소자가 어리석은 탓입니다. 용서해주시옵소서."

그러자 기다렸다는 듯 홍찬귀가 외쳤다.

"저놈이 송사를 지나치게 질질 끄는 바람에 일이 이렇게 된 것입니다."

홍찬귀의 비난을 말없이 지켜보던 홍유한이 머리를 조아린 홍신찬에게 말했다.

"사헌부에서의 송사도 네가 맡도록 하여라."

홍신찬이 천천히 고개를 들었다.

"기필코 승소해서 아버님의 기대에 부응하겠습니다."

홍신찬의 얘기를 들은 홍유한은 장죽을 입에 문 채 고개를 끄덕거렸다.

"내 너를 믿으마. 그러니 이번에는 어떤 일이 있어도 승소해야만 한다."

"명심하겠습니다."

다시 고개를 조아린 홍신찬의 말을 들은 홍유한이 입을 열었다.

"다들 물러가거라."

숨 막히는 분위기가 흐르는 가운데 백동 장죽을 입에 문 홍유한은 몸을 돌려서 소나무 분재를 다듬기 시작했다.

서둘러 인사를 하고 사랑방을 빠져나온 홍선귀에게 동생 홍찬귀가 슬쩍 말을 건넸다.

"이제 어찌합니까?"

"괜찮아. 너랑 나만 입을 다물면 된다."

"이러다 아버님이 아시기라도 하는 날에는 우리 둘 다 뼈도 못 추립니다."

동생의 말에 홍선귀가 인상을 썼다.

"그러니까 더더욱 입을 다물어야지. 애꾸 녀석이 일만 제대로 처리했으면 이런 일이 없었을 텐데 말이야."

"그나저나 그놈한테 연락이 왔는데 어찌합니까?"

홍찬귀의 얘기를 들은 홍선귀가 굳은 얼굴로 말했다.

"어찌하긴, 모른 척해야지."

홍신찬은 두 형이 서둘러 나가는 모습을 지켜보았다. 그러고는 밖에서 기다리고 있던 조외수에게 물었다.

"짐작 가는 일이 있는가?"

"일전에 마포의 애꾸라는 무뢰배 두목이 두 형님의 지시를 받아서 움직인 적이 있습니다."

"이번 일도 그자들 소행이겠지?"

그의 물음에 조외수가 뒤도 돌아보지 않고 멀어져가는 홍신찬의 두 이복형들의 뒷모습을 보면서 대답했다.

"그거야 불 보듯 뻔한 일 아니겠습니까. 도련님이 공을 세우는 걸 싫어한 두 형님들이 사주했을 겁니다."

"그래, 그랬을 테지……"

홍신찬이 혀를 차면서 얘기하자 조외수가 눈살을 찌푸리면서 말했다.

"왜 잠자코 있으셨습니까?"

"짐작만 가지고 두 형님을 몰아세울 수 있겠나."

"그 일만 아니었다면 이길 수 있었는데 말입니다."

조외수가 아쉽다는 표정으로 얘기하자 홍신찬이 입을 떼었다.

"흠. 그 역시 내가 감당해야 할 문제지. 그 외지부가 그런 식으로 일을 할 거라고는 생각을 못했는데."

"원래 그런 자입니다. 이기기 위해서는 수단 방법을 가리지 않는 놈이죠."

홍신찬이 눈빛을 반짝거리면서 말했다.

"원래 그런 자다? 일이 이렇게까지 되었으니 내 그자의 얘기를 꼭 들어봐야겠네. 들려줄 수 있겠나?"

조외수가 알겠다는 듯 고개를 끄덕였다.

"제 처소로 가시지요. 드릴 말씀이 많습니다."

앞장서려는 조외수에게 홍신찬이 말했다.

"아니, 먼저 갈 데가 있네."

벽장동의 기방은 손님들의 웃음소리로 떠들썩했다. 기와를 넣어서 모양을 낸 담장 아래에는 흑립에 창의를 차려입고 사방등을 든 선비와 곱게 화장을 한 기녀가 바짝 서서 얘기를 나누는 중이었다. 등불을 환하게 켠 기방의 대문 앞에 선 홍신찬이 조외수를 바라봤다. 그러자 조외수가 반쯤 열린 기방의 대문을 가리키면서 말했다.

"이곳에 있답니다."

조외수가 안으로 들어서자 곰방대를 입에 물고 뜰을 서성거리던 무뢰배 한 명이 앞을 가로막았다.

"뉘슈?"

홍신찬은 자신을 위아래로 훑어보던 무뢰배에게 대답했다.

"애꾸를 만나러 왔다."

무뢰배가 여전히 앞을 비켜서지 않자 조외수가 나섰다.

"대제학 대감의 작은도련님이시다. 어서 안에 알리거라."

그러자 무뢰배는 옆에 서 있던 다른 무뢰배에게 귓속말을 건넸다. 고개를 끄덕거린 무뢰배가 부리나케 방으로 달려가서 문을 열어젖혔다. 잠시 후, 문을 박차고 나온 애꾸가 마루 위에 서서 그를 바라봤다.

"나를 만나러 온 게 당신이요?"

"홍신찬이라고 하네."

그러자 애꾸가 하나밖에 없는 눈으로 그를 노려봤다.

"홍씨 집안일을 도와주다가 이 모양이 되었는데 무슨 낯으로 찾아온 것이냐?"

분위기는 험악했지만 홍신찬은 담담하게 말했다.

"그건 자네가 일을 똑바로 하지 못했기 때문에 벌어진 것일세."

"그렇다고 약속한 돈도 주지 않고 나 몰라라 내팽개치는 건 양반의 도리인가? 덕분에 십 년 넘게 자리 잡았던 마포에는 발도 들여놓지 못하게 되었다고."

"날 도와주면 마포에 다시 돌아가게 해주지."

홍신찬의 얘기를 들은 애꾸가 코웃음을 쳤다.

"일을 맡긴 형들은 모른 척을 하고 있는데 동생 말을 믿으라고?"

"그럼 다른 뾰족한 수가 있나? 본거지인 마포에는 발을 들여놓지 못하고 한양은 원래 있던 무뢰배들 때문에 자리를 잡지 못하고 있는 걸로 알고 있는데 말이야."

"뭐라고?"

애꾸가 눈을 부라렸지만 홍신찬은 담담하게 얘기를 이어갔다.

"가지고 있는 돈이 거의 다 떨어져서 부하들도 많이 흩어졌다고 하더군. 부하들까지 없어지면 그야말로 오갈 데 없는 거지꼴이 될 것이야. 날 믿고 안 믿고는 관심 없네. 어차피 나도 자네를 믿지는 않으니까 말이야. 중요한 건 그 일을 해야 하느냐 마느냐일세. 해야 한다면 위험 따위는 무릅쓰게. 그야말로 무뢰한 자들이 무슨 겁을 먹고 그러나?"

홍신찬의 말을 들은 애꾸가 표독스러운 눈빛을 거둬들였다.

"날 마포로 다시 돌려보내줄 수 있다고?"

"지난번처럼 바보스러운 짓만 하지 않으면 말이야."

그러자 애꾸가 기세를 누그러뜨리며 대답했다.

"그럼, 어떤 일을 해주면 되는지 들어보도록 하지요. 안으로 드십시오."

시간은 더디게 흘러갔다. 한성판윤이 사헌부로 이송하겠다는 결정을 내리고 다음 날, 사헌부의 노비가 선술집을 찾아왔다. 사흘 후에 사헌부로 오라는 내용의 간찰을 전하러 온 것이다. 간찰을 받고 방에 틀어박힌 주찬학은 가지고 있는 문기들을 들여다보거나 윤민수에게 섬사정을 전해 들으면서 송사를 준비했다. 윤민수는 시간이 날 때마다 애오개에 묻혀 있는 두 사람의 무덤을 찾아갔다가 언년이네 주막집에 들르곤 했다. 그녀는 더 이상 손님을 받지 않고 윤민수를 기다렸다. 툇마루에 앉아서 함께 석양을 바라보던 언년이가 물었다.

"내일 사헌부로 간다면서 준비는 잘되는 거야?"

"잘 모르겠어. 방 안에 혼자 틀어박혀서 꼼짝도 안 하고 문기만 들여다봐. 예전에는 어떤 식으로 할 거라고 언질은 했는데 이젠 아예 입도 뻥긋 안 해줘."

불만을 감추지 않은 윤민수의 투덜거림에 언년이가 다소곳하게 말했다.

"뭔가 생각이 있겠지. 참고 지켜봐."

윤민수가 격앙된 목소리로 대답했다.

"뭔가 감추고 있는 거 같아. 일이 다 끝나고 알려준다고는 했는데 잘 모르겠어."

언년이는 그런 윤민수의 어깨에 살포시 머리를 기댔다. 그러자 윤민수가 누그러진 목소리로 대답했다.

"내일은 한양에 가서 아버지 행방에 대해서 더 알아봐야겠어."

"위험하지 않겠어?"

"그렇다고 손을 놓고 있을 수는 없잖아. 걱정해줘서 고마워."

윤민수는 걱정해주는 그녀에게 다정한 눈길을 보냈다. 그러다 살포시 웃고 있는 그녀의 입술에 자신의 입술을 포갰다. 살짝 입술을 벌린 그녀의 떨림을 느낀 윤민수는 입술을 떼면서 어색하게 웃었다.

"송사가 끝나면 같이 고향으로 내려갈래? 여기만큼은 아니지만 살 만한 곳이야."

"정말 내가 따라가도 돼?"

애절함이 묻어난 그녀의 물음에 윤민수가 반문했다.

"안 될 이유가 어디 있어?"

"고마워."

눈물을 글썽거린 그녀의 말에 윤민수는 다정하게 어깨를 감쌌다. 그러다가 어두컴컴해진 하늘을 보고는 피식 웃었다.

"또 해가 떨어졌네. 돌아갈게."

"그래. 잘 가."

윤민수는 싸리문 바깥까지 배웅하는 언년이를 뒤로하고 선술집으로 돌아갔다. 해가 떨어지면서 주변이 어두워졌지만 자주 오가던 곳이라 어렵지 않게 길을 걸을 수 있었다. 콧노래를 흥얼거리면서 걷던 윤민수는 풀벌레 우는 소리 사이로 나뭇가지가 부러지는 소리를 들었다. 걸음을 멈춘 윤민수는 조용히 귀를 기울였다. 그러자 어둠 속에서 바스락거리는 소리와 나지막한 숨소리들이 들려왔다. 아차 싶어진 윤민수는 발걸음을 빨리했다. 그러자 주변의 어둠 속에서 들려오는 소리들도 따라왔다. 그러다 검은 그림자가 불쑥 튀어나와 앞을 가로막았다. 놀란 윤민수는 숲속으로 뛰어 들어갔지만 기다렸다는 듯 뻗어온 손길에 붙잡히고 말았다. 빠져나오기 위해 발버둥을 치던 그의 머리에 보자기가 씌워지고 두 손은 등 뒤로 결박을 당하고 말았다. 그리고 음산한 목소리가 들려왔다.

"얌전히 따라와. 안 그러면 다리 하나를 부러뜨리고 끌고 가마."

애꾸의 목소리가 확실하다고 느낀 윤민수는 그대로 다리에 힘이 풀리고 말았다. 한참을 끌려가던 윤민수는 보자기가 씌워진 채 땅바닥에 내동댕이쳐졌다. 그리고 우악스러운 손길이 그를 무릎 꿇게 만든 다음 머리에 씌워졌던 보자기를 벗겨갔다. 최후를 직감한 그의 눈에 횃불을 들고 주위를 둘러싼 무뢰배들이 보였다. 그리고 그들 사이에서 자신을 등지고 서 있는 선비가 한 명 보였다. 흑립에 중치막 차림의 그는 발아래 흐르는 어두운 경강을 물끄러미 내려다보는 중이었다. 횃불 사이로 이차돌과 임성찬을 죽인 애꾸의 얼굴이 보였다. 애꾸가 등을 지고 서 있는 선비에게 다가가 속삭였다.

"시킨 대로 데려왔소이다."

그러자 등지고 있던 선비가 천천히 몸을 돌렸다. 횃불 아래 드러난 그의 얼굴을 본 윤민수는 얼굴을 알아보았다.

"네놈은?"

"송정에서만 볼 줄 알았는데 이런 곳에서 봐서 참으로 아쉽네."

"결국은 이런 식으로 일을 해결하는군."

그러자 뒷짐을 진 홍신찬이 고개를 저었다.

"이런 방식을 쓰고 싶지는 않았네. 하지만 너희 쪽에서 먼저 쓰는 바람에 나도 어쩔 수가 없었지."

홍신찬의 얘기를 들은 그가 바닥에 침을 뱉으며 이죽거렸다.

"그런 더러운 소리 하지 마라. 네놈들 손에 두 사람이나 목숨을 잃었다. 그런데 어쩔 수 없었다고?"

그러자 뒤에 서 있던 애꾸가 발로 걷어찼다. 무릎을 꿇고 있던 상태에서 앞으로 넘어진 윤민수의 목을 밟은 애꾸가 말했다.

"난 말이 많은 놈들은 딱 질색이야. 그때 네놈도 함께 사당에 처넣어서 함께 불태웠어야 했는데."

"사람을 죽이고도 멀쩡하게 살 수 있을 것 같더냐? 천벌을 받을 거다."

"천벌? 그딴 건 없어. 힘센 놈이 약한 놈을 부려먹는 건 세상의 이치라 이 말이야. 그리고 붙잡힌 두 놈이 너를 애타게 찾았을 때 계집애처럼 숨어 있지 않았느냐? 너도 결국은 두 사람의 죽음에 책임이 있단 말이다."

애꾸의 말에 윤민수는 발버둥을 쳤다. 하지만 두 손이 뒤로 묶여 있는 상태라 아무것도 할 수 없었다. 두 사람의 얘기를 듣던 홍신찬이 다가와서 나지막하게 말했다.

"그만하고 일으켜 세우게. 결박도 풀어주고."

그러자 애꾸가 바닥에 쓰러진 윤민수를 일으켜 세워주고는 칼로 결박을 끊어주었다. 손목의 통증 때문에 저도 모르게 얼굴을 찡그린 그에게 홍신찬이 다가왔다.

"어두울 때 보는 경강도 제법 볼 만하군. 이쪽에서 잠깐 얘기를 나눌까 하는데 말이야."

발밑에 경강이 흐르는 바위로 다가간 홍신찬의 곁에는 송정에서 함께 모습을 드러냈던 사내가 횃불을 들고 서 있었다. 잠시 고민하던 윤민수는 홍신찬이 있는 곳으로 다가갔다. 그가 다가오는 기척을 느낀 홍신찬이 몸을 반쯤 돌렸다.

"자네들이 아무리 기를 쓴들 우리를 이길 순 없네."

그 얘기를 들은 윤민수는 코웃음을 치면서 대답했다.

"길고 짧은 건 대봐야지 알지요. 소인은 한성부에서 송사가 끝날 줄 알았답니다."

"자네 외지부가 술수를 부린 탓이지. 하지만 사헌부에서는 그런 수가 통하지 않네."

"그렇게 자신이 있으시면 송사를 하시지 왜 이런 밤중에 도둑놈처럼 몰래 와서 소인에게 이런 말을 하십니까?"

윤민수가 쏘아붙이자 홍신찬이 가볍게 웃었다.

"세상일이라는 게 자네가 보는 것처럼 단순하지가 않아서 말일세. 자네에게 절박한 사연이 있는 것처럼 나에게도 절박한 사연이 있지. 하지만 우리 둘의 갈등을 꼭 송사로만 풀라는 법은 없다네."

"그럼 홍씨 집안에서 하의삼도의 땅을 포기라도 한답니까?"

"그런 일은 절대 없을 걸세. 대신 송사를 그만두고 돌아간다면, 그리고 앞으로 한양에 올라와서 송사를 하지 않겠다고 약조한다면……"

잠깐 뜸을 들인 홍신찬이 말했다.

"하의삼도에서 거둬들이는 도조의 삼분의 일을 감해주겠네. 아울러 마름들의 횡포도 단속하겠네. 어차피 자네들은 이길 수 없고, 우리는 이렇게 매번 쓸데없는 송사를 하느라 번거로움을 겪느니 서로 한 발씩 양보하면 좋지 않은가?"

"그 얘기를 하려고 저를 이렇게 붙잡아서 끌고 오신 겁니까?"

어이없는 표정을 묻는 윤민수에게 홍신찬이 대답했다.

"사실 이 문제가 커진 건 주찬학이라는 외지부 때문일세. 양쪽의 싸움을 부추기는 바람에 애꿎은 두 사람이 목숨을 잃지 않았는가? 만약에 한성판윤이 자네들에게 불리한 결송을 내린다면 가만있었겠나? 우리 역시 마찬가지일세. 조상 대대로 내려온 땅인데 고작 송사에서 졌다고 포기할 것 같은가? 무슨 수를 써서라도 뺏기지 않기 위해 발버둥을 칠 거라 이 말이야. 그러는 와중에 엉뚱한 사람들이 피해를 당하고 목숨을 잃을 걸세."

"가진 자들은 늘 남 탓을 하더군요. 너희들이 좀 더 얌전했다면, 반항하지 않고 참았더라면 이러저러한 것들을 해줬을 텐데 하면서 말입니다. 처음에는 저도 그 얘기를 믿었습니다. 하지만 아무리 시키는 대로 일하고 고분고분해도 돌아오는 건 욕설과 매질뿐이었죠. 섬사람들은 하루이틀도 아니고 백 년 동안 그걸 겪었습니다. 그동안 당신같이 얘기하는 사람들이 하나둘이 아니었습니다."

윤민수의 얘기를 들은 홍신찬이 자신 있게 말했다.

"나는 그들과 다를 걸세. 그러니 내 말을 믿게."

"혹시 하의삼도에 와보신 적 있으십니까?"

갑작스러운 질문에 홍신찬이 고개를 저었다.

"없네."

"하의삼도에는 당신네 집안에서 보낸 마름들 수십 명이 있습니다. 처음에 순진한 섬주민들은 한양에 머무는 홍씨 집안사람들이 이곳 사정을 잘 모르고 있으니까 나중에라도 알게 되면 바뀔 거라고 믿었습니다. 하지만 마름들에게 섬주민들을 가혹하게 수탈하라고 지시한 것은 다름 아닌 홍씨 집안이었지요. 멀리 떨어져 있어서 모른 게 아니라 알고 있으면서도 묵인했던 겁니다. 이제 더 이상 속지 않을 겁니다."

"그렇게 꽉 막혀 살지 말게."

홍신찬의 얘기를 들은 윤민수가 입가에 미소를 지었다.

"섬에서는 아이가 태어나면 걸음마를 떼기 전부터 땅 얘기를 합니다. 빼앗긴 땅을 반드시 되찾아야 한다고 말이죠. 자라면서 마름들의 횡포와 학대에 부모님이 당하는 걸 보고, 한발 더 나아가서 직접 겪게 되면 머리에는 땅을 되찾고 마름들을 쫓아내야 한다는 생각밖에는 남지 않습니다."

폭발하듯 얘기를 쏟아부은 윤민수에게 홍신찬이 발아래 흐르는 경강을 돌아보면서 말했다.

"셋이 올라왔다가 둘이 죽었으니 이제 자네마저 없어지면 송사가 끝나버리겠군."

홍신찬의 협박에 윤민수는 가볍게 웃었다.

"제가 죽는다고 섬사람들이 송사를 포기할 것 같습니까? 누군가 또 한양으로 올라와서 정소를 할 겁니다. 섬에서 지내는 마름들이 수십 명이라고 해도 하의삼도의 그 많은 포구를 모두 막지는 못할 겁니다. 나를 죽이면 송사가 끝나는 게 아니라 지긋지긋하게 시작되는 걸 보실 수 있을 것입니다."

윤민수의 얘기를 들은 홍신찬이 뒤쪽에서 횃불을 들고 있던 무뢰배들을 바라보았다. 칼을 든 애꾸의 눈빛이 날카로웠다. 양쪽을 번갈아 바라보던 홍신찬은 너털웃음을 지었다.

"협상은 결렬된 것으로 알겠네. 밤길 조심해서 돌아가게."

가볍게 고개를 숙인 윤민수가 말했다.

"그럼 사헌부에서 뵙겠습니다."

홍신찬이 서 있는 바위에서 훌쩍 뛰어내린 윤민수의 앞을 애꾸가 가로막았다. 그러자 횃불을 들고 서 있던 조외수가 외쳤다.

"그냥 보내라는 도련님의 말씀을 못 들었느냐?"

애꾸가 불만이 가득한 얼굴로 옆으로 물러섰다. 윤민수가 물러선 애꾸의 곁을 지나쳐가는데 바위 위에 서 있던 홍신찬이 말했다.

"참, 칠 년 전에 올라왔던 자네 아버지 말일세. 함자가 윤제민이라고 했던가?"

뜻밖의 상황에서 아버지 이름이 나오자 윤민수는 걸음을 멈췄다. 그런 그의 귓가에 홍신찬의 목소리가 송곳처럼 파고들었다.

"한양으로 올라와서 송사를 벌이다가 갑자기 실종되었다고 하던데 말이야. 여기 내 옆에 있는 사람이 그때 자네 아버지의 송사를 돕던 외지부였다네."

가쾌 홍춘의 안내로 찾아갔던 기별서리 대금에서 들은 얘기를 떠올린 윤민수는 횃불을 들고 서 있는 조외수를 노려보았다.

"대체 제 아버지는 어디 있는 겁니까?"

그러자 홍신찬을 힐끔 바라본 조외수가 대답했다.

"칠 년 전에 나는 자네 아버지, 그리고 주찬학은 홍씨 집안의 외지부로 송사에 나섰네. 한성부를 거쳐 형조까지 가서도 좀처럼 결송이 날 것 같지 않자 주찬학이 나를 찾아왔지. 결송입안이 나오기 전에 서로 양보를 하자면서 말이야."

충격을 받은 윤민수가 외쳤다.

"거짓말!"

"사실이네. 나와 자네 아버지는 처음에는 거절했지만 주찬학이 집요하게 설득을 했다네. 그리고 나에게도 홍씨 집안에서 뒤를 봐줄 거라고 말하더군. 지금은 자네들을 위해 목숨을 거는 것처럼 보이지만 칠 년 전에는 정반대였다 이 말이야."

조외수의 말에 윤민수는 입을 다물지 못했다. 횃불을 들고 바위에서 내려온 조외수가 그런 윤민수에게 다가갔다.

"주찬학이 어떻게 한양 최고의 외지부로 불렸는지 아는가? 수단 방법을 가리지 않았기 때문이지. 그러다가 갑자기 내 앞에 자네들을 돕는답시고 나타나서 깜짝 놀랐지. 사람은 변하게 마련이지만 그자는 변하지 않을 줄 알았거든."

"대체 무슨 말로 설득했기에 아버지가 송사를 포기했습니까? 그리고 그 이후에 아버지는 어디로 사라진 겁니까?"

바짝 다가간 윤민수의 물음에 조외수 대신 홍신찬이 대답했다.

"그건 당사자에게 직접 물어보게. 그자가 이번 송사에 집착하는 이유랑 어떤 연관이 있을지도 모르니까. 아울러 누굴 위한 송사인지 생각해보게. 그자의 송사인지 아니면 자네와 섬사람들을 위한 송사인지……"

얘기를 마친 홍신찬이 눈짓을 하자 애꾸를 비롯한 무뢰배들이 일제히 사라졌다. 횃불을 든 조외수와 홍신찬 역시 어둠 속으로 사라지자 기운이 빠진 윤민수는 그 자리에 털썩 주저앉고 말았다.

"왜 없애지 않았습니까?"

횃불을 들고 앞장선 조외수의 물음에 홍신찬은 가볍게 웃었다.

"저자 말을 못 들었느냐? 다른 놈이 올라와서 또 송사를 하면 번거로워지네."

"누가 안다고 뭐라고 하겠습니까?"

"그렇긴 하지만 난 완벽하게 이기고 싶네. 누구처럼 죽이고 두들겨 패면서 이기는 것 말고 완벽한 승리."

홍신찬의 얘기를 들은 조외수가 수긍했다.

"칠 년 전에 올라왔던 자들이 사라졌는데도 올라온 걸 보면 억누른다고 포기하진 않을 겁니다."

그러자 씁쓸한 미소를 지은 홍신찬이 말했다.

"사람은 조그만 희망이 있어도 발버둥을 치는 법이네."

조외수가 가만히 고개를 끄덕거렸다.

"그렇긴 하지요."

"둘이 자중지란을 일으키면 사헌부에서의 송사를 유리하게 가져갈 수 있어. 아니면 둘이 싸우다 한쪽이 포기해도 좋고."

"과연 작은도련님 뜻대로 움직이겠습니까?"

조외수가 걱정스러운 말투로 묻자 홍신찬이 자신 있게 말했다.

"사람 마음이라는 게 그런 법이지."

"정말로 도조를 낮춰주고 마름들의 횡포를 막아줄 생각이었습니까? 대감마님께서 과연 허락해주실까요?"

"나도 그 약속을 지킬 생각이 없네. 단지 시간을 벌기 위해서 그런 얘기를 한 것뿐이야."

홍신찬의 얘기를 들은 조외수가 반문했다.

"시간을 번다굽쇼?"

"그래. 한양에서의 송사를 그렇게 마무리 지은 다음에 나주로 내려가서 저들이 도조를 내지 않는다는 죄목으로 정소를 할 생각이야."

홍신찬의 얘기를 들은 조외수는 짧은 감탄사를 내뱉었다.

"역시, 복안이 있으셨군요."

"여기서는 보는 눈들도 너무 많아. 나주목사나 전광도 관찰사가 송관이 된다면 쉽게 송사를 이끌 수 있겠지."

"그럼 저자에게 주찬학 얘기를 한 것도 서로 못 믿게 해서 갈라서게 하려는 것입니까?"

조외수의 물음에 홍신찬은 가벼운 웃음을 지었다.

"이번 송사를 확실하게 이겨서 아버님께 내 실력을 보여주겠어."

아침 일찍 눈을 뜬 주찬학은 옆에 누워 있는 난월이 잠에서 깨지 않도록 조심스럽게 의관을 차려입었다. 흑립의 끈을 턱에 매고 대모갑 안경이 든 안경집을 허리에 찬 그는 문을 열고 밖으로 나왔다. 툇마루에는 먼저 나온 윤민수가 앉아 있었다. 밤새 한숨도 못 잤는지 퉁퉁 부은 눈을 하고 있는 그를 본 주찬학이 농담을 던졌다.

"언년이랑 밤새 재미라도 본 거야?"

그러자 숨을 깊이 들이마셨다가 내쉰 윤민수가 몸을 일으키면서 대답했다.

"명색이 원고인데, 이 소송에서 밀려나 있는 느낌이 듭니다."

뜻밖의 얘기에 주찬학은 윤민수를 바라보았다. 퉁퉁 부은 그의 눈을 바라본 주찬학이 가만히 고개를 끄덕거렸다.

"그래. 궁금할 만도 하겠군."

"처음에는 남들이 외면하는 송사를 맡아줘서 고맙다는 생각밖에는 없었습니다. 그런데 저보다 송사에 더 집착하시더군요."

"무슨 얘기인지 알겠네. 끝나고 나면 얘기해줄 것이니 조금만 참게나."

주찬학의 말을 들은 윤민수는 대답 대신 고개를 끄덕거렸다. 두 사람이 나란히 싸리문을 나서는데 언년이가 헐레벌떡 달려왔다. 그리고 수줍은 표정으로 들고 온 보따리를 건넸다. 윤민수는 쑥스러운 표정을 감추지 못하고 보따리를 넘겨받았다.

애오개 고개를 넘어서 한양으로 들어온 두 사람은 사헌부의 현판이 걸린 솟을삼문 앞에 섰다. 솟을삼문과 육조 앞길 사이에는 작은 구거(溝渠)*가 흐르고 있었는데 그 위에 판석을 깔아놓았다. 솟을삼문 앞을 지키고 있던 문졸에게 다가간 주찬학이 송사 때문에 왔다고 말했다.

* 폭이 좁은 인공하천.

그러자 문졸은 잠자코 옆으로 비켜섰다. 안으로 들어서자 한성부와 비슷한 광경이 펼쳐졌다. 담장을 따라 이어진 행랑과 바쁘게 오가는 서리들, 그리고 안쪽에 세워진 내삼문까지 흡사 한성부에 온 것만 같았다. 익숙하지 않은 풍경에 윤민수가 어리벙벙해하는 사이 주찬학이 지나가는 서리에게 당상대청이 어딘지 물었다. 내삼문 쪽을 가리킨 서리가 바쁘게 제 갈 길을 갔다. 내삼문 안으로 들어서자 버드나무가 주변에 핀 작은 연못 너머에 여섯 칸짜리 당상대청이 보였다. 윤민수는 한성부처럼 당상대청 앞에 서리와 군뢰들이 쭉 늘어서 있을 것이라고 생각했지만 서리 한 명만이 서 있을 뿐이었다. 두 사람을 발견한 서리가 다가왔다.

"오늘 송사 때문에 오셨소?"

그러자 주찬학이 재빨리 대답했다.

"그렇습니다."

주찬학의 대답을 들은 서리는 고개를 돌려서 당상대청을 가리키면서 말했다.

"안으로 들어가시구려."

서리가 가리킨 당상대청으로 향하던 주찬학은 뒤따르던 윤민수에게 속삭였다.

"아까도 얘기했지만 여기서 벌어지는 송사는 먼젓번과는 많이 달라. 그러니까 입 다물고 잘 지켜봐."

윤민수는 대답 대신 가볍게 고개를 끄덕거렸다. 댓돌 위에 짚신을 벗고 마루에 올라선 주찬학은 지게문의 문고리를 살짝 잡아당겼다. 털

컹거리면서 열린 문 너머에는 긴 탁자가 보였고, 푸른색 관복 차림의 관리가 탁자 너머의 의자에 앉아 있었다. 고개를 숙이고 탁자 위에 놓인 문기를 들여다보던 관리가 지게문이 열리는 소리에 고개를 들었다. 길쭉한 얼굴에 창백한 눈빛을 한 그는 주찬학을 향해 물었다.

"오늘 송사 때문에 온 자인가?"

"그렇습니다. 원고로 왔습니다."

주찬학의 대답을 들은 그가 대답했다.

"나는 이번 송사를 진행할 사헌부 지평 엄경하라고 하네. 오른쪽 자리에 앉게."

두 사람은 염경하가 가리킨 자리에 앉았다. 두 사람을 힐끔 쳐다본 염경하는 다시 탁자 위에 문기에 눈길을 주었다. 한동안 종이를 넘기는 소리만 들렸다. 잠시 후, 지게문이 다시 열리고 홍신찬과 조외수가 들어섰다. 염경하는 두 사람이 송사 때문에 왔다는 것을 확인한 후 주찬학과 윤민수의 맞은편인 왼쪽 자리에 앉으라는 손짓을 했다. 그렇게 자리에 모두 앉자 읽고 있던 문기를 덮은 엄경하가 헛기침과 함께 밖에 대고 소리쳤다.

"원척들이 모두 왔으니 다들 들라고 하여라."

그러자 당상대청 밖에서 예라는 목소리가 길게 이어졌다. 목소리가 사라지자 엄경하가 양쪽을 보면서 말했다.

"일단 송사를 새로 시작하는 것이니 시송다짐을 받도록 하겠다."

양쪽은 약속이나 한 듯 소매에서 시송다짐을 꺼내서 건넸다. 짤막하게 적혀 있는 시송다짐의 내용을 읽은 염경하가 탁자 구석에 밀어넣고는 의자에 등을 기댔다. 밖에서 헛기침 소리와 함께 문이 열리고 관리 둘이 모습을 드러냈다. 각각 엄경하의 좌우에 앉았다. 엄경하가 두 사람을 소개했다.

"이 두 사람은 사헌부 감찰들이니라. 송사는 우리 세 명의 대관(臺官)*이 맡는다. 그러니 원척들은 한 치의 거짓도 없이 솔직히 고하고, 성실하게 문기를 제출해야 할 것이다."

주찬학과 홍신찬은 거의 동시에 대답했다.

"그리하겠습니다."

양쪽의 대답을 들은 엄경하가 흡족한 표정으로 입을 열었다.

"한성부에서 넘겨받은 문기들을 읽어봤느니라. 양쪽의 주장이 모두 팽팽하게 대립하고 제출한 문기들이 모두 타당성이 있어 보인다. 그래서 송사를 하기에 앞서 원척들이 화해하기를 바란다. 얼마 후에 임금님께서 선농단으로 친경을 하러 가시는데 이런 쓸데없는 송사가 있는 것도 신하와 백성 된 도리가 아니지 않느냐."

엄경하의 얘기를 들은 주찬학은 별다른 반응을 보이지 않았다. 그러자 몸을 앞으로 기울인 홍신찬이 물었다.

"어떻게 말입니까?"

홍신찬의 물음에 엄경하는 기다렸다는 듯 입을 열었다.

"이번 송사가 발생한 원인은 결국 홍씨 집안에서 과도한 도조를 걷은 것과 마름들의 횡포가 자심한 것이 아니겠느냐. 따라서 홍씨 집안

* 사헌부의 관료들을 통칭해서 이르는 말.

에서 도조의 양을 줄이고 마름들의 횡포를 막는다는 약조를 하고, 하의삼도 주민들은 앞으로 한양으로 올라와서 쓸데없이 송사를 하지 않겠다고 서로 약조하는 것이다. 그 약조를 문기로 남기는 것이다."

엄경하의 말에 홍신찬은 잠시 고민하다가 입을 열었다.

"그 문제는 제가 이 자리에서 결정할 수 있는 게 아닙니다. 아버님과 상의 후에 말씀드리겠습니다."

"그리하게. 그러면 자네들 생각은 어떠한가?"

엄경하의 시선이 닿자 주찬학이 윤민수를 바라보았다. 고향에서 봤던 무수한 약속들과 그 약속 뒤에 벌어진 일들…… 게다가 홍씨 집안에서는 이번 송사에서도 무뢰배들을 시켜서 함께 온 임성찬과 이차돌을 죽게 만들었다. 지난 기억들을 떠올린 윤민수는 냉담하게 내뱉었다.

"지난 백 년간 그런 약조들이 무수히 있어왔습니다만 제대로 지켜진 적이 한 번도 없습니다. 이번에도 지켜진다는 보장이 없으니 송사를 이어가겠습니다."

윤민수의 얘기를 들은 엄경하가 한 손으로 수염을 쓰다듬으면서 불쾌한 표정을 지었다.

"사헌부가 책임지겠다고 말한 것을 못 들었느냐?"

"하의삼도는 한양에서 천리나 떨어진 곳에 있습니다. 문밖에만 나가도 호령이 사라지고 위엄이 흩어지는 세상입니다. 약조를 믿지 못하겠으니 송사를 계속하겠습니다."

주찬학의 말에 엄경하의 얼굴이 일그러졌다.

"감히 미천한 외지부 주제에 사헌부 장령의 말을 못 믿겠다는 것이냐?"

"사람이 너무 미천하면 약속을 못 믿게 마련이지요. 지켜지지도 않을 약속이나 화해는 절대로 받아들일 수 없습니다."

엄경하는 잠시 고민에 빠진 눈치였다. 그러다가 좌우에 배석한 다른 대관들과 눈짓을 주고받은 다음 입을 열었다.

"원고의 의견대로 송사를 계속 진행하기로 한다. 사헌부에서는 석명권(釋明權)*을 행사한다. 피고 측은 하의삼도 전체가 절수지라는 서증을 제시할 것이며, 새로 만든 백육십 결의 땅이 민전으로 삼게 된 것을 언제 알았는지, 그리고 일토양세를 왜 방관했는지에 대한 서증을 제출하도록 하라. 원고 측도 이십 결만이 면세전이라는 명확한 서증을 제시해야 한다. 서증이 될 만한 문기들을 가지고 사흘 후에 이곳으로 오너라."

엄경하가 말을 마치자 홍신찬은 일어나서 고개를 숙였다. 주찬학도 뒤따라 일어나 인사를 하고 밖으로 나왔다. 먼저 나온 주찬학과 윤민수가 신발을 신는 동안 홍신찬과 조외수는 대청 반대편에 서서 기다렸다. 짚신을 신고 내삼문을 빠져나가던 윤민수에게 주찬학에게 물었다.

"어떻게 될 것 같습니까?"

윤민수의 물음에 주찬학은 방금 나온 당상대청을 돌아보면서 대답했다.

"석명권을 행사한 걸 보면 대충 판결을 내릴 생각이 아닌 건 확실해."

머리가 복잡해진 채 밖으로 나온 그의 눈에 길 건너편에 있는 호조의 현판이 붙은 솟을대문이 보였다. 문득 약속한 날짜가 되었다는 생

* 송관이 원척들에게 송사와 관련된 질문을 하고 물증을 제시할 것을 요구하는 것을 말한다.

각에 윤민수는 주찬학에게 말했다.

"잠깐 어디 좀 들렀다가 돌아가겠습니다."

잠깐 고민하던 주찬학은 고개를 끄덕거리고는 황토고개 쪽으로 갔다. 윤민수는 주찬학의 뒷모습을 쳐다보다가 호조 앞으로 다가갔다. 그리고 지키고 있던 문졸에게 말했다.

"호조의 기별서리인 대금 나리를 만나러 왔습니다."

그러자 문졸은 들어가라는 턱짓을 했다. 호조 안으로 들어간 윤민수는 홍춘 노인과 함께 갔던 회랑 모서리에 있는 전각으로 향했다. 반쯤 열어놓은 여닫이문 안으로 의자에 앉아서 곰방대로 담배를 피우는 대금의 모습이 보였다. 가까이 다가간 그가 헛기침을 하자 대금이 고개를 돌렸다. 곰방대에서 입을 뗀 그가 말했다.

"자네 왔는가?"

"소식이 있는지 궁금해서 찾아왔습니다."

"일단 들어오게."

대금의 얘기를 듣고 전각 안으로 들어선 윤민수는 그가 권하는 자리에 앉았다. 그러자 담배를 한 모금 피운 대금이 입을 열었다.

"그동안 알아봤는데 일단 유배를 간 것 같지는 않네."

"그럼 대체 어디로 사라진 겁니까?"

윤민수가 영문을 모르겠다는 얼굴로 묻자 대금은 닫힌 문을 힐끔 보고는 입을 열었다.

"유배도 떠나지 않았고, 고향으로 내려가지도 않았다면 어떻게 되었는지는 짐작하기 어렵지 않지."

"홍씨 집안에서 손을 쓴 겁니까?"

윤민수가 떨리는 목소리로 묻자 대금이 손가락을 들어서 조용히 말하라는 손짓을 했다.

"확실한 건 자네 아버지 일행이 사라졌다는 거야. 내가 해줄 수 있는 얘기는 거기까지네."

대금의 얘기를 들은 윤민수는 눈을 감았다. 각오했던 일이지만 막상 눈앞에 닥치자 허탈함이 밀려오는 것을 막을 수 없었다. 윤민수는 가만히 고개를 끄덕거리면서 아버지와의 이별을 맞이했다.

"알겠습니다."

힘없이 일어난 그가 여닫이문을 열고 밖으로 나가려고 하자 주저하던 대금이 말했다.

"그런데 말이야. 이상한 얘기를 들었어."

5
외지부의 비밀

주찬학이 마포나루의 선술집에 혼자 들어서자 대청에 앉아서 백동 장죽으로 담배를 피우던 난월이 눈인사를 건넸다. 그가 옆에 와서 털썩 주저앉자 난월이 백동 장죽을 슬며시 건넸다. 물부리에 입을 대고 힘껏 빨아들이자 답답해진 가슴이 한결 가라앉았다. 주찬학의 표정을 훔쳐보던 난월이 말했다.

"우리 있잖아."

주저하는 듯한 그녀의 말에 주찬학이 고개를 돌렸다.

"뭐?"

"여길 뜰까? 물 좋은 양주도 좋고 파주 쪽도 괜찮고."

난월의 얘기를 들은 주찬학이 피식 웃으면서 백동 장죽을 건넸다.

"도망친다고 해결될 일이 아니야. 결국 귀신같이 찾아왔잖아."

돌려받은 백동 장죽의 물부리를 질끈 물어서 담배를 빨아들인 그녀가 중얼거렸다.

"하긴."

그녀를 바라보던 주찬학은 싸리문 쪽에서 들려오는 부스럭거리는 소리에 고개를 돌렸다. 그의 눈에 싸리문을 박차고 들어온 윤민수가 보였다. 눈빛이 심상치 않다고 느낀 주찬학이 무슨 일인지 물어보려는 찰나, 괴성을 지른 그가 달려와서 멱살을 움켜잡았다. 그러고는 주찬학을 마당에 내동댕이쳐댔다. 머리에 쓰고 있던 흑립은 산산조각이 나고 말았다. 놀란 난월이 무슨 짓이냐고 뜯어말렸지만 윤민수는 그녀를 뿌리치고 쓰러진 발로 그를 짓밟아댔다.

"내 아버지, 내 아버지를……"

주찬학은 묵묵히 발길질을 견뎠다. 결국 때리다 지친 윤민수는 옆에 주저앉아서 손으로 얼굴을 가린 채 울었다.

"내 아버지를 대체 어떻게 한 겁니까?"

그러자 몸을 일으킨 윤민수가 구석에 쓰러져 있던 난월에게 말했다.

"부엌에 가서 남은 술 좀 가져와."

난월이 부엌으로 들어가서 술을 찾는 사이 주찬학은 윤민수에게 허탈한 목소리로 말했다.

"결국 알게 되었군. 얘기를 들을 준비가 되면 방으로 들어오게."

비틀거리면서 일어난 주찬학은 난월이 부엌에서 가지고 나온 술병을 가지고 자기 방으로 들어갔다. 훌쩍거리던 윤민수는 힘겹게 몸을 일으켰다.

방으로 들어가서 아랫목에 자리 잡은 주찬학은 떨리는 손으로 술병의 술을 나무로 만든 사발에 따라서 벌컥벌컥 마셨다. 그리고 문을 열고 들어온 윤민수에게 술을 따라서 내밀었다. 주저하던 윤민수가 술을 받아서 마시는 걸 본 그는 갈라진 목소리로 입을 열었다.

"칠 년 전이었지. 난 그때 잘나가는 외지부였네. 그래서 홍씨 집안에서 나에게 송사를 맡긴 것이었고 말이야."

"아버지에게 결송을 하기 전에 화해를 하라고 종용한 게 당신이었죠?"

윤민수의 물음에 주찬학은 아랫입술을 지그시 깨물었다. 그러고는 차분하게 대답했다.

"맞아. 송사가 생각보다 쉽게 진행되지 않는 데다가 홍씨 집안에서 화해를 하는 쪽으로 마무리를 짓자고 했었지. 그래서 자네 아버지를 도와주던 외지부였던 조외수를 찾아갔었네. 그리고 그를 통해서 자네 아버지를 만났지."

"어떤 감언이설로 아버지를 설득하신 겁니까?"

"송사를 계속하면 고향에 있는 아내와 아들이 무사하지 못할 거라고 했지. 그랬더니 온갖 유혹에도 꿈쩍하지 않던 자네 아버지가 눈에 띄게 흔들렸어."

주찬학의 얘기를 들은 윤민수가 허탈한 목소리로 말했다.

"나는 당신이 착한 외지부인 줄로만 알았습니다."

"착한 외지부는 조외수였어. 그래서 남들이 꺼려했던 네 아버지의 송사를 맡았지."

윤민수가 울먹거리면서 물었다.

"그래서 아버지는 화해를 한 다음에 어찌되셨습니까?"

"홍유한이 그러더군. 이제 다시는 송사할 수 없는 곳으로 보냈다고 말이야."

"맙소사. 그럼 홍씨 집안에서 아버지와 동료를 죽인 겁니까?"

"아마 시신을 물속에 던져버렸든지 아니면 산속에 갖다놔서 짐승 밥이 되게 만들었겠지. 그리고 그 일로 해서 나도 신의가 없는 사람으로 낙인 찍히면서 외지부 노릇을 못하게 됐지. 홍씨 집안에서도 훼방을 놓았고 말이야. 그래서 그길로 난월과 함께 마포로 내려왔네. 그리고 칠 년 후에 자네가 찾아왔던 것이지."

얘기를 마친 주찬학은 술잔에 술을 가득 따르고는 단숨에 들이켰다. 얘기를 들은 윤민수는 고개를 숙여 바닥을 내려다본 채 아무 말이 없었다. 빈 술잔을 바닥에 내려놓은 주찬학이 떨리는 목소리로 말했다.

"자네 일행이 찾아왔을 때 드디어 홍씨 집안에 복수를 하고 외지부로 복귀할 수 있는 길이 열렸다고 생각했지."

"그래서 이번 송사에 우리들보다 더 집착하셨군요."

윤민수의 물음에 한참을 생각하던 주찬학이 느리게 고개를 끄덕거렸다.

"지금이라도 늦지 않았네."

"뭐가 말입니까?"

윤민수의 반문에 주찬학이 대답했다.

"홍씨 집안과의 화해 말이야. 자네가 받아들이고 싶다면 받아들이게."

그 애기를 들은 윤민수가 격앙된 목소리로 물었다.

"칠 년 전에 그렇게 화해를 했다가 어떤 일이 벌어졌는지 알고 있는데 받아들이라는 말씀입니까?"

"보는 눈들이 많으니까 그때처럼은 하지 못할 거야. 그러니까……"

"어떻게 하면 이 송사를 이길 수 있습니까?"

윤민수의 물음에 주찬학은 고개를 천천히 가로저었다.

"상대의 힘이 너무 강해."

"어떻게든 이기게 해주십시오. 그러면 나는 아버지의 원수를 갚는 것이고 당신은 외지부로 다시 일할 수 있지 않습니까?"

윤민수의 애기를 들은 주찬학이 빈 술잔에 술을 가득 채운 후 천천히 들어 올리면서 말했다.

"나를 믿어주게. 내 목숨을 걸고서라도 이기게 해주지."

솟을삼문부터 내삼문까지 횃불을 든 서리들이 나란히 서 있었고, 감찰을 비롯한 사헌부의 관리들은 품계별로 나눠서 당상대청의 섬돌에서부터 마루까지 나란히 서서 대사헌을 기다렸다. 잠시 후 솟을삼문 밖에서 잡인들을 향해 물렀거라를 외치는 우렁찬 벽제소리가 들려왔다. 대사헌이 타고 있는 외바퀴 가마인 초헌을 앞에서 인도하는 인배(引陪)*가 내는 소리였다. 대청 위에 서 있던 지평 엄경하를 비롯한 다른 관리들은 바짝 긴장한 채 내삼문 쪽을 바라보았다. 일사불란한 일

* 정삼품 이상의 관리가 행차할 때 앞에서 잡인들의 통행을 막는 관노.

처리를 자랑하는 사헌부에서도 야다시(夜茶時)*는 매우 엄격한 규율을 지켜야 하는 일이었다. 솟을삼문 안으로 대사헌이 탄 초헌이 들어왔는지 서리들이 일제히 고개를 숙이는 게 보였다.

잠시 후, 일렁거리는 불빛과 함께 내삼문 안으로 초헌이 들어왔다. 그러자 늘어서 있던 서리들은 물론 사헌부 관리들이 일제히 고개를 숙였다. 당상대청 앞까지 온 초헌이 멈춰서고 대사헌 오태규가 내려서서는 당상대청으로 들어섰다. 서리를 비롯한 관리들 모두 고개를 숙인 채 숨을 죽이고 안으로 들어가는 대사헌의 발을 내려다보았다. 대사헌 오태규가 당상대청에 딸린 회의실로 들어가자 집의를 필두로 한 명씩 들어갔다. 그동안 처리한 일들을 보고하는 한편, 비리가 적발된 관리를 어떻게 처벌할지에 대해서 논의하는 자리였다.

집의가 들어가고 장령이 들어가자 그다음은 지평인 엄경하 차례였다. 관복을 여민 그는 고개를 숙인 채 조심스럽게 문을 열고 자기 자리를 찾아가서 앉았다. 뒤를 이어 감찰들이 차례로 들어서면서 방 안의 의자는 금방 찼다. 잠시 후, 병풍 옆의 지게문이 열리고 다모들이 들어왔다. 그리고 대사헌을 비롯한 관료들의 앞에 찻잔을 놓고 차를 한 잔씩 따랐다. 다모들이 지게문 밖으로 나간 후, 대사헌 오태규의 좌우에 앉은 집의와 장령들이 낮은 목소리로 보고를 했다. 그동안 엄경하를 비롯한 관리들은 숨소리도 크게 내지 못한 채 앉아 있었다. 집의와 장령의 보고가 끝나고 다음에는 지평인 그의 차례였다. 의자에서 일어나

* 사헌부 관료들이 한밤중에 모여서 차를 마시면서 여는 회의.

대사헌 오태규를 향해 고개를 숙여 인사를 다시 한 엄경하는 앞에 가져다 놓은 두루마리를 펼쳤다.

"어제 하의삼도의 절수지 문제로 한성부에서 넘어온 송사가 시작되었습니다. 원척들을 불러서 화해를 종용했지만 원고 측에서 거부했고, 이에 석명권을 행사해서 미심쩍은 부분들을 논증하라고 일렀습니다."

볼이 움푹 들어가고 목덜미에는 검버섯이 피었지만 기력은 여전히 정정한 대사헌 오태규가 반문했다.

"원고 측에서 화해를 거절했다고?"

"네. 지시하신 대로 번잡한 소송을 중단하고 서로 화해하라고 하였습니다만 원고 쪽에서 완강히 거부하였습니다."

엄경하의 얘기를 들은 대사헌 오태규의 얼굴이 일그러졌다. 한손으로 수염을 쓰다듬은 그는 가만히 고개를 끄덕거렸다. 엄경하의 보고가 끝나자 기다리고 있던 감찰들이 차례로 보고를 올렸다. 인정(人定)* 무렵 시작된 야다시는 새벽까지 이어졌다. 드디어 감찰들의 보고가 모두 끝나고 대사헌 오태규가 지시를 내렸다. 사헌부에서 주목하고 있던 부패 관리에 대한 처결과 임금께 올릴 상소에 관한 얘기가 끝나고 오태규의 입에서 끝이라는 얘기가 나오자 방 안에는 안도감이 흘렀다. 대사헌 오태규의 양쪽에 앉아 있던 집의와 장령을 시작으로 차례대로 일어나 인사를 하고 밖으로 나갔다. 순서가 돌아온 엄경하가 일어나려고 하는데 오태규의 목소리가 들렸다.

* 밤 열 시경에 시작되는 야간 통행금지.

"지평은 잠시 남아 있게나."

오태규는 도로 자리에 앉았고, 감찰들이 한 명씩 인사를 하고 밖으로 나갔다. 마침내 회의실 안에는 오규태와 엄경하만 남게 되었다. 사헌부에서 일한 지 일 년 가까이 되었지만 대사헌과 단둘이 있는 것은 처음이었던 터라 적지 않게 긴장해야만 했다. 둘이 남고도 한참 동안 말이 없던 오태규는 불쑥 자리에서 일어났다. 그러고는 병풍 쪽을 바라보면서 주먹으로 허리를 툭툭 치면서 말했다.

"나이가 드니까 앉아 있기도 힘들군. 그래, 원고는 무슨 이유로 화해를 거절했는가?"

"아무리 약조를 한다고 해도 지켜지지 않는다면서 송사로 결정짓겠다고 하였습니다."

엄경하의 설명을 들은 오태규가 병풍을 향하던 시선을 그에게 돌렸다.

"주상전하의 친경이 얼마 남지 않았다는 얘기도 하였고?"

"그렇습니다."

대답을 들은 오태규는 타구를 당겨서 가래를 뱉으면서 중얼거렸다.

"고얀 것들. 한양까지 올라와서 소란을 피우는 것도 모자라 감히 사헌부의 명을 거역하다니."

"일단 양쪽의 얘기를 들어보고……"

"이보게."

그의 말을 자른 오태규가 의미심장한 미소를 지었다.

"어제 대제학이 사직 상소를 올렸네."

"피혐을 한 것입니까?"

"그럴 수밖에 없지. 사실 나는 대제학을 좋아하지 않네. 하지만 이번 송사는 그자에 대한 호불호와는 상관없이 처리해야만 하네."

오태규의 얘기를 들은 엄경하가 조심스럽게 물었다.

"어떻게 말입니까?"

"이번 송사의 쟁점은 하의삼도에 있는 홍씨 집안의 절수지가 이십 결인지 아니면 섬 전체가 대상인지 여부 아닌가?"

"맞습니다. 한성부에서 넘겨준 입안들을 보면 쉽사리 한쪽의 의견에 손을 들어주기가 어렵습니다."

엄경하의 대답을 들은 오태규가 도로 의자에 앉았다.

"만약 하의삼도의 주민들의 말대로 절수지가 이십 결뿐이라는 결송 입안을 내리면 어떤 일이 벌어질 것 같은가?"

"그게 무슨 말씀이신지 영문을 모르겠습니다."

"그때부터 그런 송사들이 들불처럼 일어날 걸세. 궁방전에 묶여 있는 자들이 한둘이 아니고, 절수지는 또 얼마인가?"

그때서야 오태규의 의도를 눈치 챈 엄경하가 말했다.

"하오나 송사의 옳고 그름은 원척들의 논증과 법전을 기준으로 해야 하지 않겠습니까?"

"송사는 질서를 지키기 위해서 하는 것이네. 이번 송사는 잘못된 결송을 내리면 그 질서가 파괴될 수 있다는 점을 명심하게. 아랫것은 아랫것의 본분을 지켜야 하고 사대부는 사대부의 예를 차리는 것이 곧 질서일세."

"무슨 말씀인지는 알겠사오나 모름지기 소송은……"

엄경하가 계속 뜻을 굽히지 않자 오태규는 눈살을 찌푸리면서 말했다.

"송사를 듣고 처리함은 나도 남들과 같으나 반드시 백성들로 하여금 송사가 없도록 하겠다(聽訟 吾猶人也 必也使無訟乎)라는 공자님의 말씀을 알고 있으리라 믿네. 청송(聽訟)은 곧 소송이 없는 무송(無訟)을 말하는 것이지."

"저도 그리 알고 있습니다."

엄경하가 고개를 숙인 채 대답하자 오태규가 말을 이어갔다.

"이번 송사에서 원고인 하의삼도 주민들의 손을 들어준다면 앞으로 비슷한 송사들이 줄을 이을 걸세. 그런 송사를 줄이기 위해서라도 이번 송사는 반드시 홍씨 집안이 이겨야만 한다네. 내 말 알아듣겠는가?"

하늘같은 대사헌의 말에 엄경하는 입을 다문 채 고개를 숙였다. 그러자 도로 자리에서 일어난 오태규가 밖으로 나가면서 말했다.

"다음번 송사 때 결송입안을 내게."

"하지만 아직 결송다짐도 받지 못했습니다."

"책임은 내가 질 것이니 시키는 대로 하게."

말도 안 된다는 애기가 목구멍까지 치솟았지만 차마 입 밖으로 낼 수는 없었다. 엄경하가 알겠다고 대답하자 오태규는 고생하라는 말을 남기고 회의실 밖으로 나갔다. 홀로 남은 엄경하는 의자에 등을 기댄 채 눈을 질끈 감았다.

이틀 후, 사헌부의 회의실에는 지난번처럼 주찬학과 윤민수, 홍신찬과 조외수가 같은 자리에 앉아서 서로를 바라보았다. 양쪽이 가져온 문기들을 읽어내려가던 엄경하는 먼저 주찬학에게 물었다.

"그러니까 하의삼도에 있는 홍씨 집안의 절수지가 이십 결뿐이라는 직접적인 서증은 없다는 것이로구나."

그러자 주찬학이 기다렸다는 듯 대답했다.

"사실 그 문제는 홍씨 집안에서 먼저 사실 관계를 밝혀야지만 풀리는 문제입니다. 애초에 절수지의 규모가 얼마인지, 그리고 세대가 지나면 수조권을 반납해야 하는 사패지인지 아닌지에 대해서 가장 잘 알기 때문입니다. 하지만 홍씨 집안에서는 왕패를 보여줄 수 없다는 이유로 자신들에게 유리한 문기만을 내보이고 있습니다. 이는 명백하게 송정을 어지럽히고, 송관을 능욕하는 일입니다. 그것을 밝히기 위해 먼 길을 불원천리 달려와서 소지를 제출하였음을 감안해주시옵소서."

주찬학의 말이 공격적이기는 했지만 심정적으로는 동조할 수밖에 없었기에 엄경하는 저도 모르게 고개를 끄덕거렸다. 그러자 홍신찬이 바로 맞받아쳤다.

"소인은 이미 한성부에서의 송사에서 기두어가 왕패로 적혀 있는 궁방사급입안을 서증으로 제출한 바 있습니다. 사패지 문제 역시 훗날인 숙종대왕 때 만들어진 수교이기 때문에 그 이전에 하사된 궁방전에 적용하는 것은 무리라는 점 역시 논증했습니다. 저들은 한결같이 얼마나 억울하고 분했으면 천릿길을 달려와서 정소를 했는지 헤아려달라고 말하고 있습니다만, 송정에서는 옳고 그름만을 따져야 할 뿐 원척들의 속사정을 감안할 필요는 없사옵니다. 저들이 반복해서 그 말을 하는 것은 자신들의 주장이 억지임을 속속들이 드러내는 일입니다."

양쪽의 주장이 팽팽하게 맞서면서 회의실 안은 긴장감으로 가득했다. 그는 물론 동석한 감찰들조차 숨을 죽인 채 얘기를 들었다. 탁자 앞에 놓인 찻잔이 식어가고 있었지만 아무도 손댈 엄두를 내지 못했다. 홍신찬의 얘기를 들은 주찬학이 곧장 반박했다.

"홍씨 집안에서도 섬 전체가 절수지라는 직접적인 서증은 제시하지 못하고 있습니다. 거기다 한성부에서의 송사 때 갯땅쇠 백육십 결이 민전으로 등록되어 있는 것을 알면서도 도조를 걷어간 것에 대해서도 섬사람들이 일부러 그렇게 했다는 주장만을 반복한 채 넘어가버렸습니다. 아울러 정명공주방에서 하의삼도의 땅을 궁방전으로 삼은 것이 백 년 전 일입니다. 그 후 궁방전이 확대되는 것을 막기 위해서 임금님의 수교가 여러 차례 내려졌음을 지적했지만 피고 측은 거기에 대해서 명확한 답변을 못하고 있습니다."

"그 문제는 우리 집안과 나주목사가 주고받은 간찰을 서증으로 제출했습니다. 하의삼도 주민들이 술수를 부려서 그런 것을 알고 있었지만 자칫 나라에 누를 끼칠까봐 지켜봤던 것일 뿐 몰랐거나 혹은 알면서도 도조를 걷은 것은 결코 아닙니다."

주찬학과 홍신찬의 말이 끝없이 오고 갈 기미를 보이자 엄경하가 그만하라는 손짓을 했다.

"양쪽의 주장이 팽팽하고 화해를 거부하였으니 본관이 문기들을 보고 결송을 하도록 하겠다. 사흘 후에 결송입안을 내릴 것이니 결송다짐을 가지고 오너라."

그 얘기를 들은 홍신찬과 조외수는 알겠다면서 고개를 끄덕거렸다.

주찬학도 마른침을 삼킨 채 알겠다고 대답했다. 양쪽의 얘기를 들은 엄경하는 무거운 목소리로 말했다.

"물러가도 좋네."

원척들이 모두 회의실 밖으로 나가자 홀로 남은 엄경하는 깍지 낀 두 손을 턱에 괸 채 고민에 빠졌다. 원고인 하의삼도 주민들의 주장에도 일리가 있었다. 특히 갯땅쇠의 일토양세 문제와 마름들의 횡포를 막는 문제는 어떻게든 돕고 싶었다. 하지만 대사헌의 추상 같은 지시가 내려진 것이 걸림돌이었다. 답답해진 그는 자기도 모르게 한숨을 내쉬었다.

이틀 후, 주찬학과 윤민수는 애오개에 있는 임성찬과 이차돌의 무덤에 들렀다. 그사이 벌써 모르는 사람들이 보면 그냥 지나쳐갈 정도로 풀이 자라나버렸다. 무릎을 꿇은 윤민수는 그 풀들을 아무 말 없이 한동안 쓰다듬었다. 그러다가 참았던 눈물을 쏟고 말았다.

"오늘 결정이 난데요. 부디 도와주세요. 우리 같이 돌아가요."

윤민수의 울먹거림을 지켜보던 주찬학은 애써 딴 곳을 바라보았다. 한참을 울던 윤민수는 무릎을 펴고 일어났다. 그러고는 그를 돌아보면서 입을 열었다.

"어서 가요."

한양에 도착한 두 사람은 사헌부로 들어섰다. 미리 와 있던 홍신찬과 조외수는 굳은 표정으로 안으로 들어서는 그들을 바라보았다. 손에 든 결송입안을 만지작거리던 엄경하는 한동안 침묵을 지켰다. 그러다가 마침내 입을 열었다.

"원척들의 진술을 상고하고, 법전과 수교를 확인한 결과 하의삼도 전체를 홍씨 집안의 절수지로 보는 것이 타당하다는 결론이 나왔다. 이에 원고의 정소를 기각한다."

얘기를 듣는 순간 윤민수는 아랫입술을 깨물었고, 주찬학은 두 눈을 감아버렸다. 그런 두 사람을 바라보던 엄경하는 안타까움을 감추지 못했다. 반면 결송입안을 건네받은 홍신찬은 두 손을 공손히 받아서 천천히 읽었다. 그러고는 감탄한 눈빛으로 말했다.

"간악한 원고들의 헛된 주장을 물리치고 공명정대하게 결송하셨으니 하늘이 탄복할 일입니다. 이것이 바로 청송이 아니고 무엇이겠습니까?"

"물론 송사에서는 저들이 억지 주장을 한 것이 분명하네. 하지만 저들이 천리를 마다 않고 달려와 송사를 한 절박함 역시 이해해야 할 걸세. 도조를 걷되 가혹하게 하지 말 것이며, 섬에 내려가 있는 마름들이 횡포를 부리지 않게 잘 단속하게. 안 그러면 또 올라와서 송사를 할 테니까 말이야."

그러자 홍신찬이 대답했다.

"아버님과 상의해서 처리하겠습니다."

"부디 그래주게."

엄경하의 간곡한 충고를 들은 홍신찬이 걱정하지 말라면서 대답하면서 방금 건네받은 결송입안을 소매에 넣었다. 그러는 사이 주찬학은 윤민수의 어깨를 토닥거리면서 당상대청 밖으로 데리고 나갔다. 밖으로 나온 윤민수는 허탈한 표정으로 중얼거렸다.

“어떻게 여기까지 왔는데.”

뒤따라나온 주찬학은 그런 윤민수의 뒷모습을 물끄러미 바라보았다. 한참 만에 몸을 일으킨 그에게 다가가서 어깨에 손을 올렸다. 그리고 주변을 조심스럽게 살펴본 다음에 입을 열었다.

“내가 무슨 수를 써서든 이기게 해준다고 했지?”

“방법이 있습니까?”

윤민수의 물음에 주찬학이 가볍게 고개를 끄덕거렸다.

“한 가지 남은 방도가 있지. 가면서 얘기하세.”

그의 얘기를 들은 윤민수가 고개를 끄덕거렸다.

엄경하와 얘기를 나누느라 뒤늦게 나온 밖으로 나온 홍신찬에게 조외수가 말했다.

“감축드리옵니다.”

“자네 도움이 컸네. 아버님께 고하고 며칠 후에 나주로 내려갈 것이야. 거기서 하의삼도 놈들을 정소해서 다시는 한양에 올라올 생각을 못하게 할 것이다.”

홍신찬의 말을 들은 조외수가 조심스럽게 물었다.

“굳이 그렇게까지 하실 필요가 있겠습니까?”

그러자 홍신찬이 이죽거렸다.

“왜? 서자 주제에 너무한다 이건가?”

“그런 뜻은 아닙니다만……”

두 사람의 얘기는 주찬학과 윤민수가 밖으로 나오면서 잠시 그쳤다.

홍신찬은 발걸음을 빨리하면서 조외수에게 말했다.

"아무튼 저자들을 잘 감시하게."

그 얘기를 들은 조외수가 뭔가 생각난 듯 한 표정으로 대답했다.

"참, 애꾸가 두 놈을 손보겠다고 얘기했습니다. 특히 주찬학에게 쌓인 게 많은 모양입니다."

내삼문 쪽으로 걸어가던 홍신찬은 고개를 저었다.

"아직 피를 볼 때가 아니야. 아버님께 고하고 며칠 후에 나주로 내려갈 것이다. 애꾸보고는 그 이후에 알아서 하라고 하게."

홍신찬의 지시를 받은 조외수가 짧게 대답했다.

"알겠습니다."

방 안은 주찬학이 피운 담배연기로 자욱했다. 그는 마주 보고 앉은 윤민수에게 말했다.

"기회는 많아야 한두 번뿐이네. 그러니까 정신 바짝 차려야 해."

윤민수는 대답 대신 고개를 끄덕거리고는 바닥에 놓인 종이를 들여다보았다. 종이에는 창덕궁부터 선농단까지 이어지는 길이 그려져 있었다. 윤민수는 손가락으로 길을 짚어가면서 중얼거렸다.

"창덕궁 대한문에서 나와서 육조앞길을 지나서 운종가에서 동쪽으로 가서 흥인문을 지나서 선농단까지 가는 길이군요."

"맞아."

"그런데 왜 육조 앞길이나 운종가가 아니라 동묘 쪽에서 격쟁을 하자는 겁니까?"

윤민수의 물음에 주찬학이 담배를 한 모금 피우고는 대답했다.

"육조 앞길은 그날 아침부터 잡인의 출입을 막을 것이기 때문에 들어갈 수가 없을 거야. 거기다 운종가도 좁고 구경꾼들이 몰려나오기 때문에 자칫하다가는 어가를 놓칠 수도 있어. 미리 길목에서 기다리고 있지 않으면 사람들 때문에 따라잡을 수가 없네."

주찬학의 설명을 들은 윤민수가 고개를 끄덕거렸다. 그러자 주찬학이 물었다.

"격쟁을 어떻게 해야 하는지 내가 말해줬지?"

"네. 징을 들고 어가 앞을 가로막은 다음에 힘껏 친다. 그다음에 무관이 칼을 뽑아서 호통을 쳐도 절대로 물러나지 말 것. 그리고 어가가 멈추면 그 자리에 엎드려서 억울한 사정을 큰 소리로 고할 것. 그리고 임금이 보낸 내관이나 관리가 오면 자초지종을 설명하되 알았다고 해도 임금님께 반드시 고하겠다고 버틸 것."

"그들이 사정을 듣고 전달해주겠다고 하면?"

"사람을 거치는 사이 없는 말이 만들어지고, 있는 말이 사라지니 반드시 임금님께 고해야겠다고 말합니다. 그리고 어가 앞으로 데리고 가면 그때 엎드려서 문기를 바치면서 사정을 고합니다."

윤민수의 얘기를 들은 주찬학이 흡족한 미소를 지었다.

"상황을 바꿀 수 있는 마지막 기회야. 그러니까 절대로 실수해선 안 되네."

"그러겠습니다. 격쟁을 할 때 함께 있어주실 거죠."

그의 물음에 주찬학이 대답했다.

"눈에 띄는 곳에 있겠네."

"그나저나 선술집 주변에 애꾸 부하들이 지키고 있습니다. 어떻게 빠져나가죠?"

"지켜보니까 새벽에는 지키는 자들이 없었어. 그때 빠져나가면 눈치 채지 못할 거야."

"그걸 염두에 두시고 하루 종일 방 안에 틀어박혀 있었던 겁니까?"

윤민수의 물음에 주찬학은 씩 웃는 걸로 대답을 대신했다.

다음 날 새벽, 아직 어둠이 채 가시기 전에 주찬학과 윤민수가 선술집을 나섰다. 보는 눈을 피하기 위해 지난번에 애꾸의 눈을 피하기 위해 썼던 방립을 눌러 쓰고 두루마기를 입은 차림새였다. 선술집 주변에 아무도 없는 것을 확인한 주찬학이 윤민수에게 나오라는 손짓을 했다. 길을 나선 두 사람은 어둠을 뚫고 나온 약한 빛을 길잡이 삼아 한양 쪽으로 발걸음을 옮겼다. 주찬학을 따라 말없이 걷던 윤민수는 길 가에 자리 잡은 언년이네 주막집을 보고는 저도 모르게 걸음을 멈췄다. 그러자 앞장서 걷던 주찬학이 발걸음을 멈추고 그에게 말했다.

"여기서 기다리고 있을 테니까 잠깐 다녀오게."

머뭇거리던 윤민수는 들어가보라는 주찬학의 눈빛에 고개를 끄덕거리고는 주막집의 싸리문 안으로 들어갔다. 때마침 부엌에서 나오던 언년이는 윤민수를 보더니 미소를 지었다. 툇마루에 걸터앉은 윤민수가 말했다.

"오늘 중요한 일을 하러 한양으로 가. 그것만 잘 풀리면 빼앗긴 땅을 되찾을 수 있어."

"꼭 되찾았으면 좋겠어."

언년이의 말에 윤민수는 마음속의 부담감이 눈 녹듯 사라지는 걸 느꼈다. 부담감을 내려놓은 그는 마음속의 얘기를 털어놨다.

"어릴 때부터 빼앗긴 땅을 되찾아야 한다는 얘기만 듣고 자랐어. 그 외의 삶이 무언지, 어떤 것인지 알 수조차 없도록 말이야. 잠시 후면 지금까지의 삶을 벗어버리고 새로운 삶을 살 기회가 주어져. 그런데 과연 그것을 기대하는 내 마음이 기쁨인지 두려움인지는 모르겠어. 네가 옆에 있어줬으면 두려움이 덜 했을지도 몰랐는데 말이야."

아쉬움이 가득한 말을 남긴 윤민수는 언년이의 어깨에 머리를 기댔다. 언년이가 손을 뻗어서 그의 뺨을 가볍게 쓸어주었다. 기운을 낸 그는 몸을 일으켜서 싸리문 밖에서 기다리고 있는 주찬학에게 다가갔다. 말없이 바라보던 주찬학은 그가 돌아오자 발걸음을 옮겼다.

애오개를 넘어갈 무렵 날이 밝아오면서 한양으로 가는 행인들의 모습이 보였다. 길을 가득 메운 행인들의 모습을 본 윤민수가 방립을 살짝 들추면서 주변을 살폈다.

"사람들이 꽤 많은데요?"

윤민수처럼 방립을 살짝 들어올린 주찬학이 대답했다.

"죄다 관광민인(觀光民人)*들일세. 친경은 임금님을 뵐 수 있는 흔치

* 임금의 행렬을 구경하는 구경꾼들.

않은 기회거든."

돈의문을 들어선 두 사람은 운종가라는 이름에 걸맞게 구름처럼 몰려온 구경꾼들을 헤치고 동쪽으로 향했다. 흥인문을 지나서 동묘 쪽으로 가자 길이 넓어지면서 구경꾼들은 더 많아졌다. 약간이라도 높은 길옆의 언덕은 이미 흑립을 벗어놓고 앉은 사대부들부터 쪽지게를 세워놓고 삼삼오오 모여 있는 보부상들이 차지해버렸다. 장옷을 뒤집어쓴 여인들도 자기들끼리 모여 있었고, 아예 천막을 쳐놓은 구경꾼들도 있었다. 구름처럼 몰려든 구경꾼들을 상대로 하는 떡장수와 엿장수가 돌아다녔고, 자리를 펴고 술을 파는 들병이들도 보였다. 깨끗하게 쓸고 황토를 뿌려서 정돈한 길 양옆으로는 훈련도감에서 나온 병사들이 구경꾼들이 접근하지 못하도록 지키고 있었다. 그 광경을 본 그가 주찬학에게 말했다.

"격쟁이라고 해서 그냥 길가에 서 있다가 뛰쳐나가면 될 줄 알았는데 그게 아니었네요."

"임금님이야 백성들의 얘기를 직접 들을 수 있는 일이지만 호위를 맡은 무관들에게는 경계가 뚫린 것이나 다름없는 일이니까 어떻게든 막아야 할 일이지. 그나마 동묘 앞길이 가장 넓고 경계가 허술하니 격쟁을 할 만한 곳이네."

"여기서 기다리고 있으면 되겠군요."

윤민수의 물음에 주찬학이 대답 대신 고개를 끄덕거렸다.

"뭐라고?"

허둥지둥 달려온 조외수에게 자초지종을 들은 홍신찬은 깜짝 놀라서 외쳤다.

"그게 사실이냐?"

"그렇습니다. 어서 대감마님께 알리고……"

"그럴 필요 없네."

조외수의 얘기를 딱 자른 홍신찬은 보료에서 일어나 횃대에 걸린 중치막을 걸쳤다.

"집 안에 있는 종놈들 중에 힘쓰는 놈들을 모으게. 그리고 마포에 사람을 보내서 애꾸 패거리들도 불러올리고."

"뭘 하시려고요?"

조외수의 물음에 갓끈을 매던 홍신찬이 단호하게 얘기했다.

"격쟁을 막아야지. 자칫하다가는 송사에서 이긴 게 물거품이 될 수 있는데 그냥 두고보란 말이냐?"

"하오나 그 넓은 길 어디에서 격쟁을 할지 모르는데 어찌 막는단 말씀이십니까?"

"임금의 거둥이라 금위군이며 훈련도감의 군사들이 쫙 깔려 있으니 쉽게 격쟁을 하지는 못할 게야. 한양 밖으로 멀리 나간다면 모르겠지만 친경을 하는 선농단은 흥인문 밖에 지척에 있지 않은가?"

"그렇긴 합니다."

조외수의 대답을 들은 홍신찬이 갓끈을 조르면서 말했다.

"우리 집안의 종놈들과 애꾸 패거리들로 하여금 어가를 따라 움직이게 하면 그놈들이 격쟁을 하는 것을 막을 수 있을 것이야. 시간이 없으니까 자네도 서두르게. 어서."

홍신찬의 재촉에 조외수는 서둘러 대답을 하고는 종들이 있는 행랑채로 달음박질쳤다.

주찬학과 윤민수는 동묘 맞은편 언덕에 자리를 잡고 임금의 거둥(擧動)을 기다렸다. 넓은 언덕이라 구경꾼들이 제법 많은 데다가 장사치들도 정신없이 돌아다니고 있어서 몸을 감추기가 좋았다. 거기다 동묘 앞길이 갑자기 넓어지면서 길옆을 지키고 있는 훈련도감의 병사들의 간격이 제법 넓었다. 따라서 불시에 몸을 일으켜서 병사들 사이를 뚫고 나가서 임금의 어가 앞에 당도하기도 쉬웠다. 여유를 찾은 주찬학은 지나가는 엿장수 아이에게 산 엿을 뚝 잘라서 윤민수와 나눠먹었다. 그러다 문득 생각이 났는지 주찬학이 입을 열었다.

"내내 생각을 했지. 자네들이 나에게 찾아온 것은 어쩌면 칠 년 전의 그 실패를 만회하라는 하늘의 뜻일지도 모른다고 말이야. 그러면 그 실패를 잊어버리고 다시 옛날로 돌아갈 수 있을 것 같았네."

"그래서 이번 송사에 집착하셨군요."

윤민수의 물음에 주찬학은 눈을 감은 채 고개를 끄덕거렸다.

"난 이기기 위해서만 살아왔네. 하지만 그 어느 때보다 이번 송사를 이기고 싶어. 목숨을 걸어서라도 말이야."

주찬학의 얘기를 들은 윤민수는 잠자코 길 쪽을 바라보았다. 구경꾼들의 웅성거림이 차츰 커졌다. 입안의 엿을 우물거리면서 삼킨 주찬학이 말했다.

"드디어 오는 모양이군."

잠시 후 홍인문 쪽에서 검고 푸른 깃발들이 보였다. 앉아서 얘기를 나누던 구경꾼들이 하나둘씩 일어나기 시작했다. 두 사람도 몸을 일으켜 다가오는 어가 행렬을 바라보았다. 제일 먼저 보인 것은 융복을 입고 말에 탄 장교를 이끄는 깃발들의 행렬이었다. 푸른색의 커다란 깃발인 대기치(大旗幟)가 앞장섰고, 좁고 긴 고초기(大旗幟)가 대열의 중간에 섰다. 그 뒤로는 노란색의 철릭을 입고, 붉은색 초립을 쓴 채 태평소와 북, 징을 든 취고수들이 뒤따랐다. 취고수들이 내는 악기 소리에 구경꾼들이 어깨가 들썩거렸다. 그 뒤를 훈련도감 소속의 포수들이 어깨에 조총을 멘 채 뒤따랐다. 끝도 없이 이어지는 행렬을 보던 윤민수가 초조함을 감추지 못했다. 한편, 구경꾼들 틈에서 뭔가를 발견한 주찬학은 그쪽을 바라보았다. 주찬학의 시선을 눈치채지 못한 윤민수는 어가 행렬을 살피기에 여념이 없었다. 그런 윤민수의 어깨에 주찬학의 손이 얹어졌다. 그리고 어깨를 꽉 눌러서 주저앉혔다. 영문을 몰라서 바라보는 윤민수에게 다급하게 말했다.

"홍신찬과 애꾸 패거리들이 왔어."

"뭐라고요? 들킨 건가요?"

"그건 모르겠고, 어가를 따라오면서 주변을 살피면서 오고 있어. 여기까지 오면 들키고 말 거야."

주찬학의 말에 윤민수가 다급하게 말했다.

"어떡하죠?"

"일단 움직이자."

그러는 사이 행렬은 계속 지나갔다. 드디어 먼발치서 임금이 탄 어가의 모습이 보였다. 주찬학은 천천히 그쪽으로 다가가면서 쫓아오는 애꾸의 부하들을 살폈다. 이제 드디어 끝낼 기회가 찾아왔다는 생각에 가슴이 두근거렸다. 방립을 눌러쓴 윤민수도 같은 심정인지 마른침을 꿀꺽 삼켰다. 취고수들이 내는 태평소와 징소리가 정신없이 울려퍼지는 가운데 몰려드는 구경꾼들의 시선이 어가에 꽂혔다. 그때 멀찌감치서 따라붙던 애꾸의 부하들 중 한 명이 이쪽을 향해 손가락질을 하는 게 보였다. 그걸 본 주찬학이 혀를 찼다.

"젠장, 들켰나보다. 어서 달려."

그를 앞장세우고 달리던 주찬학의 눈에 어가가 점점 크게 보이기 시작했지만 가까이 갈수록 구경꾼들이 많아지면서 좀처럼 뚫고 나가기 힘들었다. 이러다가는 어가에 닿기도 전에 잡히고 말겠다는 생각에 주찬학은 윤민수에게 다급하게 말했다.

"내가 유인할 테니까 너는 어가 쪽으로 달려가."

쏟아지는 구경꾼들을 어깨로 밀친 애꾸가 침을 튀기며 소리쳤다.

"저쪽이다! 놓치지 말고 잡아!"

부하들이 칼과 쇠도리깨를 꺼내들고 구경꾼들을 위협하면서 공간을 만들었다. 그러면서 거리는 점점 좁혀졌다. 몸이 날랜 부하 한 놈이 구경꾼들 틈으로 몸을 날려서 두 사람을 바짝 뒤쫓았다. 애꾸가 부하들에게 다시 으름장을 놓았다.

"내 손으로 직접 해치울 거니까 붙잡기만 해라."

금방 닿을 듯 추격해 오는 애꾸와 부하들을 곁눈질로 바라보면서 도망치던 주찬학은 순간 뒤통수에 강한 충격을 느끼고 정신을 잃었다.

바닥에 쓰러진 그는 일어나려고 안간힘을 썼지만 머리에 남아 있는 충격 때문인지 좀처럼 일어날 수가 없었다. 누군가 그의 뒷덜미를 잡아서 번쩍 들어올렸다. 주변에 사람들이 많았지만 다들 어가를 보느라 흑립이 부서진 채 축 늘어진 그에게 시선을 주지 못했다. 억센 손아귀들에게 붙잡혀서 언덕 너머로 질질 끌려가는 동안에도 주찬학은 길 쪽을 보기 위해 안간힘을 썼다. 사람들 눈에 띄지 않은 언덕 너머로 끌려간 주찬학은 바닥에 내팽개쳐졌다. 정수리에서 흘러내린 피가 이마의 망건을 타고 흘러내리면서 앞을 볼 수 없었다. 하지만 자신을 끌고 온 것이 애꾸의 부하들이라는 사실은 어렵잖게 눈치챌 수 있었다. 쓰러진 그의 어깨를 짓밟은 애꾸의 부하가 철퇴로 피에 젖은 머리를 눌렀다.

"이놈 때문에 고생한 거 생각하면 이가 갈리네. 그냥 머리를 터트려 버려?"

그러자 다른 부하가 만류했다.

"두목이 자기가 해치운다고 놔두라고 한 거 못 들었어?"

"그나저나 두 놈이라고 하지 않았어? 아까 한 놈이 튀는 거 같던데?"

"그쪽은 홍씨 집안 노비들이 기다리고 있을 거야. 독 안에 든 쥐라고."

애꾸의 부하들이 하는 얘기를 듣고 있던 주찬학은 제발 그렇게 믿어달라고 속으로 간절히 기원했다. 잠시 후, 누군가 다가오는 발소리가 들렸다. 머리에서 흘러내린 피 때문에 제대로 보이지는 않았지만 어렵지 않게 알아볼 수 있었다. 바닥에 쓰러진 그를 내려다본 애꾸가 이죽거렸다.

"이게 누구야? 입만 살아 있는 외지부 나리 아니신가?"

어떻게든 시간을 끌어야 한다는 생각에 주찬학은 힘들게 입을 열었다.

"양반 발바닥 핥아주고 있느라 혀가 다 닳은 줄 알았더니 용케 말은 할 줄 아는군."

얘기가 끝나기가 멱살이 잡혀서 일으켜 세워졌다. 머리가 깨질 것 같은 통증에 저도 모르게 신음소리를 내자 애꾸가 앞뒤로 흔들어대면서 말했다.

"섬에서 온 놈도 잡아서 끌고 오라고 했으니까 기다려. 두 놈 머리통을 한 번에 깨놓을 테니까 말이야."

그러다가 옆에 서 있던 부하가 외쳤다.

"두목! 저기 잡아옵니다."

주찬학이 힘겹게 언덕 쪽으로 고개를 돌리자 애꾸의 부하들이 고개를 푹 숙인 주찬학의 뒷덜미를 잡고 의기양양하게 끌고 오는 게 보였다. 그걸 본 주찬학이 외쳤다.

"안 돼!"

그러자 애꾸가 멱살을 잡고 주먹으로 얼굴을 연거푸 강타했다. 주먹에 맞아서 얼굴에 엉망이 되어버렸지만 주찬학은 반항하지 않았다. 실컷 때리다 지친 애꾸가 주찬학의 멱살을 잡았던 손을 놨다. 바닥에 쓰러진 주찬학은 피를 토해냈다. 그 모습을 보고 도망치려고 하던 윤민수는 발길질을 당하고는 끌려 내려왔다. 끌려 내려온 윤민수는 피범벅이 된 채 쓰러져 있는 그의 옆에 내팽개쳐졌다. 애꾸가 눈짓을 하자 부하가 윤민수가 머리에 쓰고 있던 방립을 벗겼다. 잠시 눈을 끔뻑거리던 애꾸가 어처구니없는 표정으로 끌고 온 부하를 쏘아보았다.

"그놈이 아니잖아."

그러자 애꾸의 발목에 매달린 총각이 주찬학에게 손가락질을 하면서 말했다.

"이자가 엽전을 쥐어주면서 시키는 대로 하라고 해서 방립을 쓰고 따라갔을 뿐입니다요."

어이없어하는 애꾸를 보면서 주찬학은 껄껄거렸다.

"아까 네놈들이 오는 걸 보고 바꿔치기 했지. 민수는 지금쯤 임금님 앞에 가 있을 거다."

그때 멀리서 희미하게 징을 치는 소리가 들렸다. 그리고 격쟁을 했다는 소리가 파도처럼 밀려들어왔다. 언덕 위에 있던 애꾸의 부하 한 명이 외쳤다.

"격쟁을 했다! 격쟁을 했어!"

그 외침을 들은 애꾸의 부하들은 누구라 할 것 없이 죄다 언덕 쪽으로 뛰어올라갔다. 피투성이가 된 주찬학도 힘겹게 언덕을 기어올라갔다. 그리고 서 있는 사람들의 다리 사이로 어가가 멈춰 있고, 그 앞에 누군가 무릎을 꿇고 있는 것을 발견했다. 윤민수가 드디어 해냈다는 생각에 주찬학은 힘겹게 미소를 지었다. 온몸에 힘이 쭉 빠진 주찬학은 눈을 뜨지 못했다. 그런 그의 귀에 애꾸의 목소리가 들렸다.

"너무 좋아하지는 말라고, 네놈 목숨은 이 손으로 거둘 테니까 말이야."

최후를 예감한 그는 마지막 숨을 들이켰다. 서걱거리는 소리와 함께 옆구리 쪽으로 칼날이 파고드는 게 느껴졌다. 각오하긴 했지만 상상 이상의 고통이라서 주찬학은 비명을 지르면서 의식을 잃고 말았다. 그러다가 또 다른 고통이 엄습해오면서 정신을 차렸다. 옆구리에 파고든 칼날이 비틀려지면서 더 큰 고통을 가져온 것이다. 치켜뜬 그의 눈에 피 묻은 칼을 흔드는 애꾸의 모습이 보였다.

"내가 그렇게 쉽게 죽일 거 같아. 어느 쪽 눈부터 후벼내줄까?"

그때 멀리서 그만두라는 외침이 들려왔다. 멈추라고 외친 목소리의 주인공은 조외수였다. 숨을 헐떡거리며 달려온 그는 애꾸를 꾸짖었다.

"임금의 어가 행렬 코앞에서 피를 볼 셈인가?"

"어차피 다 망했는데 뭔 상관이요?"

"당장 그자를 풀어주라는 작은도련님의 영이 계셨네."

그러자 애꾸가 조외수에게 다가가서 으르렁거렸다.

"일이 끝나면 이놈은 내 맘대로 해도 된다고 하지 않았소이까? 왜 이제 와서 딴소리요?"

조외수도 지지 않고 응수했다.

"지금 격쟁을 한 게 안 보이는가? 그자를 풀어주고 얼른 여길 뜨게."

그런 조외수를 한참 동안 노려보던 애꾸는 결국 한 걸음 물러섰다. 그러고는 여전히 바닥에 누워 있는 주찬학을 내려다보면서 말했다.

"다음에 찾아가마."

애꾸가 자리를 뜨자 부하들도 함께 사라졌다. 그들이 멀어지는 것을 본 조외수가 주찬학을 부축했다.

"괜찮은가?"

주찬학은 대답 대신 옆구리를 내려다보았다. 두루마기가 온통 피로 물들어 있는 게 보였다. 그는 조외수의 팔을 움켜잡았다.

"격쟁은?"

"더없이 잘되었어. 임금께서 어가 앞으로 불러서 친히 사정을 들었다네."

"그래서 홍신찬이 날 살려두라고 했군."

그의 얘기를 들은 조외수가 쓴웃음을 지었다.

"작은도련님은 그런 말을 할 경황이 없으시네."

"그럼 자네가 꾸민 얘긴가?"

주찬학의 물음에 조외수는 고개를 끄덕거렸다.

"아무리 그래도 오랜 친구가 죽는 걸 두고볼 수야 없지. 어차피 돌아가는 걸 보니 홍씨 집안 청지기 노릇도 그만둘 때가 된 것 같고 말이야."

"잘되었군."

잘됐다는 말을 반복한 주찬학은 하늘을 한없이 올려다보았다.

이틀 후, 난월의 선술집에서 상처를 치료하고 있던 주찬학의 앞에 뜻밖의 인물이 나타났다.

"몸은 좀 괜찮은가?"

흑립을 쓰고 중치막 차림의 엄경하는 조심스럽게 물었다. 힘겨워하는 그를 대신해서 난월이 대답했다.

"의원 말이 칼끝이 한 치만 더 파고들었어도 살아남지 못했을 거라고 했습니다요."

"천운일세."

엄경하의 대답을 들은 주찬학이 물었다.

"이런 누추한 곳에는 어인 일이십니까?"

그러자 엄경하는 대답 대신 문밖에 대고 소리쳤다.

"담배를 가져오너라."

밖에 있던 구사가 특유의 길게 끄는 대답을 했다. 잠시 후, 조심스럽게 문이 열리고, 젊은 구사가 불이 붙은 장죽을 조심스럽게 건넸다. 엄경하가 담배 연기가 나오는 대통과 입으로 빠는 물부리를 누런 황동으로 만든 황동 장죽을 입에 물고 연기를 뱉어내자 어두컴컴한 방 안은 담배 연기로 채워졌다. 주찬학과 난월, 그리고 윤민수가 말없이 응시하는 가운데 황동 장죽을 입에서 뗀 엄경하가 얘기를 시작했다.

"주상전하께서 환궁하신 후에 나를 부르셨네. 그리고 이번 송사가 어찌 진행되었는지를 세세히 물으시고 문기들을 가져오라고 하셔서 살펴보셨네."

주찬학은 안도의 한숨을 쉬고는 머리맡에 앉아 있던 윤민수의 손을 잡았다. 엄경하의 얘기는 이어졌다.

"진상을 들은 주상전하께서 크게 진노하셨지. 명색이 사대부라는 자들이 국권을 어지럽히고 백성들을 핍박한 것도 모자라 격쟁을 하려는 백성을 막으려고 했다면서 말일세."

얘기를 들은 윤민수는 눈물을 참을 수 없었다. 그런 윤민수를 물끄러미 바라보던 그가 처연한 표정으로 덧붙였다.

"송사를 불공정하게 이끈 대사헌과 한성판윤은 파직되었네. 대제학의 자리에서 물러난 홍유한도 조만간 처벌을 받을 것이야. 자네들을 죽이려고 했던 무뢰배들과 그들의 두목인 애꾸라는 자도 오늘 아침에 의금부로 끌려왔네. 이 일로 사헌부는 벌집을 쑤신 것처럼 난리가 났네. 관리들의 비리를 감찰해야 할 곳이 오히려 두둔하고 나선 것도 모자라 송사를 멋대로 휘어잡았으니 그럴 만도 하지. 나도 본래 처벌을 받아야 했지만 송사를 진행하면서 그나마 공정하려고 노력했다는 이유로 주상전하께 이번 일을 바로 잡으라는 어명을 받았네."

주찬학은 허탈함을 감추지 못했다.

"결국 어명이 있어야만 움직이는 겁니까?"

그러자 엄경하는 긴 한숨을 쉬었다.

"백성들을 돌보는 관리로서 이번 일에 대해서는 입이 열 개라도 할 말이 없네."

고개를 돌린 주찬학이 대꾸했다.

"지금만 이러겠죠. 시간이 흐르면 유야무야될 것이고 말입니다."

"추상같은 어명이 계셨으니 그러지는 않을 걸세. 이번 일에 대해서 자네들보다 잘 아는 사람은 없네. 나와 함께 진상을 밝히는 데 힘을 보태주게."

엄경하의 말을 들은 주찬학은 잠깐 눈을 감았다. 어둠 속에서 윤민수 일행이 찾아오던 그날부터 오늘까지 겪었던 일들이 주마등처럼 스쳐지나갔다. 그들이 웃고 떠드는 장면, 이제 이 세상 사람이 아닌 두 사람의 얼굴을 떠올린 주찬학은 눈을 뜨고 대답했다.

"그러지요."

“고맙네. 몸이 많이 상했으니 일단 내가 하루에 한 번씩 이곳에 들르도록 하겠네.”

사랑방의 보료에 앉은 홍유한은 서안 위에 종이를 펼치고 모서리에 문진을 눌렀다. 그러고는 벼루에 고인 먹물을 붓으로 찍어서 종이 위에 글씨를 써내려갔다.

전(前) 대제학 홍유한이 삼가 글을 올립니다.
본래 하의삼도의 절수지는 저희 집안 대대로 내려온 재산이었습니다. 하지만 저희 집안은 한양에 세거한 지 오래인지라 마름들을 내려보내서 도조를 걷는 일을 하였습니다. 그러다가 마름과 섬주민들 간에 갈등이 생겼고, 그들 중 일부가 한양으로 올라와서 저희 집안을 정소하는 일이 벌어졌습니다. 소인은 법전과 수교에 따라 송사를 진행할 것을 명하여 집안의 대송노에게 일을 맡겼습니다. 하지만 소인의 서얼인 홍신찬이 간청해서 송사를 모두 맡겼습니다. 그 후 소인은 병이 깊어져서 시름시름 앓느라 어찌 진행되는지 모르고 있다가 사헌부에 이송되었다는 얘기를 듣고 피혐을 하기 위해 사직상소를 올렸습니다. 그러다가 며칠 전 주상전하의 지엄하신 영을 듣고서야 그 아이가 간악한 술수를 써서 송정을 어지럽히고, 송관을 농락했으며, 무뢰배와 결탁해서 원고를 죽였다는 사실을 뒤늦게 알게 되었습니다. 집안의 가장으로서 아무것도 모르고 있었다는 사실이 참으로 부끄럽고 염치가 없사옵니다. 뒤늦게 잘못을 뉘우친들 아무 소용이 없다는 것을 잘 알고 있습니다. 그 아이를 엄격하게 처벌하셔서 국법의 지엄함을 보여주소서. 소인은 한양을 떠나 멀리 시골에 은거하면서 주상전하께 지은 죄를 조금이나마 씻도록 하겠습니다.

탕평책을 펼치셔서 선정을 베풀고자 하는 주상전하의 깊은 뜻을 따르지 못한 못난 죄인이 삼가 글을 올려서 잘못을 명명백백히 밝히옵니다.

단숨에 글을 쓴 홍유한은 먹이 마르기를 기다리면서 천천히 글을 다시 읽었다. 그나마 다행인 것은 책임을 덮어씌울 누군가가 있다는 사실이었다. 어떻게든 자신의 인정을 받기 위해 안간힘을 썼던 홍신찬의 모습이 떠오르자 그는 잠시 눈을 감았다. 그리고 단호한 목소리로 중얼거렸다.

"집안을 위해서는 어쩔 수 없지."

홍유한은 종이에 쓴 글씨가 모두 마르자 조심스럽게 접어서 봉투에 넣었다. 그리고 바깥에 대고 소리쳤다.

"조 서방 밖에 있느냐?"

"예. 대감마님. 쇤네 여기 있사옵니다."

조외수의 목소리가 들려오자 홍유한은 몸을 일으켜서 사랑방 밖으로 나갔다. 대청의 섬돌 아래 서 있던 조외수가 고개를 숙였다. 헛기침을 한 홍유한이 물었다.

"이번 달까지 일한다고 했던가?"

그동안 별 탈 없이 집안일을 잘 끌어왔지만 이번 일에 발을 담근 이상 곁에 둘 수는 없었다. 조외수가 고개를 숙인 채 대답했다.

"예. 새 청지기가 와서 창고를 살피고 아랫것들을 만나는 중입니다."

"고생 많았네. 내 섭섭지 않게 챙겨줄 것이니 너무 아쉽게 생각하지 말게."

홍유한의 말에 조외수가 말했다.

"그럴 리가 있겠습니까? 염려 마십시오."

"알겠네. 궁궐로 갈 것이니 차비를 갖추어라."

"가마를 준비할까요?"

조외수의 물음에 홍유한은 고개를 저었다.

"죄인의 몸으로 어찌 가마를 타고 갈 수 있단 말이냐. 말을 한 필 대령하라. 별배와 구종들도 준비시키지 말고."

"알겠습니다."

대답을 한 조외수가 몸을 돌려 행랑채로 가려고 하다가 걸음을 멈췄다. 그리고 조심스럽게 입을 열었다.

"작은도련님이 뵙기를 청하였습니다."

그러자 홍유한이 벌컥 화를 냈다.

"집안에 누를 끼친 죄인을 어찌 본단 말이냐. 작은사랑채에서 한 발자국도 못 나가게 하여라."

"그리하겠습니다."

얼른 대답을 한 조외수가 말을 준비시키기 위해 행랑채로 뛰어갔다. 그 모습을 지켜보던 홍유한은 하늘을 올려다보면서 중얼거렸다.

"비바람이 치면 잠시 몸을 피해야지. 언젠가 비바람은 그치게 마련이니까."

그러면서 누구에게 청탁을 해야 이번 일에서 최대한 빨리 벗어날 수 있을지 마음속으로 헤아려보았다.

엄경하의 말대로 사건은 일사천리로 진행되었다. 송사를 불공정하게 이끌었던 한성판윤과 대사헌은 파직은 물론 직첩이 회수당하는 수모를 겪었다. 대제학이었던 홍유한은 자신의 죄를 밝히는 상소를 올리고 한양을 떠나 시골에 은거했다. 송사를 주도했던 그의 서자 홍신찬 역시 의금부에 갇히는 신세가 되었다. 윤민수 일행 둘을 죽인 애꾸와 그 부하들 역시 빠짐없이 의금부에 붙잡혀 왔다. 몇 명은 문초를 받다가 매질에 못 이겨 죽었고, 두목인 애꾸는 군기시 앞에서 처형하기로 결정이 되었다. 끔찍한 살인부터 거기에 얽힌 기막힌 사연, 그리고 높은 관리들이 줄줄이 파직되고 낙향하면서 이번 사건은 한양 백성들의 관심거리가 되었다. 두 사람을 죽인 애꾸와 부하들에 대한 처벌은 통쾌했지만 그 일사불란함 뒤에 상황이 크게 달라지지 않았다. 가장 큰 문제였던 하의삼도의 절수지 문제는 전혀 언급이 되지 않았다. 홍유한 역시 발 빠르게 잘못을 뉘우치고, 물러났고, 송사를 진행한 홍신찬이 모든 일을 사주한 배후로 몰렸다. 그나마 집안에서 힘을 썼는지 처형당하는 대신 유배형에 처해졌다. 그나마 하의삼도 백성들을 가혹하게 수탈하지 말라는 임금의 옥음이 곧 내려진다고 하니까 기대해보기로 했다. 어느 정도 몸을 움직일 수 있게 된 주찬학은 윤민수와 함께 군기시 앞에 가서 애꾸가 처형되는 모습을 지켜보는 중이었다. 그렇게 며칠 동안 정신없이 벌어졌던 일들을 떠올리던 그의 귓가에 구경꾼들이 수군대는 소리가 들려왔다. 검은색 괘자에 깃이 달린 전립을 쓴 까치등거리 차림의 의금부 나장들과 소가 끄는 달구지의 모습이 보였다. 달구지가 형장에 도착하자 나장들이 처형을 당할 애꾸를 끌어냈다. 두 귀에 관이(貫耳)*를 한 애꾸는 심한 고문을 당해서인지 제정신이 아닌 것 같았다. 기다리고 있던 망나니들이 무릎을 꿇리고 팔을 뒤로 묶고, 다리도 묶은 다음에 머리를 풀어서 장대와 연결된 줄에 묶었다. 목에는 큰 나무토막이 괴어졌고, 주변에는 청룡도와 비슷하게 생긴 칼을 든 망나니가 춤을 추면서 빙빙 돌았다. 주변의 구경꾼들은 아무 말도 못하고 그 광경을 지켜보았다. 어슬렁거리면서 춤을 추던 망나니가 돌연 걸음을 멈추고는 칼을 머리 위로 치켜들더니 단숨에 내리쳤다. 귀에 꿴 관이가 부러지면서 붉은 피가 사방으로 튀었다. 구경꾼들의 나지막한 비명소리가 웅웅거리는 가운데 오작인들이 애꾸의 잘린 머리에 재를 뿌렸다. 의금부의 나장 한 명이 줄을 당기자 재가 묻은 애꾸의 목이 장대 위로 끌려올라갔다.

애꾸의 최후를 지켜보던 윤민수가 말했다.

"이제 돌아가요."

"그러지."

통쾌해야 했는데 그런 기분이 들지 않았다. 두 사람은 흩어지는 구경꾼들 사이에 섞여서 발걸음을 돌렸다.

* 사형수의 두 귀에 꿴 화살.

"초라한 제 몰골을 보려고 과천까지 먼 발걸음을 하셨소?"

"초라하기야 매 한가지지요. 그래도 공은 저처럼 임금에게 백성의 고혈을 빨아먹는 관리라는 얘기는 듣지 않으셨잖습니까."

두 사람은 마주 앉은 채 한동안 장죽만 피웠다. 사직 상소를 올린 홍유한은 곧장 한양을 떠나 과천의 허름한 농막(農幕)*으로 내려왔다. 그런데 불쑥 이번 일로 파직된 대사헌 오태규가 찾아온 것이다. 두 사람은 당파가 달랐기 때문에 궁궐에서도 서로 아는 척을 하는 사이가 아니었다. 서로의 처지를 걱정하는 얘기가 오가자 좀 더 분위기가 부드러워졌다. 장죽을 내려놓은 홍유한이 나지막한 미소를 지으며 입을 열었다.

"저 때문에 본의 아니게 곤욕을 치르셨습니다. 참으로 안타깝게 생각합니다."

"세상일이라는 게 다 그렇지요. 대제학이야말로 뜻하지 않은 일로 한양 밖으로 물러나지 않으셨습니까?"

"무릇 군자란 나아갈 때와 물러날 때를 알아야 하지요."

"서자에게 송사를 맡겼었다고 들었습니다."

"영특한 아이였지요."

수염을 쓰다듬으며 잠깐 홍신찬을 떠올린 그가 천천히 고개를 끄덕였다.

"허나 집안을 위해서는 서자가 잘나면 아니 되지요. 어차피 이번 송

* 논밭 근처에 지은 작은 가옥.

사를 이겼더라도 임금께 소란을 피운 죄를 고할 생각이었습니다."

"그리고 서자에게 죄를 물으려고 하셨습니까?"

"어차피 하의도 문제는 한 번은 짚고 넘어가야 한다고 생각했는데, 마침 서자가 나서기를 원했지요."

"일부러 주저하는 모습을 보여서 한 발 빼셨군요. 참으로 심모원려(深謀遠慮)*하십니다."

"하지만 그 외지부 때문에 일을 망치고 말았지요. 그나마 서자에게 책임을 돌려서 막기는 했지만 말입니다."

"하의도 문제는 너무 심려치 마십시오."

오태규가 딱 잘라 말하자 홍유한이 미심쩍은 표정으로 그를 바라보았다.

"물론 공을 돕고 싶어 이러는 것은 아닙니다. 대감께서 하의도를 잃으신다면 그다음에는 누가 땅을 잃겠습니까? 거기다 무지한 아랫것들이 이번 일에 용기를 내서 한양으로 올라와 정소를 하고 격쟁을 한다면 나라는 큰 혼란에 빠지고 말 겁니다. 당파를 나눌 일이 아니라는 게 제 생각입니다."

"하지만 주상전하께서 이번 일에 크게 진노하셨다 들었습니다."

"물론 그러합니다. 하지만 주상께서 어디 혼자 정국을 운영하시겠습니까? 탕평책(蕩平策)**을 펼치시려면 우리 당에게 손을 내밀어야 합니다. 시간이 지나면 자연스럽게 잊어버리실 겁니다."

* 먼 앞날까지 바라보고 지혜롭게 처신한다는 뜻.

** 영조가 당쟁을 없애기 위해 각 당파의 세력균형을 맞춘 정책.

"그리된다면야 더없이 좋은 일이지요."

"이런 일에는 당파를 따질 이유가 없습니다. 언제나 그렇듯 임금께서는 우리 편을 들 수밖에는 없으니까요."

"그럼 대감만 믿고 기다리고 있겠습니다."

홍유한의 대답에 오태규가 뚫어지게 바라보다가 입을 열었다.

"그런데 이것도 대감께서 미리 계산을 하신 게 아닌가 싶습니다."

"그게 무슨 말씀이십니까?"

홍유한의 반문에 오태규는 쓴 웃음을 지었다.

"이곳에서 마치 누군가 오기를 기다린 게 아닌가 말입니다."

그러자 홍유한은 긍정도 부정도 아닌 표정으로 오태규를 바라봤다.

새벽 어둠이 미처 지워지기도 전에 밖으로 나간 윤민수가 뒤뜰에서 찬물로 목욕을 하는 소리가 들려왔다. 잠에서 깬 주찬학 역시 정성껏 수염을 다듬고, 상투를 틀어올린 다음 옥으로 만든 동곳을 꽂아서 고정시켰다. 그리고 망건을 이마에 둘렀다.

거울을 들여다보면서 망건과 상투가 잘 자리 잡은 걸 확인한 그는 중치막을 걸치고 허리에는 술이 달린 푸른색의 세조대를 둘렀다. 그리고 양태가 넉넉한 통영갓을 쓴 다음 호박을 꿰어서 만든 갓끈을 턱밑에 바짝 졸라맸다. 그사이 목욕을 마치고 옷을 입은 윤민수는 행전을 차고 짚신을 신는 중이었다. 싸리문 밖에는 역시 곱게 차려입은 언년이가 보따리를 품에 안고 기다리고 있었다. 대청에 나와 있던 난월이 아무 말 없이 나서는 세 사람을 바라보았다. 그러다 고개를 돌린 주찬학과 눈이 마주쳤다. 가채를 만지작거린 그녀가 말했다.

"배웅 잘해주고 와."

"그럼세."

길을 나선 세 사람은 나루터에 도착할 때까지 아무 말이 없었다. 물안개가 채 가시지 않은 마포나루터에는 돛을 활짝 편 배 한 척이 부지런히 짐을 싣고 있었다. 목포에서 쌀과 면을 싣고 올라왔다가 비단과 약재 같은 걸 싣고 내려가는 배였다. 떠날 준비를 하는 배 앞에서 걸음을 멈춘 세 사람은 작별 인사를 나눴다. 주찬학은 윤민수의 손을 꼭 잡았다.

"조심해서 내려가게."

윤민수가 가볍게 웃으면서 대답했다.

"그동안 고마웠습니다."

주찬학이 아쉬움이 가득한 목소리로 얘기했다.

"결론이 났으면 좋았을 텐데, 아쉬운 일이야."

"그래도 임금님의 옥음이 내려진 것만 해도 어딥니까? 몸조리 잘하십시오."

"그리하지."

윤민수와의 얘기를 마친 주찬학은 언년이를 바라보았다. 기대로 가득한 얼굴 한쪽에는 새로운 곳으로 간다는 두려움이 살짝 깃들어 있었다. 일이 마무리될 즈음 윤민수는 언년이와 간단하게 혼례를 치르고 함께 하의삼도로 내려가기로 했다. 출발한다는 외침이 들려오자 세 사람은 조용한 이별을 끝냈다. 언년이와 함께 배로 걸어가던 윤민수가 고개를 돌려서 그를 바라보았다. 주찬학은 무슨 뜻인지 알아차리고 조용히 말했다.

"두 사람은 염려 말게. 내가 잘 돌봐주겠네."

"도착해서 소식 전하겠습니다."

주찬학은 두 사람을 태운 배가 떠나는 것을 지켜보지 않고 발걸음을 돌렸다. 걸을 때마다 옆구리의 상처가 욱신거렸지만 견딜 만했다. 휘적휘적 팔자걸음으로 거리를 걷자 지체 높은 사대부 집안 사람이라고 짐작한 행인들이 옆으로 물러났다.

한양으로 들어선 주찬학은 견평방에 있는 의금부로 향했다. 까치등거리를 입고 창을 들고 있던 문졸에게 다가간 주찬학은 엽전 한 닢을 건네면서 뭔가를 물었다. 아침 일찍부터 뜻밖의 돈을 받은 문졸은 신이 나서 부탁을 들어줬다.

주찬학은 다시 근처의 전옥서로 향했다. 높다란 담장으로 둘러싸인 전옥서 주변은 안에 갇힌 죄수들의 가족으로 득실거렸다. 전옥서의 문졸에게 다가간 주찬학은 아까처럼 엽전을 건네면서 부탁을 했다. 돈을 챙긴 문졸은 문을 열어주면서 그가 어디에 있는 지 알려줬다. 안으로 들어간 주찬학은 문졸이 일러준 대로 남자 죄수들이 갇혀 있는 곳으로 향했다.

어른 허리만 한 굵기의 통나무가 촘촘히 박아서 벽을 대신 한 감옥 안은 칼을 쓴 죄수들로 가득했다. 홍신찬은 그런 죄수들과는 달리 나장들이 머무는 곳에 있었다. 안으로 들어서자 돗자리 위에 앉아서 책을 읽고 있던 홍신찬이 보였다. 문이 열리는 소리에 고개를 들고는 안으로 들어서는 그를 보고는 쓴웃음을 지었다. 주찬학은 죄인의 신분치고는 깨끗한 차림의 홍신찬을 보고는 적잖이 놀랐다. 그러자 책을 덮은 홍신찬이 입을 열었다.

"그래도 집에서 먹을 것과 옷을 꼬박꼬박 보내주더이다. 꾀죄죄한 몰골로 있으면 홍씨 집안의 체면에 먹칠을 한다고 생각했나보오."

주찬학은 아무 말 없이 홍신찬을 바라보았다. 왜 굳이 의금부의 문졸에게 뇌물까지 주어가면서 그를 만나려고 했는지 알 수 없었다. 이겼다는 승리감이었을까? 아니면 죽은 섬사람들에 대한 복수심이었을까? 곰곰이 생각에 잠겨 있던 그에게 홍신찬이 물었다.

"그 친구는 고향으로 내려갔습니까?"

주찬학은 대답 대신 고개를 끄덕거렸다. 홍신찬도 더 이상 묻지 않고 침묵을 지켰다. 그러다가 문득 생각이 났는지 침묵을 깨고 입을 열었다.

"생각해보니 우리는 한 번도 가본 적이 없는 섬 때문에 싸웠습니다그려."

회한 가득한 홍신찬의 말에 주찬학이 고개를 저으며 대답했다.

"아니, 도령은 아니겠지만 난 여러 번 그곳에 가봤소."

"언제 말입니까?"

홍신찬이 묻자 주찬학은 조용히 입을 뗐다.

"그들의 이야기 속에서 말이오. 배를 타고 가다가 그 섬에 내리면 이백 년이 넘은 해송이 있고, 그 해송의 그늘의 드리워진 길을 따라 걸으면 마치 어머니의 품처럼 포근한 계곡이 나온다고 하더이다. 그 계곡에 들어서면 양쪽 기슭으로 초가집들이 옹기종기 모여 있는데 저녁

때 해가 지면 그 그림자가 제법 멋지다오. 마을 제일 안쪽에는 용왕님을 모시는 작은 사당이 있어서 일 년에 한 번 모여서 제사를 지낸다고 하오. 어린 소년 소녀가 곱게 단장하고 산과 들에서 딴 꽃을 바치면 마을 사람들이 풍어와 풍년을 기원하면서 제를 올리지요. 그곳에서 좀 더 들어가면 큰 벌판과 함께 큰몰이라는 마을이 나오고, 바닷가를 따라 남쪽으로 내려가면 섬에 맨 처음 들어온 사람들이 세운 어은마을이라는 곳이 있다고 하오. 그 마을에서 작은 섬이 하나 보이는데 거기에는 사람 얼굴 모양을 한 큰바위얼굴이 있소. 나중에 그 바위얼굴과 닮은 사람이 나타나서 큰일을 해낼 것이라는 전설이 있다고 민수와 마을 사람들이 말했다오. 나에게 그 섬은 낯선 곳이 아니외다."

그의 얘기를 들은 홍신찬은 쓴웃음을 지으면서 도로 책을 펼쳤다. 잘 있으라는 말을 남기고 밖으로 나온 주찬학은 전옥서 밖으로 나갔다. 그리고 기다리고 있던 조외수와 눈인사를 나눴다. 조외수가 계단을 내려온 그에게 물었다.

"어디로 갈 생각인가?"

그러자 활짝 웃은 주찬학이 대답했다.

"외지부가 송사가 있는 곳으로 가야지 어디로 가겠나?"

참고자료

단행본

임상혁, 《나는 노비로소이다—소송으로 보는 조선의 법과 사회》, 너머북스, 2010

안길정, 《관아를 통해서 본 조선시대 생활사 (상)》, 사계절, 2005

류승훈, 《조선의 법 이야기》, 이담북스, 2010

조윤선, 《조선후기 소송 연구》, 국학자료원, 2002

전경목, 《고문서, 조선의 역사를 말하다》, 휴머니스트, 2013

한국고문서학회, 《조선의 일상, 법정에 서다》, 역사비평사, 2013

권우현, 《조선의 속사정》, 원고지와 만년필, 2013

서울특별시시사편찬위원회, 《서울 2천년사 14》, 서울특별시시사편찬위원회, 2013

심재우, 《네 죄를 고하여라—법률과 형벌로 읽는 조선》, 산처럼, 2011

논문

박찬승, 「조선후기-일제하 하의삼도의 농지탈환운동」, 〈지방사와 지방문화〉 2, 2000

김경옥, 「18세기 한성부에 呈訴한 荷衣三島 사람들의 감성 : 토지소유권을 둘러싼 왕실세력과 섬주민의 갈등」, 〈감성연구〉 제2집, 2011

손형섭, 「해방 후 하의삼도(荷衣三島) 농민들의 농지탈환운동에 관한 연구」, 〈한국도서연구〉 18권 2호, 2006

한상권, 「조선시대 소송과 외지부(外知部) : 1560년 「경주부결송입안(慶州府決訟立案)」 분석」, 〈역사와현실〉 통권 69호, 2008

김재문, 「한국전통법의 정신과 법체계, 62 : 사법사상 · 재판이론 : 조선왕조의 변호사제도(外知部) : 송사 · 옥사의 의의 및 그 부작용과 대송(대리소송) · 외지부」, 〈사법행정〉 제45권 제9호 통권525호, 2004

한상권, 「17세기 중엽 해남 윤씨가의 노비소송」, 〈고문서연구〉 제39집, 2011

기타

조선왕조실록 인터넷 사이트 http://sillok.history.go.kr

전라남도 신안군 홈페이지 http://www.shinan.go.kr

작가의 말

E. H. 카를 비롯해서 수많은 사람들이 역사에 대한 질문과 해답을 찾으려고 노력했다. 나는 그 해답을 영원히 찾을 수 없다고 믿는다. 해답을 찾는 과정이 지나면 그것도 역사가 되기 때문이다.

재작년 여름, 역사실학회의 세미나에 참석했다가 우연찮게 조선시대 대표적인 토지분쟁인 하의삼도 소송사건에 대해서 알게 되었다. 연구자들끼리 주고받는 이야기를 무심히 듣다가 어느 순간부터 집중하게 된 것이다. 1730년에 시작된 하의삼도 소송은 1960년에나 끝났고, 토지대장이 완전히 정리된 건 거기서 삼십 년이 더 지나서였다. 소송이 시작되기 백 년 전에 토지를 강제로 빼앗겼다는 점까지 감안하면 장장 사백여 년 동안 벌어진 일이었다.

그동안 조선과 대한제국이 사라졌고, 일본의 식민지가 되었다가 삼 년간의 전쟁을 치르며 분단이 되고, 독재정권이 물러나고 민주화가 이

루어졌지만 서해안에 있는 그 섬과 땅들은 여전히 섬사람들의 것이 아니었다. 하의도 사람들은 태어나면서부터 빼앗긴 땅에 관한 얘기를 들었을 것이고, 죽으면서 유언으로 땅에 대해서 말했을 것이다.

나는 그런 역사를 한 번도 상상해본 적이 없다. 그런 역사가 존재하리라는 것조차 생각해보지 못했다. 소설은 사실과 허구 어딘가에 위치해 있다. 상상 속의 이야기를 펼쳐야 하지만 어디까지나 사실을 기반으로 한다. 혹은 사실이라고 믿게 만들 만한 이야기를 따로 창조해내야 한다. 내가 하의삼도의 토지 소송이라는 현실에 조선시대 법률 대리인 외지부의 이야기를 결합시켰을 때 사람들은 오히려 전자를 허구로 보았다. 수백 년간의 소송이라는 전대미문의 사건이 실제라는 것을 아무도 믿지 않은 것이다.

그 덕분에 오히려 자유롭게 쓸 수 있었다. 실제로 하의삼도에서 올라온 섬주민들은 한양 물정이나 소송절차에 대해서 잘 몰랐을 것이다. 따라서 그 무렵 성행하던 외지부의 도움을 받아서 소송을 진행했을 가능성이 굉장히 높다. 그게 누구였고, 조선시대 소송은 어떤 절차와 방식으로 진행되었는지에 대한 의문이 이 글의 시작이었다.

많은 어려움이 있었지만 주변의 도움으로 잘 끝마칠 수 있었다. 사람은 홀로 살 수 없고, 글 역시 혼자 쓸 수 있는 것은 아니다. 배상열과 최혁곤이라는 두 스승이 없었다면 나는 결코 글을 쓰지 못했을 것이다. 전적으로 믿고 손을 내밀어준 은행나무출판사와 내 파트너이자 편집자인 강건모 씨의 사려 깊은 도움과 냉철한 조언이 없었다면 이 책은 세상에 나오지 못했다. 전영관 시인이 건강한 모습을 찾기를 바란다. 같은 길을 걷는 서미애 선배와 동료인 한이 작가, 후배인 송시우, 신원섭 작가에게도 고마운 마음을 전한다. 윤훈표 교수님과 역사 실학회 여러 교수님들에게 소설을 쓰는 데 필요한 역사적 사실들에 대한 자문과 도움을 받았다. 크나큰 행운이었으며 큰 고마움을 느끼고 있다. 친동생처럼 잘 따라주는 신효승 연구원에게도 깊이 감사한다. 어머니는 일찍 세상을 떠난 아버지를 대신해서 가족을 지켜주셨다. 어머니가 만든 작은 울타리 안에서 우리 가족들이 살아남을 수 있었다. 누나와 매형 존 엘리엇, 조카인 카이런 기준 엘리엇과 예나 브리엔 엘리엇, 동생인 홍섭과 유진 부부, 그리고 조카 세빈이가 밝고 건강하고 행복하기를 바란다. 그리고 마지막으로 내 인생의 공동저자인 아내에게 깊은 애정을 전한다.

2016년 1월

정명섭

* 이 작품은 2014년 한국콘텐츠진흥원 스토리완성화 지원사업 선정작입니다.

조선변호사 왕실소송사건

1판 1쇄 인쇄 2016년 1월 22일
1판 2쇄 발행 2023년 8월 7일

지은이 · 정명섭
펴낸이 · 주연선
책임편집 · 강건모
편집 · 이진희 심하은 백다흠 이경란 오가진 윤이든 강승현
디자인 · 이승욱 김서영 권예진
마케팅 · 장병수 김한밀 정재은 김진영
관리 · 김두만 유효정 신민영

(주)은행나무
04035 서울특별시 마포구 양화로11길 54
전화 · 02)3143-0651~3 | 팩스 · 02)3143-0654
신고번호 · 제 1997-000168호(1997. 12. 12)
www.ehbook.co.kr
ehbook@ehbook.co.kr

ISBN 978-89-5660-943-0 03810